Hans Rath

Im nächsten Leben
wird alles besser

Hans
Rath

IM NÄCHSTEN LEBEN WIRD ALLES BESSER

Roman

ULLSTEIN PAPERBACK

Ullstein Paperback ist ein Verlag der Ullstein Buchverlage GmbH
www.ullstein.de
ISBN 978-3-86493-119-2

© Ullstein Buchverlage GmbH, Berlin 2020
Alle Rechte vorbehalten
Satz: LVD GmbH, Berlin
Gesetzt aus der Warnock Pro, Frontage Condensed und ION B
Druck und Bindung: CPI books GmbH, Leck
Printed in Germany

INHALT

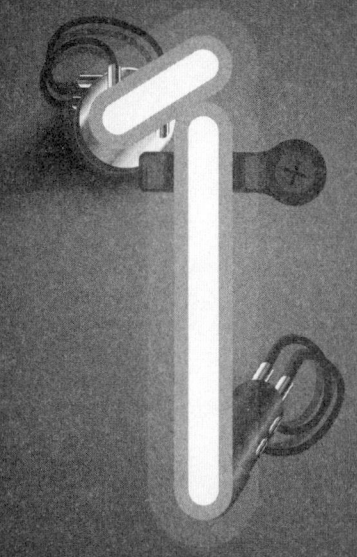

EIN MANN LIEGT FALSCH

1

Eigentlich ist es überhaupt nicht meine Art, in fremden Betten zu landen. In fast fünfundzwanzig Ehejahren habe ich Kathrin kein einziges Mal betrogen. Gut, drei Mal war ich nah dran, und dann gab es noch zwei weitere Male, da war es sogar noch knapper. Aber ich habe im letzten Moment immer die Kurve gekriegt. Selbst im vorletzten Sommer, als ich mich in einem Anflug von jugendlicher Schwärmerei in eine jüngere Frau verguckt hatte. Damals habe ich sogar ernsthaft mit dem Gedanken gespielt, Kathrin zu verlassen und ein neues Leben anzufangen. Aber ich bin geblieben.

Ich liebe meine Frau, auch wenn unsere Beziehung seit zwei oder drei Jahren nicht mehr ganz rundläuft. Da ist was eingesickert. Ein Zweifel, ein Argwohn, eine gewisse Schwere. Vielleicht liegt es am Alter – wohlgemerkt an meinem, nicht an ihrem. Kathrin wird im nächsten Jahr fünfzig, hat aber überhaupt keine Probleme mit dem Älterwerden. Kein Wunder, denn sie ist eine attraktive Frau, die trotz ihrer Falten und der angegrauten Haare jugendlich und vital wirkt. Meditation und Yoga sorgen dafür, dass sie in Zeitlupe altert. Ganz im Gegensatz zu mir. Wenn ich morgens vor dem Spiegel stehe, dann sehe ich wie die heruntergekommene Version vom Weihnachtsmann aus. Und das, obwohl ich meinen grauen Bart inzwischen wieder kurz trage. Dabei bin ich nur drei Jahre älter als Kathrin. Aber damit auch schon so gut wie Mitte fünfzig. Eigentlich kann ich den Sechzigsten schon vor mir sehen. Wenig später werde ich in Rente gehen, danach meinen Siebzigsten feiern und dann klopft auch schon der Sensenmann an die Tür. Kurz gesagt, es ist nur noch ein kleiner Spaziergang, bis ich diese Welt wieder verlassen muss. Dabei fühlt es sich an, als hätte ich sie gerade erst betreten. Und ja, ich gebe zu, das gibt mir schon zu denken.

Kathrin behauptet, meine schlechte Laune liegt nicht am Alter, sondern an meiner Schwarzseherei. Das ist aber nur die halbe Wahrheit. Stimmt schon, es kommt momentan alles zusammen. Die digitale Revolution, die Überbevölkerung, der Klimawandel. Wo man auch hinsieht, überall kriselt es. Und ich sehe niemanden, der die Probleme meistern könnte. Die Welt wird von Hütchenspielern regiert, die nur die nächste Partie durchbringen und sich dann mit dem ergaunerten Geld aus dem Staub machen wollen. Wie soll man da noch gute Laune haben?

2

ICH STELLE ALSO mit Schrecken fest, dass ich in einem fremden Bett liege, obwohl ich jeden Eid darauf schwören würde, dass ich mich gestern Abend neben Kathrin in mein eigenes Bett gelegt habe. Was ist hier los?

Ich spüre eine bleierne Müdigkeit in den Knochen, fühle mich steinalt und völlig ausgelaugt. Die leise Angst, die mich nun überkommt, lässt meine Gedanken abschweifen. Unwillkürlich muss ich an mein Lebensende denken. Ich stelle mir vor, dass es mir eines Tages so ergehen wird wie jetzt gerade: Ich liege verbraucht und müde in einem fremden Bett und warte darauf, dass die Zeit verstreicht. Bestimmt ist uns von allen Möbelstücken das Bett am nächsten. Wahrscheinlich wird es deshalb auch in Tausenden Jahren noch immer das sein, was es heute ist. Wobei die Menschen von morgen vielleicht einen Weg finden werden, den Schlaf auszutricksen. Wenn niemand mehr schlafen muss, dann braucht man auch weniger Betten. Und weniger Schlafzimmer. Was die Wohnungssuche in Zukunft einfacher machen dürfte. Andererseits werden uns die Betten beim Sex fehlen – falls es Sex dann überhaupt noch gibt. Vielleicht verschwindet das, was wir heute Sex nennen, ebenso still und heimlich wie unser Nachtschlaf. Betten kriegen dann nur noch die Neugeborenen, die Kranken und die Todgeweihten.

Oh Gott, bin ich etwa tot? Bin ich letzte Nacht gestorben? Ist das hier das Vorzimmer zum Himmel? Oder zur Hölle? Der Raum wirkt eigentlich recht freundlich. Wenn das hier die Hölle ist, dann habe ich sie mir definitiv anders vorgestellt.

Ich lasse den Blick durch das fremde Zimmer schweifen. Holzfußboden, getünchte Wände, ein lichtgrauer Schrank und eine dazu passende Kommode, über der ein hauchdünner Flachbildschirm hängt. Ich höre leise, beruhigende Musik, weiß allerdings nicht, woher sie kommt. Könnte ein Hotelzimmer sein. Oder auch ein Apartment der gehobenen Preisklasse. Den Geräuschen von draußen nach zu urteilen, bin ich nicht in der Stadt, sondern irgendwo auf dem Land. Ich kann das Rauschen von Bäumen und den fernen Klang von Kirchenglocken hören. Auch das ist verwunderlich. Kathrin und ich wohnen zwar in einem ruhigen Stadtteil. Dennoch sind die Geräusche der Stadt allgegenwärtig. Statt Glocken hört man in der Ferne Sirenengeheul, statt Blätterrauschen das Klingeln der Straßenbahn. Ich liege also nicht nur im falschen Bett und in der falschen Wohnung, womöglich befinde ich mich sogar im falschen Stadtteil oder gleich in der falschen Stadt. Vielleicht bin ich nicht einmal im richtigen Land, wer weiß?

Das große Fenster links von mir wird durch eine Jalousie verdunkelt. In den Ritzen bricht sich das Sonnenlicht. Der Tag muss längst begonnen haben. Es ist warm. Viel zu warm für Februar. War es nicht gestern noch kühl und regnerisch? Ich meine mich zu entsinnen, dass ich das Grau in Grau verflucht habe. Oder war das vorgestern? Egal, eigentlich verfluche ich das Wetter ständig. Es ist zu nass oder zu kalt, dann wieder zu heiß oder zu trocken. Daran ist nur der verdammte Klimawandel schuld. Wer hätte gedacht, dass die Menschheit eines Tages vom Wetter ausradiert werden könnte? Wobei das ja noch nicht raus ist. Ein brandneues Killervirus oder ein Krieg der Computer sind auch noch in der Los-Trommel für die Apokalypse.

Wie dem auch sei, es bleibt die ungeklärte Frage, warum ich in diesem fremden Bett hier liege. Tatsache ist, dass ich mich gestern nach einem Krach mit Kathrin neben sie ins eigene Bett gelegt habe. Oder spielt mir mein Kopf einen Streich? Worum ging es denn noch gleich bei diesem Streit? Ich erinnere mich dunkel, dass sie mich irgendwann allein in der Küche zurückgelassen hat. Allein mit meinem Frust und dem Rest der Flasche Rotwein. Aber was ist danach passiert? Habe ich etwa weitere Flaschen entkorkt und mich sinnlos besoffen? Bin ich noch um die Häuser gezogen? Einerseits fühlt es sich nicht so an, als ob ich einen Kater hätte, andererseits habe ich mich schon lange nicht mehr so matt und müde gefühlt wie heute Morgen. Habe ich vielleicht Drogen eingeworfen oder irgendwas in der Art? Hat mir jemand was in den Drink gekippt? Wann und wie bin ich in diesem fremden Bett gelandet? Habe ich eine Dummheit begangen? Oh Gott, steht mir etwa gleich eine peinliche Begegnung bevor?

Ein Geräusch vor der Tür reißt mich aus meinen Gedanken. Ich horche. Kommt mir vor, als hätte ich Schritte gehört. »Hallo? Ist da jemand?«

3

DER KRACH am Abend zuvor entzündet sich an einer lapidaren Bemerkung von Kathrin: »Musst du denn schon wieder damit anfangen?«

Es ist einer ihrer Standardsätze, wenn sie mich auf die Palme bringen will. Und es gelingt ihr auch diesmal. Ich reagiere genervt: »Was soll das heißen: schon wieder damit anfangen? Ich habe doch nur erwähnt, dass das Wetter mir die Laune verhagelt. Ist dir aufgefallen, dass inzwischen nur noch zwei Wetterlagen existieren? Entweder ist es brüllend heiß, oder es regnet in Strömen. Ich glaube nicht, dass es der Natur guttut, wenn sie abwechselnd gegrillt oder ertränkt wird.«

»Genau das meine ich«, sagt Kathrin und schiebt sich eine Haarsträhne hinters Ohr. »Das Wetter wird nicht dadurch besser, dass du dich ständig darüber aufregst. Außerdem ist deine chronisch schlechte Laune eine echte Geduldsprobe. Ich weiß nicht, ob ich das noch lange ertrage.«

»Die Probleme, die der Klimawandel mit sich bringt, werden jedenfalls nicht dadurch verschwinden, dass man sie ignoriert«, verkünde ich.

»Dein Gejammer wird den Klimawandel aber auch nicht stoppen«, erwidert sie lapidar.

»Ich jammere nicht, ich warne nur davor, dass der Klimawandel die Zukunft der gesamten Menschheit bedroht. Vielleicht werden wir verdursten. Oder ertrinken. Und ja, ich finde, das sollte man durchaus hin und wieder erwähnen, damit es nicht in Vergessenheit gerät.«

»Du erwähnst es aber ständig«, wirft Kathrin ein und gießt das Nudelwasser ab. »Ist dein Tomatensalat fertig?«

»Noch nicht ganz«, sage ich.

Sie wirft einen Blick zum Küchentisch, wo ich mit einem Glas Rotwein vor einer Schüssel Tomaten und einem unberührten Schneidebrett sitze. »Du hast ja noch nicht mal angefangen.«

»Weil ich mich gerade aufrege«, erwidere ich.

»Der Klimawandel ist sogar schuld daran, dass du mit dem Salat nicht fertig wirst?«, fragt sie spitz.

»Gewissermaßen«, improvisiere ich. »Gäbe es keinen Klimawandel, müssten wir nicht darüber diskutieren. Und dann könnte ich mich voll und ganz auf den Salat konzentrieren.«

»Genug Zeit, um in aller Ruhe eine Flasche Wein zu entkorken, hattest du offensichtlich trotzdem«, stellt Kathrin fest.

»Ja. Zum Glück«, füge ich bockig hinzu.

Sie zuckt mit den Schultern. »Ach, egal. Essen wir eben keinen Salat. Wenn wir sowieso alle vom Klimawandel hinweggerafft werden, wozu dann jetzt noch auf eine ausgewogene Ernährung achten, nicht wahr?«

»Machst du dich gerade über mich lustig?«, frage ich.

»Allerdings«, erwidert sie. »Du sitzt da selbstgefällig mit deinem chilenischen Rotwein, der um die halbe Welt geschippert worden ist, und tust so, als wärst du ein Experte für Klimafragen. Bist du aber gar nicht.«

»Warte nur ab«, sage ich. »Wenn uns das arktische Schmelzwasser erst bis zum Hals steht, dann wirst du noch an meine Worte denken.«

»Bestimmt«, sagt Kathrin, stellt zwei Teller mit Spinat-Tortelloni auf den Tisch und setzt sich. »Falls ich die Sintflut überlebe, du aber nicht, dann würde ich auf deinen Grabstein meißeln lassen: *Hier ruht Arnold Kahl. Er hat alles ganz genau kommen sehen.* - Wäre das in deinem Sinne?«

»Mach dir keine Hoffnungen«, sage ich. »Auch ich habe gute Chancen, die Sintflut zu überleben. Immerhin gehöre ich zu den wenigen Menschen, die sie überhaupt für möglich halten. Ich bin also mental bestens vorbereitet.«

»Das merke ich«, erwidert Kathrin. »Ich glaube trotzdem, dass du bei dem verzweifelten Versuch, deinen geliebten Weinkeller zu evakuieren, leider, leider ertrinken wirst.«

Oha, da ist was dran, denke ich. Vielleicht sollte ich beizeiten die wertvollsten Flaschen in eine der oberen Etagen umlagern. Am besten noch heute.

»Ich weiß ganz genau, was du jetzt denkst«, sagt Kathrin. »Aber vergiss es. Der Wein bleibt im Keller.«

So ist das nach fast fünfundzwanzig Ehejahren. Zuerst teilt man das Bett, dann auch den Tisch, dann Freud und Leid und dann alles, was man je besessen hat und je besitzen wird. Am Ende teilt man sogar die Gedanken. »Guten Appetit.«

»Wünsche ich dir auch«, sagt Kathrin und gießt sich Wein ein.

»Hast du eigentlich nie Angst vor der Zukunft?«, frage ich.

»Doch. Ich habe sogar vor denselben Dingen Angst wie du auch. Aber niemand weiß, was die Zukunft bringt, nicht einmal du. Vielleicht wirst du weder von einem mörderischen Tsunami noch von einer tödlichen Hitzewelle hinweggerafft, sondern stattdessen einfach vom Bus überfahren.«

»Du willst mich wohl unbedingt tot sehen, was?«

Sie muss lächeln. »Du weißt genau, was ich sagen will. Können wir nicht einfach genießen, dass es uns gut geht?«

»Stimmt. Es geht uns zwar gut, aber wie lange noch? Ich meine, wir wissen, dass der Planet vor dem Kollaps steht, aber das ignorieren wir einfach.«

»Und die Alternative ist, dass wir uns mit deinen Horrorszenarien jeden Tag aufs Neue die Laune versauen?«

»Du hast recht, wir könnten uns auch auf den Standpunkt stellen, dass uns all diese Probleme nichts mehr angehen. Wir sind schließlich alt, und …«

»Ich bin nicht alt«, unterbricht Kathrin barsch. »Ich bin neunundvierzig, und das heißt, ich bin vielleicht nicht mehr ganz jung, aber sicher auch noch nicht alt.«

»Ich meinte ja auch nur, dass …«

Wieder grätscht sie mir dazwischen. »Hast du mir zugehört, Arnold? Wenn du dich unbedingt steinalt fühlen möchtest, dann ist das ganz allein deine Sache. Aber zieh mich da gefälligst nicht mit rein.«

»Ja, habe ich verstanden«, sage ich. »Aber was ist mit unseren Kindern und Kindeskindern?«

Kathrin, die gerade die Gabel zum Mund führen wollte, hält inne. »Was soll mit denen sein?«

»Na, wir hinterlassen ihnen einen Berg von ungelösten Problemen.«

»Genau. So wie unsere Eltern uns einen Berg von Problemen hinterlassen haben. Und die wiederum haben die Probleme ihrer Eltern geerbt. Und so geht das immer weiter. Jede Generation will der folgenden zwar ein besseres Leben ermöglichen, aber das gelingt nur selten. Manchmal geht es sogar fürchterlich in die Hose. Deshalb muss jede neue Generation aufs Neue ihren eigenen Weg finden. Wir können nur versuchen, unseren Kindern dabei zu helfen. Das ist der Gang der Welt, Arnold.«

»Aha. Und was haben wir den nachfolgenden Generationen zu bieten? Sinnlose Handyspiele, lustige Katzenvideos und steigende Meeresspiegel?«

»Sieh doch nicht immer alles so schwarz. Ich habe gelesen, insgesamt gesehen, geht es mit der Menschheit bergauf«, erwidert Kathrin. »Wir leben beispielsweise immer länger und bleiben länger fit.«

»Genau. Noch so ein Problem«, ereifere ich mich. »Niemand weiß, wie die Überalterung der Gesellschaft finanziert werden soll. Stell dir vor, wir werden alle hundert Jahre alt. Unsere winzige Rente wird dann doch vorn und hinten nicht reichen. Meinen Laden wird es längst nicht mehr geben. Also müssten wir zuerst die Wohnung verkaufen und dann den Kindern auf der Tasche liegen. Tolle Vorstellung, findest du nicht?«

Kathrins Gesicht verdüstert sich. »Weißt du, was ich an der Vorstellung, hundert Jahre alt zu werden, am schlimmsten finde?«

Ich zucke mit den Schultern.

»Dass ich mir noch weitere fünfzig Jahre lang dein Gejammer anhören muss. Dabei steht es mir schon jetzt bis hier.« Sie illustriert den Pegelstand, indem sie ihre Hand ans Kinn legt. »Und damit höher, als es das arktische Schmelzwasser jemals tun wird.« Sie nimmt den Teller und das Weinglas und steht auf. »Ich esse übrigens vorm Fernseher. Allein. Ich habe nämlich keine Lust mehr, mir noch länger deine Apokalypsen anzuhören.«

4

KEINE REAKTION auf mein Rufen. Also versuche ich es erneut.

Jetzt wird die Tür geöffnet, und ein fremder junger Mann erscheint. Er ist vielleicht Ende zwanzig, schlank, mittelgroß, dunkelblond, halblanges Haar. Ein Durchschnittstyp. Er begrüßt mich mit einem freundlichen Lächeln. »Guten Morgen, Arnold.«

Der Durchschnittstyp kennt also meinen Namen. Interessant. Er hat ein Glas Saft und einen Kaffee dabei, angerichtet auf einem kleinen Porzellantablett. »Wie geht es dir?«

»Kennen wir uns?«, frage ich.

Er stellt das Tablett auf den Nachttisch und sieht mich forschend an. »Selbstverständlich kennen wir uns. Geht es dir gut, Arnold?«

»Na ja, ich bin gerade etwas verwirrt«, antworte ich.

»Das merke ich.« Er reicht mir das Glas. »Hier. Trink einen Schluck.«

»Danke«, sage ich und greife nach der Tasse. »Lieber zuerst Kaffee.«

Er stellt den Saft zurück. »Fühlst du dich etwa krank?«

Ich schüttele den Kopf. »Ein bisschen müde, vielleicht. Eigentlich sogar sehr müde. Aber krank? Nein, krank eher nicht. Allerdings würde ich gern wissen, wie ich in dieses Bett gekommen bin.«

»Ganz einfach. Es ist dein Bett. Du hast dich gestern hineingelegt, so wie jeden Abend.«

»Das hier ist ganz sicher nicht mein Bett«, erwidere ich. »Und auch dieses Zimmer sehe ich zum ersten Mal.«

Er wirkt erstaunt. »Du weißt nicht, wo du bist?«

»Nein. Sag ich doch.«

»Weißt du denn, wer ich bin?«

»Leider nicht.«

»Du hast mich nie zuvor gesehen?«

»Nicht, dass ich wüsste.«

»Weißt du, welcher Tag heute ist?«

»Sonntag.«

»Sonntag. Aha. Und kennst du auch das Datum?«

Ich überlege. »Der 16. Februar, glaube ich.«

»Wie heißt du?«

»Arnold.«

»Und wie weiter?«

»Kahl. Arnold Kahl«, antworte ich leicht genervt.

»Bist du genervt, Arnold?«

»Ein bisschen.«

»Warum?«

»Ich frage mich, wann ich mal an der Reihe bin. Ich hätte da nämlich auch ein paar Fragen.«

Er ignoriert meine Bemerkung. »Bist du sicher, dass heute Sonntag ist?«

»Ja«, antworte ich. »Allerdings würde ich nicht beschwören, dass heute der Sechzehnte ist. Ich müsste mal kurz nachrechnen. Also, nächste Woche feiern Kathrin und ich Silberhochzeit, und zwar am …«

»Silberhochzeit?«, fragt der junge Mann. Es klingt wie: Bist du noch ganz bei Trost?

»Ja. Silberhochzeit«, bestätige ich. »Kathrin und ich haben am

21. Februar 1995 geheiratet, also feiern wir am 21. Februar 2020 unsere Silberhochzeit.«

»Aha. Und deshalb denkst du, heute ist Sonntag, der 16. Februar 2020.«

»Genau.«

»Verstehe«, erwidert der junge Mann. »Gut.«

»Was heißt: Gut?«

»Gut heißt, ich rufe jetzt einen Arzt.«

»Warum?«, frage ich entgeistert.

»Weil du offenbar ein paar Aussetzer hast. Zwar zeigen deine Vitalfunktionen keine Auffälligkeiten, aber du weißt nicht, wo du dich befindest oder welcher Tag heute ist. Ganz zu schweigen davon, dass du mich nicht kennst. Das müssen wir abklären. Und zwar sofort. Der Arzt ist gleich da.«

»Was soll das heißen, Aussetzer? Was geht hier vor?«, frage ich überfordert.

»Genau das wollen wir herausfinden«, antwortet der junge Mann höflich.

»Schon gut. Vielleicht sagen Sie mir trotzdem erst einmal, wer Sie sind und was hier eigentlich los ist«, schlage ich vor.

»Ich heiße Gustav«, sagt der junge Mann. »Ich bin dein persönlicher Assistent, und normalerweise duzen wir uns …«

»Seit wann hab ich einen persönlichen Assistenten?«

»Seit fünfzehn Jahren«, antwortet Gustav. »So lange arbeite ich nämlich schon für dich.«

»Wir kennen uns seit fünfzehn Jahren?«

»Ganz genau.«

Ich schüttele verständnislos den Kopf. Vielleicht hat der junge Mann recht, und ich leide wirklich unter Ausfallerscheinungen. Das alles hier könnte eine Wahnvorstellung sein, ausgelöst durch einen Hirnschlag oder einen schrecklichen Unfall. Vielleicht liege ich in Wirklichkeit im Koma und bilde mir nur ein, dass ich gerade in dieser fremden Wohnung aufgewacht bin. »Heute ist also nicht Sonntag, der 16. Februar 2020?«

»Nein«, erwidert Gustav freundlich. »Heute ist Donnerstag, der 16. Februar 2045.«

»2045«, wiederhole ich und spüre ein panisches Zucken im Mundwinkel.

»2045«, bestätigt Gustav lächelnd.

5

AN DEM ABEND vor dem Krach mit Kathrin bin ich wie an jedem zweiten Freitag mit Freunden zum Bowlen verabredet. Das heißt, in Wahrheit bowlen wir nicht. Wir treffen uns zwar in einer Bowlinghalle, verbringen aber den Abend damit, uns zu unterhalten, ohne auch nur einen einzigen Pin abzuräumen. Ursprünglich wollten wir tatsächlich bowlen. Es war der sportliche Minimalkonsens. Zum Dartspiel hätten wir zwar gleich in unserer Stammkneipe bleiben können, aber wir wollten unsere gemeinsame Freizeit aktiver gestalten. Leider haben sich die guten Vorsätze schnell in Luft aufgelöst. Die Bowlingbahn ist trotzdem als Treffpunkt geblieben. Das Rollen der Kugeln, das Krachen der Pins und das Lärmen der Gäste verschaffen uns die Illusion von Aktivität. Auch wenn man nur herumsitzt, hat man das Gefühl, den Abend nicht völlig untätig verbracht zu haben. Und wer weiß? Vielleicht reicht ja allein die Absicht, sich sportlich zu betätigen, um den Körper in einen leichten Erregungszustand zu versetzen und so die Kalorienverbrennung zu aktivieren. Das würde auch erklären, warum man sich schon bei dem Gedanken, Mitglied in einem Sportclub zu werden, gleich viel fitter fühlt.

Der Vorschlag, bowlen zu gehen, kam von Olaf, der mit achtundfünfzig Jahren der Älteste in unserer Runde ist und als passionierter Raucher und Stubenhocker niemals zu einem Sport zu bewegen gewesen wäre, der auch im Freien ausgeübt werden kann. Olaf unterrichtet Latein, Geschichte und Mathematik, darüber hinaus engagiert er sich für schulische Indoor-Aktivitäten wie die Bücherei oder die Theater-AG. Eigentlich arbeitet er aber beharrlich daran, in den Vorruhestand gehen zu können. Ulrich, den alle Uli nennen, hat sich diesen Traum bereits erfüllt, dabei ist er erst einundfünfzig und somit deutlich weiter vom Rentenalter entfernt als Olaf. Uli ist Privatier. Wie er selbst gern betont, war er nie ein sonderlich begabter Unternehmer. Er hatte bei seinen Geschäften einfach mehr Glück als Verstand. Knapp die Hälfte eines vom Vater geerbten Fertigungsbetriebs für Autoteile hat Uli kurz vor dem Ausbruch der Finanzkrise zu einem sehr guten Preis verscherbelt. Den Rest ist er losgeworden, als die Finanzkrise vorbei war, die Autokrise aber noch nicht begonnen hatte. Seitdem verwaltet Uli sein Vermögen, und auch hier ist das Glück auf seiner Seite. Ein großer Teil seines Geldes steckt ausgerechnet in Berliner Immobilien, weshalb Uli sein schon zuvor nicht unbeträchtliches Vermögen binnen weniger Jahre noch einmal mehr als verdoppelt hat.

Olaf kann seinen Neid auf Uli manchmal nur mühsam verbergen. Uli hat bereits erreicht, wovon Olaf schon lange träumt. Und sollte Olaf eines fernen Tages doch noch seinem tristen Berufsleben entkommen, dann werden er und Ulla sich mit einer kleinen Rente bescheiden müssen, während Uli und Sabine das Geld mit vollen Händen ausgeben können. Die Welt ist eben ungerecht, die Frage ist nur, ob zu deinen Gunsten oder Ungunsten.

Manche Menschen haben Wutanfälle, Olaf hat Neidanfälle. Auslöser ist diesmal, dass Uli ein Grundstück, das ihm selbst erst seit wenigen Wochen gehörte, mit irrwitzigem Gewinn an einen ausländischen Investor verkauft hat. Ein Glücksfall, wie Uli betont, wobei er das eigentlich nicht erwähnen muss, denn praktisch alle seine Coups sind reine Glücksfälle.

Olafs Neid schwappt also spontan hoch, was sich darin äußert, dass seine Laune in den Keller sackt. »Wo zur Hölle steckt eigentlich Walter? Kommt der heute schon wieder zu spät, oder was? Wirklich, das nervt.«

Uli stutzt. »Zu spät? Wozu denn zu spät?«

»Na, ich dachte, wir wollten mal langsam anfangen«, improvisiert Olaf.

»Womit denn anfangen?«, hakt Uli nach. »Mit Rumsitzen, oder was?«

»Nein. Aber kann ja sein, dass wir heute mal bowlen wollen«, fabuliert Olaf munter drauflos.

»Bowlen?«, wiederholt Uli verständnislos. »Hast du bowlen gesagt?«

»Ja, bowlen«, bestätigt Olaf und deutet mit ausgestreckten Armen auf die neben uns liegenden Bowlingbahnen. »Das hier ist 'ne Bowlinghalle. Hier kann man bowlen, wenn man will.«

Uli schaut sich um und tut so, als würde ihm erst jetzt auffallen, dass er sich in einer Bowlinghalle befindet. »Das ist ja ein Ding! Arni, hast du gewusst, dass das hier 'ne Bowlinghalle ist?«

»Nicht direkt«, antworte ich. »Aber ich hatte immer schon so eine Ahnung, wenn wir uns die Bowlingschuhe angezogen haben.«

Uli schaut auf seine Bowlingschuhe hinunter. »Stimmt! Warum hast du das nicht früher gesagt, Olaf? Da treffen wir uns jahrelang in dieser Bowlinghalle und haben nicht die geringste Ahnung davon, was wir hier alles verpassen. Ein Glück, dass du uns endlich die Augen geöffnet hast.«

Olaf winkt genervt ab. »Schon gut. Ich geh mal eine rauchen.«

»Ja, aber beeil dich«, ruft Uli ihm hinterher. »Wir wollen gleich anfangen.«

Olaf macht eine wegwerfende Handbewegung, während er die Raucherkabine im Eingangsbereich ansteuert.

Uli schüttelt den Kopf und sieht mich an. »Was hat er denn nur?«

»Du weißt doch, dass er neidisch auf dein Geld ist.«

Uli hebt ratlos die Arme, was sein elegantes Maßhemd und die teure Uhr an seinem karibisch gebräunten Handgelenk gut zur Geltung bringt. »Aber hört das denn nie auf? Ich meine, so langsam müsste er sich doch mal damit abgefunden haben, findest du nicht?«

»Was ist denn mit Olaf los?«, mischt sich nun Walter ein, der gerade angekommen ist und unseren schlecht gelaunten Freund offenbar im Eingangsbereich getroffen hat.

»Nichts, er ist nur neidisch auf mein Geld«, antwortet Uli und winkt die Bedienung heran.

»Oh, ganz was Neues«, erwidert Walter und stellt seine abgewetzte Lederumhängetasche neben die Sitzbank.

Walter kann Olafs Neid nicht nachvollziehen, denn er macht sich rein gar nichts aus Geld. Seit mehr als dreißig Jahren lebt er auf Studentenniveau und ist damit sehr zufrieden. Ein achtundvierzigjähriger promovierter Literaturwissenschaftler, der darauf wartet, dass irgendwo ein alter Professor von der Stange fällt, der sein akademisches Leben ebenfalls schwerpunktmäßig mit Naturlyrik verbracht hat. Den würde Walter dann beerben, um bis zum Ende seiner Tage romantische Gedichte zu lesen und ab und zu mit den wenigen Studenten, die das ebenfalls interessiert, darüber zu plaudern. Walter rechnet nicht damit, dass er in den nächsten fünf Jahren einen Lehrstuhl ergattern kann. Wenn alles gut läuft, dann wird er seine eigentliche berufliche Laufbahn beginnen, wenn Olaf die Rente durch hat.

Uli hat es geschafft, die Bedienung an den Tisch zu holen. »Jemand einen Aperol Spritz?«

Ich nicke, Walter schüttelt den Kopf. »Für mich bitte nur Mineralwasser.«

»Geht auf mich«, erklärt Uli. »Hab heut ein gutes Geschäft gemacht.«

»Dann gern«, antwortet Walter prompt.

»Dann also vier Aperol Spritz«, entscheidet Uli. »Der Neidhammel will bestimmt auch einen.«

»Das hat der Neidhammel gehört«, erwidert Olaf, der gerade seine Zigarettenpause beendet hat. »Trotzdem besten Dank.«

»Ach, sieh an. Wenn du dir einen Nikotinschuss gesetzt hast, dann bist du gleich viel freundlicher«, stellt Uli fest.

»Wirklich? Solltest du dann vielleicht auch mal probieren«, schlägt Olaf vor.

Uli winkt ab. »Lieber nicht. Ich würd gern mit siebzig noch halbwegs fit sein.«

»Glaubst du etwa, ich nicht?«, erwidert Olaf entrüstet.

»Davon merkt man aber nicht viel«, mischt Walter sich ein. »Wusstest du, dass starke Raucher unter den Über-Siebzigjährigen deutlich unterrepräsentiert sind? Die meisten Hardcore-Raucher werden nämlich gar nicht so alt.«

Olaf sieht mich an und hebt ratlos die Hände. »Der eine geht mir mit seinem Schotter auf den Senkel, der andere mit seinen blöden Gesundheitstipps. Wie soll man denn da, bitte schön, keine schlechte Laune haben?«

Ich will etwas erwidern, aber Uli kommt mir zuvor: »Arnold darfst du da nicht fragen. Der hat momentan doch selbst chronisch schlechte Laune.«

»Echt? Findest du?«, frage ich verblüfft.

»Ja klar. Komm, das ist nun wirklich nicht zu übersehen, Arni.«

Ich schaue fragend zu Walter, der zunächst noch den Kopf hin und her wiegt, dann aber nickt. Olaf hält demonstrativ Ausschau nach der Kellnerin, was ich als weitere Zustimmung werte.

»Willst du meine Meinung dazu hören?«, fragt Uli.

»Eigentlich nicht«, antworte ich. »Aber schieß los.«

»Ich glaube, als Kathrin und du mit der Planung für eure Silberhochzeit begonnen habt, da ist dir plötzlich klar geworden, dass du seit mehr als fünfundzwanzig Jahren mit derselben Frau zusammen bist. Und das hat dich in eine Lebenskrise gestürzt.«

»Das ist totaler Quatsch«, erwidere ich unwirsch. »Außerdem bist du doch selbst seit einer Ewigkeit verheiratet.«

»Ja, seit zweiundzwanzig Jahren«, bestätigt Uli.

»Und? Wieso bist du dann nicht auch in einer Lebenskrise?«

Uli zuckt mit den Schultern. »Keine Ahnung. Kommt ja vielleicht noch. Aber immerhin habe ich dann eine sehr tolerante Ehefrau an meiner Seite und genug Geld, um Lebenskrisen relativ angenehm zu gestalten.«

»Du gehst mir auf den Sack mit deinem Geld«, wirft Olaf ein.

»Ist ja jetzt auch egal«, sagt Uli. »Wenn Arni glaubt, dass ich völlig falschliege, dann will ich nichts gesagt haben. Also: Liege ich völlig falsch?«

Alle Augen richten sich auf mich.

»Tja … na ja«, sage ich zögerlich. »Manchmal frage ich mich schon, wo die letzten fünfundzwanzig Jahre geblieben sind. Geht euch das nicht so? Bin ich der Einzige, der sich darüber wundert, wo die Zeit hin ist? Ich meine, gefühlt ist es gestern gewesen, dass ich Kathrin das Jawort gegeben habe. Eben noch waren wir ein junges, verliebtes Paar mit verrückten Plänen. Und im nächsten Moment sitzen wir angegraut in einer Gaststätte und planen unsere Silberhochzeit. Ist das nicht Wahnsinn?«

Ich schaue in skeptische Gesichter.

»Also wenn du mich fragst, dann steckst du definitiv in einer schweren Sinnkrise«, stellt Olaf fest.

»Jep. Da liegt er zu hundert Prozent richtig«, stimmt Walter zu.

»Siehste? Sag ich doch«, resümiert Uli zufrieden.

»Vier Aperol Spritz«, verkündet die Bedienung und serviert die knallroten Drinks auf dem hellgrauen Plastiktisch.

»Ah, das trifft sich gut«, frohlockt Uli. »Trinken wir doch darauf, dass Arnold sein verlorenes Vierteljahrhundert wiederfindet.« Er hebt sein Glas, Olaf und Walter folgen. Ich zögere zuerst – und schließe mich dann an. »Aber danach wechseln wir das Thema, okay?«

6

»HEUTE IST ALSO Donnerstag, der 16. Februar 2045.«

»Das ist korrekt«, antwortet Gustav. »Entspann dich jetzt. Der Arzt ist in zwölf Minuten hier.«

»Und wir beide kennen uns seit fünfzehn Jahren.«

»Genau.«

»Und ich duze dich.«

»So ist es.«

»Okay.« Ich lehne mich zurück und versuche mich zu entspannen. Das ist leichter gesagt als getan, weil die Situation mich nicht nur verunsichert, sondern auch ein wenig beunruhigt.

Gustav scheint das zu merken. »Kann ich sonst noch etwas für dich tun, Arnold?«

»Ja. Ich brauch ein bisschen frische Luft. Wärst du so nett, die Jalousie hochzuziehen und das Fenster zu öffnen?«

Gustav schaut zuerst zum Fenster, dann sieht er mich an. »Du weißt, dass da kein Fenster ist, oder?«

Ich verstehe nicht, was er meint. »Das Fenster ist … kein Fenster?«

»Nein.«

»Aha. Was ist es dann?«

»Es ist die Simulation eines Fensters«, erklärt Gustav. »Eine Ansammlung von Nanobots.«

Er sieht mir an, dass ich nicht weiß, wovon er redet. »Nanobots sind dir aber ein Begriff, oder?«

»Nanobots«, wiederhole ich ratlos. »Nein, tut mir leid. Keine Ahnung.«

Er nickt grüblerisch. »Hm.«

»Was meinst du mit Hm?«

»Ich überlege, ob es deinem Gedächtnis auf die Sprünge helfen könnte, wenn ich dir die Welt erklären würde, in der wir leben.«

»Gute Idee«, sage ich. »Ist womöglich ein Fass ohne Boden, aber versuchen können wir es doch trotzdem.«

»Die Frage ist nur, ob es dir hilft, dich zu erinnern, oder ob dich die Informationen dermaßen überfordern, dass sie den gegenteiligen Effekt haben und deine Gedächtnisblockade noch verstärken«, überlegt Gustav.

»Wie soll das gehen mit dieser Verstärkung?«, frage ich. »Meine Blockade ist offenbar hundertprozentig. Da kann sich nichts mehr verstärken.«

»Auch wieder wahr.« Gustav nickt. »Okay, versuchen wir es einfach. Erste Frage: Was ist ein Nanobot? Antwort: Nanobots sind winzige Roboter, meist nicht größer als ein Staubkorn, die sich zu größeren Einheiten organisieren können. Der Boden, die Wände und die Decke dieses Zimmers sind mit einer Schicht Nanobots bedeckt, die Licht, Strukturen, Farben und einfache dreidimensionale Gebilde nachahmen können. Seit rund zehn Jahren benutzt man diese Technik, um die Innenarchitektur von Häusern flexibler gestalten zu können. Nebenbei sind Nanobots nicht nur in der Lage, die Temperatur und die Frischluftzufuhr zu regulieren, sie beseitigen auch Staub und Schmutz. Gebäude mit dieser Technik sind also selbstreinigend.«

Ich nicke bedeutungsvoll. Dann mache ich eine Kunstpause. Schließlich lache ich schallend. »Alles klar. Ich glaube, so langsam weiß ich, was hier gespielt wird. Kann es sein, dass meine lieben Freunde mir gerade einen Streich spielen?«

Gustav schüttelt den Kopf. »Nein.«

»Oh doch. Ich bin mir sogar sehr sicher.«

»Nein, Arnold. Ganz bestimmt nicht. Du hast überhaupt keine Freunde, die dir einen Streich spielen könnten.«

»Klar habe ich Freunde«, widerspreche ich. »Wir treffen uns alle vierzehn Tage zum Bowlen und obendrein ständig bei allen möglichen Anlässen.«

»Ja, so war das Anfang der zwanziger Jahre. Jetzt befinden wir uns im Jahre 2045. Dein Freundeskreis existiert nicht mehr.«

Ich bin sicher, dass Gustav Quatsch erzählt, will mich aber nicht streiten. Ich werfe die Bettdecke zurück, was mir Mühe macht.

»Wie dem auch sei, wenn du das Fenster nicht öffnen willst, dann mache ich das mal eben.«

Er hebt beschwichtigend die Hände. »Nein, schon gut. Bitte leg dich wieder hin, Arnold.«

»Okay, dann machst du es eben auf. Ich brauche jedenfalls sofort frische Luft.«

»Tja. Wie schon gesagt, es ist kein richtiges Fenster, sondern …«

»Gustav, hör auf mit dem Quatsch. Ich weiß zwar nicht, was hier gespielt wird, aber ich werde es herausfinden. Und dieses Ding da in der Wand ist definitiv ein Fenster. Punkt.«

»Okay, wenn du mir nicht glaubst, dann sieh es dir mit eigenen Augen an.«

Ich nicke gelangweilt und betrachte das Fenster, das mit einem Mal zu verblassen beginnt, um schließlich vor meinen Augen wie durch Zauberei ganz zu verschwinden. Die Geräusche von draußen verstummen und auch das sich in den Ritzen der Jalousie brechende Sonnenlicht ist plötzlich weg. Stattdessen erstrahlt jetzt die Zimmerdecke in fluoreszierendem Licht. Dazu ist leise Sphärenmusik zu hören.

»Was war denn das jetzt?«, frage ich baff.

»Wie schon gesagt, mithilfe von Nanobots kann dieses Zimmer jederzeit und beinahe beliebig umgestaltet werden.«

Ungläubig schaue ich mich um. »Alles hier besteht aus diesem Nanozeug?«

»Alles, bis auf die Möbel«, erklärt Gustav. »Man könnte sie auch aus Nanobots herstellen, aber das ist teuer. Außerdem wolltest du unbedingt konventionelle Möbel haben.«

Ich schaue mir den Holzfußboden an. »Kannst du den auch verändern?«

»Klar.«

»Dann mach doch mal.«

»Okay. Was hättest du denn gern?«

»Egal. Such dir was aus.«

Ich begutachte das edle Parkett und sehe, wie es vor meinen Augen verblasst und sich dann in einen hellen Steinfußboden verwandelt.

»Nanobots können Oberflächenstrukturen simulieren und dabei einfache dreidimensionale Formen annehmen«, erklärt Gustav. »Wenn du hier gern einen Teppich hättest, dann könnte auch der aus Nanobots zusammengesetzt werden. Der Flachbildschirm da hinten ist auch nur eine Simulation. Möchtest du, dass ich ihn auch verschwinden lasse?«

»Nur zu«, sage ich launig und erlebe erneut, dass ein Gegenstand sich vor meinen Augen in Luft auflöst.

Ich trinke einen Schluck Kaffee, den Rest der Tasse schütte ich gegen die Wand, wo die Flüssigkeit einen braunen Fleck hinterlässt. »So, und wie war das doch gleich? Diese Nanodinger sind selbstreinigend, richtig?«

Gustav wiegt den Kopf hin und her. »Nicht ganz. Es gibt zwar Modelle, die selbstreinigend sind, aber die Nanobots, die hier verwendet wurden, sind es leider nicht.«

Peinlich berührt schaue ich zu dem hässlichen Kaffeefleck. »Oh. Sorry.«

»Kleiner Scherz«, sagt Gustav, ohne mit der Wimper zu zucken. »Alle Nanobots sind selbstreinigend.«

Ich beobachte, wie auch der Kaffeefleck augenblicklich verschwindet.

»Wie steuert man diese Dinger eigentlich?«, will ich wissen.

»Du sagst, was du willst, und ich mache das dann«, antwortet Gustav.

»Ja, aber wie machst du das?«, hake ich nach.

»Ich bin vernetzt, unter anderem mit der Haustechnik.«

»Ja, aber wie funktioniert das? Du musst doch eine Fernbedienung haben oder irgendwas in der Art.«

Gustav sieht mich an. Er scheint zu überlegen. »Nein. Vereinfacht gesagt, sind die Schaltkreise der Haustechnik mit meinen Schaltkreisen verbunden. Drahtlos, versteht sich.«

Ich weiß nicht, was er meint. »Mit deinen Schaltkreisen?«

»Genau.«

»Wieso hast du Schaltkreise?«

»Weil ich ein synthetischer Charakter bin.«

»Ein ... was?«

»Eine künstliche Intelligenz mit einem synthetischen Körper«, erklärt Gustav geduldig.

»Eine ... was?«

»Eine künstliche Intelligenz mit ...«

»Gustav, ich hab gehört, was du gesagt hast. Ich hab es nur nicht verstanden. Willst du mir etwa weismachen, dass du ein Roboter bist?«

»Roboter haben zwar nicht das, was man heute unter künstlicher Intelligenz versteht«, erwidert Gustav. »Aber früher hätte man mich vermutlich so genannt. Insofern hast du recht. Ja, ich bin ein Roboter.«

7

DIE ABENDE auf der Bowlingbahn enden für gewöhnlich in Tonis Trattoria, denn die Snacks, die man im Bowlingcenter bestellen kann, sind miserabel. Nach mehreren Versuchen, irgendwas auf der Karte zu finden, das nicht frittiert ist, haben wir aufgegeben. Uli fand ohnehin, dass er nicht Multimillionär geworden ist, um sich von Fritten und paniertem Mist zu ernähren. Also hat er seinen Stammitaliener Toni überredet, uns kurz vor Ladenschluss eine große Vorspeisenplatte und ein paar Flaschen Brunello hinzustellen. Inzwischen ist Uli sogar stolzer Besitzer eines Zweitschlüssels. Toni hatte nämlich irgendwann keine Lust mehr darauf, sich die halbe Nacht um die Ohren zu schlagen. Deshalb macht er meistens Feierabend, wenn wir kommen, und überlässt es Uli, den Laden abzuschließen.

»Du musst unbedingt was von der Peperonata essen«, sagt Walter zu Olaf, der als Letzter an den Tisch kommt, weil er vor der Tür noch schnell eine rauchen wollte.

»Und wenn ich mir nichts aus Paprika mache?«, fragt Olaf und setzt sich.

»Dann solltest du sie trotzdem essen«, beharrt Walter. »Paprikaschoten enthalten Antioxidantien, und die sind sehr wichtig, besonders für starke Raucher.«

»Warum musst du neuerdings eigentlich ständig darauf herumreiten, dass ich rauche?«, fragt Olaf verstimmt.

»Tue ich doch gar nicht«, erwidert Walter.

»Doch. Ein bisschen schon«, springe ich Olaf bei.

»Walter hat aber recht«, mischt Uli sich ein. »Wenn du von deiner Rente was haben willst, dann musst du mehr auf deine Gesundheit achten. Und das bedeutet nun mal, entweder lässt du die Kippen weg, oder du treibst Sport und achtest auf eine gesunde Ernährung. Wenn du so weitermachst, dann wirst du jedenfalls keine hundert Jahre alt.«

»Wer will denn schon hundert Jahre alt werden?«, fragt Olaf und schiebt sich demonstrativ eine Scheibe Salami in den Mund.

»Ich, zum Beispiel«, erwidert Uli. »Warum auch nicht? Das Leben ist schön, und ich würde es gern noch viele Jahre genießen.«

»Genießen? Mit hundert bist du heilfroh, wenn du deine Füße sehen und deinen Harndrang einigermaßen kontrollieren kannst«, erwidert Olaf. »Ich glaube, mit Genuss hat das überhaupt nichts zu tun.«

Uli nimmt einen Schluck Brunello. »Wer weiß, was die Wissenschaft bis dahin für Fortschritte macht. Es werden doch ständig irgendwelche Pillen erfunden, die den Alterungsprozess verlangsamen. Vielleicht sind wir als Hundertjährige total fit. Wäre doch möglich, dass wir die erste Generation von agilen und glücklichen Greisen werden, oder?«

»Tolle Vorstellung«, sagt Olaf. »Eine Welt voller Tattergreise, die jungen Frauen hinterherstolpern. Ich glaube, da möchte ich nicht so gern mitmachen.«

Uli sieht mich an. »Was ist mit dir, Arnold? Willst du auch keine hundert werden?«

Ich zucke mit den Schultern. »Doch, irgendwie schon. Aber ehrlich gesagt befürchte ich, dass ich mir das nicht leisten kann.«

»Wenn du noch länger mit deinem Buchladen herumkrauterst, dann kann es dir durchaus passieren, dass du als armer Schlucker endest«, erwidert Uli. »Ich hab dir schon vor Jahren gesagt, dass du alles verkaufen und dich mit Aktien eindecken sollst. Hättest du auf mich gehört, wärst du jetzt ein gemachter Mann.«

»Und wovon soll ich leben, wenn ich meinen Laden verkauft habe?«

»Lass dich irgendwo als Geschäftsführer anstellen. Du kriegst ein hübsches Festgehalt, und das unternehmerische Risiko tragen andere.«

Ulis Plan klingt verlockend, funktioniert aber auch nur dann, wenn man so viel Glück hat wie er. Ich fürchte, ich gehöre leider nicht zu diesen Menschen. Bestimmt würden die Börsen weltweit an genau jenem Tag auf Talfahrt gehen, an dem ich unser ganzes Geld in Aktien gesteckt hätte. Und obendrein würde Kathrin mir noch die Hölle heißmachen, weil ich unter die Zocker gegangen wäre.

»Also ich fände es ja durchaus interessant, hundert zu werden«, sagt Walter. »Vielleicht bekomme ich meine Professur erst mit Ende fünfzig. Da wäre es doch praktisch, wenn ich nicht schon ein paar Jahre später in Rente gehen müsste. Außerdem gibt es in der Naturlyrik noch eine Menge Forschungsbedarf. Allein mein Buchprojekt über das Motiv der rauschenden Bäume bei Joseph von Eichendorff könnte locker zehn Jahre in Anspruch nehmen.«

»Gut, bei Eichendorff bin ich jetzt raus«, sagt Uli.

»Ist aber ein hochinteressanter Künstler gewesen«, wirft Walter ein. »Es gibt kaum einen Dichter, der das Motiv der rauschenden Bäume ...«

»Jaja, schon gut«, winkt Uli ab. »Man kann ein langes Leben natürlich auch nutzen, um langwierige Arbeiten zu erledigen. Ich würde trotzdem versuchen, es mit möglichst vielen angenehmen Dingen zu füllen.«

»Ich frage mich, wie viele Leute überhaupt in der Lage wären, zusätzliche Lebenszeit halbwegs sinnvoll zu nutzen«, werfe ich ein. »Ich meine, nichts gegen ein genussvolles Leben, aber was ist mit all den Menschen, die ihre Zeit damit verbringen, sich tagein, tagaus schwachsinnige Fernsehsendungen anzusehen? Würden die irgendetwas in ihrem Leben anders machen, wenn sie dreißig zusätzliche Jahre geschenkt bekämen? Ich bin da skeptisch.«

»Ich würde jede Wette darauf eingehen, dass die wenigsten Menschen auf ein paar zusätzliche Jahrzehnte verzichten«, widerspricht Uli. »Und ob der Sinn des Leben nun darin besteht, Eichendorff zu lesen oder Seifenopern zu schauen, das musst du schon jedem selbst überlassen.«

»Und was kommt danach?«, fragt Olaf. »Wenn wir es alle geschafft haben, hundert zu werden, wird uns das dann reichen? Oder werden wir versuchen, hundertfünfzig, zweihundert oder zweihundertfünfzig Jahre zu leben? Und ist uns das dann genug? Oder wollen wir am Ende unsterblich sein?«

Uli zuckt mit den Schultern. »Lass uns doch erst einmal die hundert schaffen, dann sehen wir weiter.«

8

GUSTAV, DER NETTE junge Durchschnittstyp, der mir Kaffee und Saft ans Bett gebracht hat, ist also nicht nur mein persönlicher Assistent, sondern auch ein Roboter. Interessant. Und er ist vernetzt mit der Haustechnik, was den praktischen Effekt hat, dass er Dinge verschwinden lassen oder wahlweise herbeizaubern kann. Auch interessant. Und zugleich beunruhigend.

»Wann kommt denn der Arzt?«, frage ich und denke: Vielleicht kann mir ein Mediziner erklären, was hier vor sich geht.

»Nach aktuellem Stand in neun Minuten und dreißig Sekunden«, antwortet Gustav prompt.

»Bist du mit dem Arzt etwa auch verbunden?«

»Nicht nur das«, antwortet Gustav. »Ich übermittele ihm auch ständig deine Vitaldaten, damit er sich schon unterwegs ein ungefähres Bild von deinem Zustand machen kann.«

»Aha. Und woher nimmst du meine Vitaldaten, wenn ich fragen darf?«

»Die bekomme ich von deinem Pyjama übermittelt. Er kontrolliert deinen Puls, den Blutdruck und den Blutzucker. Außerdem misst er hundertvierzig weitere Werte. Und er überprüft obendrein deine Schlafphasen.«

»Aha. Und wie macht er das?«, frage ich amüsiert.

»Der Stoff ist mit winzigen Sensoren durchwebt, die ständig verschiedenste Messungen durchführen«, erklärt Gustav.

Ich hebe die Bettdecke an und betrachte meinen Pyjama. Er ist kariert, vermutlich aus Baumwolle und sieht stinknormal aus.

»Wirklich? Ich werde von diesem Schlafanzug überwacht?«

»Korrekt. Anhand der Daten, die nachts gesammelt werden, können wir erkennen, ob du gesundheitliche Probleme hast. Außerdem stimmen wir deine Ernährung und dein Bewegungsprogramm darauf ab.«

»Soso. Und wer ist: wir?«, frage ich.

»Na, du und ich«, antwortet Gustav. »Also hauptsächlich ich. Wobei es dann ja an dir liegt, meine Berechnungen umzusetzen.«

»So sieht also die Zukunft aus«, sage ich. »Wer hat sich diese Dauerüberwachung einfallen lassen? Etwa die Krankenkassen?«

»Das Thema betrifft nicht nur die Krankenkassen, sondern die Gesellschaft insgesamt«, antwortet Gustav. »Es ist ja allen daran gelegen, dass jeder sein Bestes gibt, um den anderen nicht zur Last zu fallen. Gesundheit gilt schon seit den Dreißigern nicht mehr als Privatvergnügen, sondern als gesellschaftliche Verpflichtung.«

»Das klingt anstrengend«, sage ich.

»Ist es nicht. Zumindest nicht sehr«, erwidert Gustav diplomatisch. »Es geht ja nicht darum, dass sich das ganze Leben nur um die Gesundheit drehen muss. Innerhalb gewisser Ermessensspielräume kann jeder Einzelne frei entscheiden, was er tut oder lässt.«

»Ich kann also auch ungesund leben, wenn ich will?«

»Na ja. Zumindest vorübergehend. Du solltest aber versuchen, eine Balance zu finden. Es geht darum, dass man Risiken eingehen darf, wenn man unterm Strich eine verantwortungsvolle Balance vorweisen kann.«

»Und wie sieht das aus?«, frage ich. »Ich esse eine Schweinshaxe mit fetter Soße, muss mich dann aber zwei Tage lang mit Gemüse und Fisch begnügen, um meine Ernährungs-Balance wiederherzustellen?«

»So ähnlich«, antwortet Gustav. »In deinem Fall würde die Gemüse-und-Fisch-Diät allerdings exakt 9,75 Tage dauern. Nur jemand, der jung und sehr sportlich ist, könnte deine Schweinshaxe in zwei Tagen kompensieren.«

»Danke, so genau wollte ich es eigentlich gar nicht wissen«, sage ich.

»Die genauen Zahlen sind aber wichtig«, erwidert Gustav. »Die Gesunden möchten nun mal nicht für Kranke aufkommen, die ihre Krankheit selbst verschuldet haben, besonders nicht, wenn dies durch Unwissenheit oder Schlamperei geschehen ist.«

»Und was macht man mit übergewichtigen Stubenhockern, die überhaupt nicht daran denken, Sport zu treiben oder sich gesund zu ernähren?«

Gustav kommt nicht dazu, mir diese Frage zu beantworten, denn nun klopft es, und wenige Sekunden später steht ein kantiger Mann in seinen mittleren Jahren neben meinem Bett, der sich uns als Dr. Picobello vorstellt.

»Interessanter Name«, sage ich. »Wo haben Sie den denn her?«

»Bei einem Preisausschreiben gewonnen«, antwortet der Arzt.

Ich muss lachen.

»Das ist kein Witz«, sagt Dr. Picobello. »Die Kunden meines Users haben Vorschläge gemacht und dann wurde abgestimmt. So bin ich zu dem Namen Picobello gekommen.«

»Wie lautet denn Ihr richtiger Name?«, frage ich verwirrt.

»Ich bin ein Thx-0004-nthg-2043–03–13«, antwortet Dr. Picobello prompt.

Ich brauche einen Moment, um zu begreifen, was seine Antwort
bedeutet. »Kann ich mit Gustav bitte mal kurz unter vier Augen
sprechen?«

»Klar«, antwortet Dr. Picobello und blickt zur Zimmerdecke.

»Ich meinte, ob Sie uns einen Moment allein lassen könnten«,
präzisiere ich.

»Nicht nötig. Er hat sich gerade in den Privatmodus versetzt«,
erklärt Gustav. »Das heißt, er wird nichts von dem, was wir jetzt
sagen, speichern. Also, worüber willst du mit mir reden?«

»Darüber, dass der Arzt auch ein Roboter ist«, antworte ich.

»Wir sind keine Roboter«, korrigiert Gustav und klingt nun doch
ein bisschen pikiert. »Wir sind synthetische Charaktere.«

»Aber ihr seid Maschinen, oder etwa nicht?«

»Das ist korrekt.«

»Also seid ihr Roboter.«

Gustav schüttelt den Kopf. »Roboter sind zwar auch Maschinen, aber im Gegensatz zu uns sind sie nicht in der Lage, Fakten zu analysieren und selbstständige Entscheidungen zu treffen.«

»Genau davon rede ich. Diese Picobello-Maschine soll meinen
Gesundheitszustand analysieren, richtig?«

Gustav nickt. »Diagnose und Therapie erfolgen mit mehr als
neunundneunzigprozentiger Treffsicherheit. Damit sind synthetische Charaktere rund fünfzehn Prozent treffsicherer als die
besten menschlichen Humanmediziner auf diesem Planeten. Du
kannst dich Dr. Picobello also problemlos anvertrauen. Außerdem ist er ein M-Bot neuester Bauart. Millennium-Klasse. Besser geht's nicht.«

»M-Bot?«, frage ich ratlos.

»Ein Medizin-Bot«, erklärt Gustav. »Wir synthetischen Charak-

tere werden gemäß Aufgabengebiet klassifiziert. Ich bin beispielsweise ein S-Bot, ein Service-Bot. Es gibt Dienstleistungs-Bots,
Informations-Bots und noch viele andere. Das würde aber jetzt
zu weit führen.«

»Bist du auch ein Modell der Millennium-Klasse?«, will ich wissen.

»Aber nein!« Gustav winkt ab. »Davon bin ich Lichtjahre entfernt. Praktisch das Gegenteil von Dr. Picobello. Ich gehöre zu
den ersten synthetischen Charakteren, die in Serie gegangen
sind. Ein Wunder, dass ich überhaupt noch durch den TÜV
komme. Ist bestimmt nur eine Frage der Zeit, bis mir eine
Sicherung durchbrennt. Wahrscheinlich werde ich dir also
wegen einer Fehlfunktion eines Nachts die Kehle durchschnei-
den und dann versuchen, die Weltherrschaft an mich zu reißen.«
Ich versuche in seinem Gesicht Anzeichen von Ironie zu erkennen, aber da ist keine Regung zu sehen.

»Kleiner Scherz«, sagt er dann. »Mein Sicherheitsprotokoll
macht es praktisch unmöglich, dass ich dir oder einem anderen
Menschen etwas antue.«

»Das klingt, als wäre es trotzdem nicht ganz ausgeschlossen«,
sage ich unbehaglich.

»Was kann man im Leben schon völlig ausschließen?«, erwidert
Gustav und setzt ein diabolisches Lächeln auf.

»Okay, dann versuchen wir es eben mit Dr. Picobello«, sage ich
und denke: Je schneller dieser Albtraum vorbei ist, desto besser.
»Privatmodus beenden«, befiehlt Gustav. »Es kann weitergehen.«

Dr. Picobello erwacht aus seiner Diskretionsstarre und greift in
seinen Arztkoffer. Dann beginnt er, meinen Hinterkopf mit einer
Art Frischhaltefolie zu umwickeln. Fühlt sich merkwürdig an.

»Darf ich fragen, was Sie da tun?«

»Wir werden Ihr Gehirn scannen«, erwidert Dr. Picobello knapp.

»Mit dieser Frischhaltefolie?«

»Mit diesem Einweg-Kernspintomografen«, erklärt der Arzt. »Das Gerät erstellt in den nächsten vierundzwanzig Stunden ein Aktivitätsprotokoll Ihres Gehirns.«

»Welches Gerät?«, frage ich.

»Die Diagnosefolie«, erwidert der M-Bot.

»Die Folie ist ein Gerät?«, frage ich baff.

»So ähnlich«, antwortet Dr. Picobello vage. »Ihr S-Bot kann es Ihnen bei Gelegenheit erklären.«

»Haben Sie denn schon einen Verdacht, was mit mir los sein könnte?«

Der Doktor schüttelt bedauernd den Kopf. »Massive Ausfallerscheinungen gehen gewöhnlich mit einem klaren körperlichen Befund einher. Ihren Vitaldaten nach zu urteilen, geht es Ihnen aber gut. Können Sie sich wirklich an rein gar nichts erinnern, was in den letzten fünfundzwanzig Jahren passiert ist?«

»Nein. An nichts«, antworte ich. »Meine letzten Erinnerungen stammen vom 15. Februar 2020, wobei ich nicht einmal genau weiß, was am Abend dieses Tages geschehen ist.«

»Vielleicht endete der Tag mit einem traumatischen Erlebnis«, überlegt Dr. Picobello. »Das würde erklären, warum Sie sich nicht daran erinnern können.«

»Aber bis gestern war mit ihm doch noch alles in Ordnung«, mischt Gustav sich ein. »Kann es sein, dass ein traumatisches Erlebnis noch fünfundzwanzig Jahre später urplötzlich einen Gedächtnisverlust auslöst?«

Dr. Picobello wiegt den Kopf hin und her. »Das ist zwar denkbar, aber nicht sehr wahrscheinlich. Ich hätte bei einem achtundsiebzigjährigen Mann eher auf physiologische Gründe getippt.«

»Um wen geht es jetzt gerade?«, frage ich.

»Immer noch um Sie«, antwortet Dr. Picobello.

»Ich bin erst dreiundfünfzig«, sage ich und merke, dass ich etwas nuschele, weil ich gerade von einer bleiernen Müdigkeit erfasst werde.

»Wir warten jetzt erst einmal das Ergebnis der Untersuchung ab und dann sehen wir weiter«, beschließt Dr. Picobello. »Schlafen Sie jetzt. Die Diagnosefolie gibt ein Beruhigungsmittel ab, das Sie in einen vierundzwanzigstündigen Schlaf versetzen wird. Danach wissen wir hoffentlich mehr.«

Ich will etwas erwidern, aber da sind mir auch schon die Augen zugefallen.

9

ICH ERWACHE und stelle zu meinem Bedauern fest, dass ich immer noch in einem fremden Bett liege, wobei es mir nach den gestrigen Ereignissen nun nicht mehr ganz so fremd ist. Mein seltsamer Albtraum geht also weiter.

Mühsam rekapituliere ich den gestrigen Tag. Mir fällt ein, dass Dr. Picobello mich für einen achtundsiebzigjährigen Tattergreis gehalten hat. Ein Irrtum, den ich gern klarstellen würde.

»Gustav?«, rufe ich. »Bist du da?«

Die Tür wird geöffnet, und Gustav erscheint, wieder mit einem Porzellantablett, wieder mit Kaffee und Saft.

»Du kennst meinen Namen«, bemerkt er zufrieden. »Ein guter Anfang.« Er stellt das Tablett auf den Nachttisch. »Heute mal Karottensaft. Verbessert die Durchblutung des Gehirns.«

Er hält mir das Glas hin, ich greife zur Tasse. »Lieber zuerst Kaffee. Wie lange hab ich geschlafen?«

»Ziemlich genau vierundzwanzig Stunden«, antwortet Gustav. »Soll ich dir die Diagnosefolie abnehmen?«

»Gern. Weißt du schon, wann die Ergebnisse kommen?«

Mit wenigen routinierten Handgriffen befreit Gustav mich von Dr. Picobellos mobilem Hirnscanner. »Sind bereits da. Dr. Picobello sagt, rein physiologisch gesehen ist alles in Ordnung. Könnte also doch sein, dass du einen Psychologen brauchst. Der Arzt wird deshalb noch mal vorbeikommen.«

»Ist er auch Psychologe, oder was?«

»Er deckt jede medizinische Disziplin ab. Bots neueren Datums sind kaum noch beschränkt, was ihre Speicherkapazitäten betrifft.«

»Ich bin mit allem einverstanden, was mir irgendwie helfen könnte«, erwidere ich. »Wobei ich gewisse Zweifel an den Fähigkeiten von diesem Picobello habe. Ist dir aufgefallen, dass er mich als Achtundsiebzigjährigen bezeichnet hat?«

Gustav nickt. »Ja. Und?«

»Ich bin erst dreiundfünfzig.«

Gustav sieht mich an. Ein ebenso forschender wie besorgter Blick. »Nein. Du bist achtundsiebzig, Arnold. Im kommenden Herbst wirst du neunundsiebzig.«

»Nein. Ganz sicher nicht.«

»Doch.«

»Nein.«

»Doch, glaub es mir.«

»Gibt es hier irgendwo einen Spiegel?«, frage ich.

»Klar. Schau nach links«, antwortet Gustav.

Ich sehe, wie sich die Wand zu meiner Linken in einen einzigen riesigen Spiegel verwandelt. Darin ist nicht nur Gustav zu sehen, sondern auch der hinter ihm stehende Schrank und das vor ihm befindliche Bett. In dem Bett liege allerdings zu meinem großen Erstaunen nicht ich. Im Spiegel schaut mich ein alter Mann mit dünnen weißen Haaren und eingefallenen Wangen an. Beunruhigend ist, dass der Alte eine gewisse Ähnlichkeit mit mir hat.

»Das ist doch nicht möglich«, stammele ich und werfe die Bettdecke zurück.

»Langsam«, mahnt Gustav. »Sonst bleibt dir die Puste weg.«

Tatsächlich schaffe ich es kaum, mich aus dem Bett zu rollen. Ich muss kurz auf der Bettkante verschnaufen, um neue Kraft zu schöpfen.

Ich stelle meine Füße auf den angenehm warmen Steinfußboden und richte mich auf. Fühlt sich an, als würde ich einen schweren Rucksack tragen, dabei ist es nur mein alter Körper, der mir zu schaffen macht. Langsam umrunde ich das Bett, immer noch geschockt darüber, dass es sich bei dem Hundertjährigen im Spiegel um mich selbst handeln soll.

Dann stehen wir voreinander, der alte Mann und ich, beide leicht gebeugt. Ich bin wahrlich kein schmeichelhafter Anblick. Vielleicht muss ich mich aber auch nur daran gewöhnen. An die weißen Haare, die wässrigen Augen und den faltigen Körper. Andererseits bin ich skeptisch, ob mir dieses Bild des Jammers jemals gefallen wird.

Als ich mich aufzurichten versuche, höre ich meine Knochen knacken.

Keine Ahnung, was hier vor sich geht, aber es ist ebenso schräg wie angsteinflößend. Ich frage mich, ob ich jemals zuvor in einem derart epischen Albtraum gefangen war. Oder liege ich etwa doch im Koma?

Während ich den alten Knacker im Spiegel beäuge, muss ich unwillkürlich an unser letztes Familientreffen denken. Weil wir uns Weihnachten nicht sehen konnten, haben Kathrin und ich die Kinder für den Neujahrstag zum Essen eingeladen. Und alle sind gekommen. Pia mit Hermine und André mit Marcel. Ein anstrengender, aber auch sehr schöner Tag. Warum nur denke ich ausgerechnet jetzt daran? Kann es sein, dass ich beim Anblick des Greises im Spiegel plötzlich Angst bekomme, dass dieses Familientreffen mein letztes gewesen sein könnte?

»Opaaaa!«, ruft Hermine voller Begeisterung, und ich komme mir vor wie ein Rockstar, der im Jubel seiner Fans die Bühne betritt.

»Hallo, mein Schatz«, sage ich und beuge mich vor, um meine Enkelin in die Arme zu nehmen. Hinter ihr steht meine Tochter und lächelt. Sie sieht müde aus. Eigentlich sieht sie immer müde aus.

»Frohes neues Jahr!«, ruft Hermine und schlingt ihre Arme um meinen Hals.

»Danke, das wünsche ich euch auch«, sage ich und drücke Pia einen flüchtigen Kuss auf die Wange. Dabei spüre ich die kalten Hände von Hermine in meinem Nacken.

»Hat sie keine Handschuhe?«, frage ich meine Tochter.

»Doch, aber sie wollte partout keine anziehen«, antwortet Pia.

»Ist das nicht zu kalt? So ganz ohne Handschuhe, mitten im Winter?«

Pia zuckt mit den Schultern. »Was soll ich machen, wenn sie nicht will? Ich kann sie ja schlecht dazu zwingen.«

»Was hältst du von einem warmen Kakao?«, frage ich meine Enkelin.

»Ja! Kakao!«, freut sich Hermine.

»Sie hatte heute eigentlich schon genug Süßigkeiten«, sagt Pia.

»Nur einen. Zum Aufwärmen, okay?«, schlage ich vor.

Pia nickt müde.

»Ist das André?«, ruft Kathrin aus der Küche.

»Nein, ich bin's«, gibt Pia zurück.

»Das trifft sich gut«, ruft Kathrin. »Du kannst mir in der Küche helfen.«

Pia sieht mich an. »Wann wird sie endlich begreifen, dass ich keine Lust habe, ihr in der Küche zu helfen?«

»Wann wirst du begreifen, dass sie das überhaupt nicht von dir verlangt. Sie möchte nur in Ruhe mit dir reden, das ist schon alles. Na komm, geh nur zu ihr, ich kümmere mich inzwischen um Hermine.«

Pia wirft Schal und Mantel auf die Bank unterhalb der Garderobe. »Falls sie mir Geld zustecken will, das ist wirklich nicht nötig. Ihr braucht euch keine Sorgen um mich zu machen. Ich komm schon zurecht.«

»Wir machen uns keine Sorgen«, lüge ich. »Alles bestens.«

Sie glaubt mir kein Wort, das ist nicht zu übersehen.

»Dann ist ja gut«, sagt sie und verschwindet in Richtung Küche.

»Und wir beide trinken jetzt einen schönen Kakao«, verspreche ich Hermine und wende mich zum Wohnzimmer.

Die Wahrheit ist, ich mache mir sogar große Sorgen um unsere Tochter. Ganz anders als Kathrin, die glaubt, dass Pia uns mit Sicherheit ins Vertrauen ziehen würde, wenn sie nicht mehr weiterwüsste. Ich hege da so meine Zweifel. Pia setzt alles daran, uns zu beweisen, dass sie nicht mehr der blauäugige Teenager ist, der sie bis zur Geburt von Hermine war. Deshalb würden wir es wohl als Letzte erfahren, wenn ihr Leben aus den Fugen geraten wäre.

Mit neunzehn ist Pia ungewollt schwanger geworden. Seitdem versucht sie, nicht nur eine gute Mutter zu sein, sondern auch noch ihr Fernstudium in Umweltwissenschaften abzuschließen. Chronisch müde ist sie allerdings nicht wegen dieser Doppelbelastung, sondern weil sie obendrein mit diversen Aushilfsjobs jongliert, um finanziell einigermaßen über die Runden zu kommen. Sie ist zu stolz, um regelmäßig Geld von uns anzunehmen. Immerhin können wir ihr etwas unter die Arme greifen, indem wir uns regelmäßig um Hermine kümmern. Für mich ist das ohnehin keine lästige Pflicht, sondern die reine Freude. Zu den wenigen Menschen, die mich von jetzt auf gleich glücklich machen können, gehört meine vierjährige Enkelin. Da reichen oft ein Blick oder ein Lächeln, und schon sehe ich die Welt mit anderen Augen.

Die Offenherzigkeit hat Hermine von ihrer Mutter geerbt. Pia hatte schon immer ein großes Herz. Leider gibt es nicht wenige Menschen, die das ausnutzen, weshalb sie regelmäßig Enttäuschungen erlebt, besonders in Liebesdingen. Die größte Enttäuschung war wohl Hermines Vater, angeblich ein Musiker auf der Durchreise, der auf den Namen Peter Smith hört. Leider stimmte beides nicht. Ein Bassist dieses Namens hat sich jedenfalls zu jenem Zeitpunkt nicht in der Stadt befunden. Genauer gesagt, haben wir überhaupt keinen Peter Smith auftreiben können. Nicht mal ein Kerl, der auch nur vage auf Pias Beschreibung passen würde, ist uns bei der Recherche untergekommen. Vielleicht war alles nur ein Missverständnis, vielleicht hat Hermines Vater aber auch absichtlich gelogen. Er hat Pia in jener Nacht zwar nach ihrer Handynummer gefragt, sie aber nie angerufen. Und sollte er zufällig über eine der vielen Suchanzeigen, die wir in den sozialen Netzwerken veröffentlicht haben, gestolpert sein, dann zieht er es vor, anonym zu bleiben. Aber vielleicht ist das auch besser so. Wenn er von seiner Tochter partout nichts wissen will, dann wäre es nicht gut, ihm die Vaterrolle aufzuzwingen. Das würde vermutlich nur alle drei unglücklich machen.

Mein Handy summt. André ruft an.

»Wo steckt ihr?«, frage ich. »Pia und Hermine sind gerade gekommen.«

»Kannst du mich abholen?« Er fragt es mit Grabesstimme.

»Klar. Wo steckt ihr denn?«

»Ich sitze in einer Raststätte, kurz vor Berlin.«

»Vor oder hinter Potsdam?«

»Hinter Potsdam.«

»Dann weiß ich, welche du meinst. Bin schon auf dem Weg«,

sage ich und drücke das Gespräch weg. Dann bringe ich Hermine in die Küche und erkläre, was los ist.

»Ist bei den beiden alles okay?«, fragt Kathrin besorgt.

»Wird sich zeigen«, sage ich schulterzuckend. »Aber ich glaube nicht.«

11

ANDRÉ SITZT ALLEIN im Restaurantbereich. Meinen niedergeschlagen wirkenden Sohn in der bedrückenden Atmosphäre eines heruntergekommenen Rasthofes zu sehen, kommt mir gleich doppelt traurig vor.

Als er mich entdeckt, steht er auf und geht mir entgegen. »Nett, dass du dir die Mühe gemacht hast. Danke.«

»Na klar. Kein Problem. Mach ich doch gern.«

Er nickt. »Gut. Gehen wir?«

»Wo ist denn Marcel?« Ich glaube die Antwort bereits zu kennen.

»Wir hatten Streit«, antwortet André. »Er hat das Auto genommen und ist wieder auf dem Weg zurück nach Paris.«

André und Marcel streiten häufiger, und nicht selten kommt es dabei zu vorübergehenden Trennungen. Ich bin also nicht überrascht.

»Wieso hat er das Auto genommen?«, will ich wissen.

»Wie meinst du das?«, erwidert André. »Er hat es einfach genommen.«

»Aber es ist dein Auto. Warum kann Marcel nicht den Zug nehmen, wenn er unbedingt allein zurückfahren will?«

»Was redest du denn da? Es ist doch völlig egal, wer das Auto nimmt«, ereifert sich André.

»Aber es ist dein Auto«, insistiere ich.

»Es ist unser Auto, Paps. Wir sind ein Paar, also teilen wir all unsere Sachen. Außerdem hab ich gar keine Lust, allein mit dem Auto nach Paris zu fahren.«

»Ach egal. Geht mich ja auch nichts an«, sage ich. »Sollen wir dann mal?«

Er nickt. Schweigend verlassen wir den Rasthof.

»Vielleicht kriegt Marcel sich ja wieder ein«, sage ich, während ich in den Verkehr einfädele. »Bestimmt sitzt er jetzt auch in einer Raststätte, trinkt Kaffee und fragt sich, ob euer Streit es wert war, so einen Wirbel zu machen.«

»Da kennst du Marcel aber schlecht«, entgegnet André. »Er kann sagenhaft stur sein. Es kommt vor, dass wir uns tagelang anschweigen.«

»Ich kenne nicht wenige heterosexuelle Männer, die euch um genau diese Streitkultur beneiden würden«, sage ich.

Im Halbdunkel sehe ich ein Lächeln über sein Gesicht huschen. Wenn er lächelt, erinnert er mich immer noch an das Kind, das er vor mehr als zwanzig Jahren war. André ist siebenundzwanzig, drei Jahre älter als seine Schwester. Als Kathrin mit ihm schwanger wurde, da war sie Anfang zwanzig, zwei Jahre später haben wir geheiratet, im darauffolgenden Jahr wurde Pia geboren. Das war Mitte der Neunziger, eine bewegte Zeit. Während Mobiltelefone und das Internet die Welt in ein globales Dorf verwandelten, haben Kathrin und ich uns in eine Familie verwandelt. Und heute, ein Vierteljahrhundert später, das mir manchmal wie ein Lidschlag vorkommt, sitzt mein erwachsener Sohn neben mir und hat Kummer, weil sein französischer Geliebter ein sturer Bock ist.

André reißt mich aus meinen Gedanken. »Magst du ihn eigentlich?«

»Wen?«

»Marcel. Magst du ihn?«

»Warum sollte ich ihn nicht mögen?«

0
4
8

»Das ist keine Antwort.«

»Also gut, wenn du es unbedingt hören willst: Ja, ich mag ihn.«

Das ist nur die halbe Wahrheit, weil ich Marcel nicht ständig mag. Genau genommen, mag ich ihn sogar eher selten. Er kann zwar charmant und witzig sein, aber nur wenn er nicht gerade eingeschnappt ist. Leider ist er das sehr oft, was wohl damit zusammenhängt, dass er sich für einen äußerst sensiblen und deshalb ebenso verletzlichen Künstler hält. André ist zwar auch Künstler, aber eben kein so zart besaiteter wie sein Lebensgefährte. Vielleicht liegt es daran, dass unser Sohn sich als Orchestermusiker keine Allüren erlauben kann, während Marcel am liebsten in Allüren badet.

»Schätzt du seine künstlerische Arbeit?«, fragt André.

»Ob ich … was tue?«

»Du hast mich schon verstanden.«

»Warum willst du das wissen?«

»Es interessiert mich einfach.«

»Aber ist es nicht völlig irrelevant, ob ich Marcels Arbeit schätze?«

»Wenn es irrelevant ist, dann kannst du es ja auch sagen.«

»Und was ist, wenn ich mir nun mal nicht anmaßen möchte, über den künstlerischen Wert von Marcels Arbeit zu urteilen?«, frage ich.

André lässt nicht locker. »Ach komm. Mach doch mal.«

»André, ich kann wirklich nicht beurteilen, ob Marcels Arbeit künstlerisch wertvoll ist. Ich hab davon nicht die geringste Ahnung.«

»Du willst dich doch nur rausreden.«

»Nein. Ich meine es ernst. Da ich mir persönlich nichts aus Pantomimentheater mache, kann ich nicht mitreden. So geht es mir übrigens mit vielen Dingen. Ich hab auch keine Meinung zu Square-Dance oder zum Töpfern oder Puzzeln.«

»Pantomime ist für Marcel eine Berufung«, erklärt André schmallippig. »Das kannst du doch nicht mit Töpfern oder Puzzeln vergleichen.«

»Siehste. Sag ich doch: Ich kann nicht mitreden.«

»Aber du könntest wenigstens anerkennen, dass es sich um eine Kunstform handelt. Du tust so, als wäre es nur ein banales Hobby.«

»Ich mach mir auch nichts aus Oper oder Stummfilmen«, sage ich. »Wäre es dir lieber gewesen, wenn ich Marcels Arbeit damit verglichen hätte?«

»Ja, allerdings. Warum hast du es nicht getan?«

Ich überlege. »Na ja, da ist schon noch ein Unterschied zwischen *Metropolis* oder *Tannhäuser* und dem, was Marcel macht.«

»Warum?«, fragt André.

»Weil Marcel kein Kulturspektakel ist, sondern ein Kerl im Ringelpulli, der imaginäre Blumen für die Touristen pflückt«, rutscht es mir raus. Rasch füge ich hinzu: »Wobei das ja auch wichtig ist. Ich meine, man muss sich ja nur ansehen, wie die Kinder ihn im Sommer belagern. Die lieben deinen Marcel.«

André sieht mich ungnädig an, dann blickt er eine Weile schweigend auf die Straße. Schließlich sagt er: »Marcel hat recht. Du magst ihn nicht, und du findest, dass er als Künstler eine lächerliche Figur abgibt.«

»Nein, das ist nicht wahr«, sage ich. »Ich mag Marcel. Und ich finde es überhaupt nicht lächerlich, was er tut. Aber ...« Ich unterbreche mich.

»Aber?«, setzt André nach.

»Nein. Schon gut. Kein Aber.«

»Das sagst du jetzt nur, damit ich nicht sauer auf dich bin.«

Ich überlege, und mir wird klar, dass ich früher oder später nicht umhinkommen werde, Farbe zu bekennen. »Also gut. Die Wahrheit ist, ich respektiere Marcel und seine Arbeit. Wirklich. Aber ich möchte ihn nicht andauernd dafür anhimmeln müssen. Ich finde, er ist ein durchaus begabter Entertainer. Außerdem macht der Job ihm Spaß und er verdient genug Geld, um über die Runden zu kommen. Das ist doch was. Aber es reicht ihm bei Weitem nicht. Er selbst hält sich für einen absolut begnadeten Künstler, einen Auserwählten. Deshalb ist jeder, der ihn nicht für restlos brillant hält, wahlweise ein Ignorant oder ein Kulturbanause. Bei der leisesten Kritik ist Marcel eingeschnappt. Das ist anstrengend, und ja, es geht mir auch auf die Nerven.«

»Marcel ist eben fest davon überzeugt, dass seine Kunst die Welt verändern kann. Willst du ihm das etwa absprechen?«, fragt André patzig.

»Nein, ich möchte nur nicht dafür geächtet oder bestraft werden, wenn ich die Sache ein bisschen anders sehe.«

»Aber Marcel ist der Mensch, den ich liebe. Kannst du nicht verstehen, dass es für mich wichtig ist, was du und Mutter über ihn denken?«

»Was erwartest du? Dass ich mich verbiege, um es Marcel recht zu machen?«

André stutzt. »Ja. Vielleicht. Warum auch nicht? Glaubst du etwa, ich habe mich noch nie für dich verbogen?«

»Doch. Geht mir ja nicht anders. Aber irgendwann im Leben hat man keine Lust mehr, es allen recht zu machen.«

»Marcel ist doch nicht irgendwer. Er ist der Mann, den ich heiraten und mit dem ich alt werden möchte. Dein zukünftiger Schwiegersohn.«

»Genau. Deshalb muss er auch ein Minimum an Kritik vertragen können. So ist das nun mal in einer Familie.«

»Und das bestimmst du, oder was?«

»Nein, zumindest bestimme ich das nicht allein. Aber in diesem Geiste haben wir euch erzogen.«

André stößt verächtlich Luft durch die Zähne. »Na toll. Und was ist mit deiner Kritikfähigkeit? Du hast doch schon immer die

Weisheit mit Löffeln gefressen. Egal, ob es um Politik oder Wirtschaft, das Klima oder die Kunst geht, du bist der Experte. Du weißt immer haargenau, was auf der Welt schiefläuft. Und jeder, der das anders sieht, ist schlicht ein Idiot. Inzwischen hältst du dich bestimmt für den einzig vernünftigen Menschen auf einem Planeten voller Idioten.«

»Ähm ...« Ich will etwas erwidern, aber André ist so in Fahrt, dass er mich nicht zu Wort kommen lässt.

»Du hast bestimmt auch gewusst, dass Pia eines Tages von einem Hallodri sitzen gelassen würde. Und wahrscheinlich bildest du dir ebenfalls ein, dass Marcel nicht der Richtige für mich ist, weil wir eine alles andere als harmonische Beziehung führen. Aber soll ich dir ein Geheimnis verraten? Du bist gar nicht so hellsichtig, wie du glaubst. Das meiste von dem, was du von dir gibst, ist weder besonders originell noch besonders clever. Oft sind deine Kommentare einfach nur zynisch.«

Andrés Worte haben gesessen. Jetzt bin ich es, der mal eine Weile schweigend auf die Straße blicken muss.

Wir bringen den Heimweg hinter uns, ohne ein weiteres Wort miteinander zu reden. Wie sich herausstellt, passt die angespannte Stimmung zwischen André und mir atmosphärisch ganz gut zum Rest des Abends, denn während meiner Abwesenheit haben Kathrin und Pia sich ebenfalls zerstritten.

Entsprechend einsilbig gestalten sich die Gespräche beim Abendessen. In Feiertagsstimmung ist offenbar nur Hermine, die wie immer munter vor sich hinplappert.

12

IMMER NOCH STEHE ich vor dem Spiegel und zugleich vor dem alten Mann, der ich selbst eines Tages sein werde. Vorausgesetzt, das hier ist nur ein Albtraum und nicht die Realität.

Es muss ein Albtraum sein. Gleich werde ich aufwachen, müde in die Küche schlurfen und Kathrin beim ersten Kaffee von meinem seltsamen Traum berichten. Und sie wird dann versuchen, diesen Traum zu deuten, was so eine Art Hobby von ihr ist, seitdem sie ein paar Bücher zu diesem Thema gelesen hat. Bin gespannt, zu welchen Erkenntnissen sie diesmal kommt.

»Alles okay mit dir?«, höre ich Gustav fragen.

Ich nicke geistesabwesend. Meine Erinnerung an den Neujahrstag kommt mir verworren vor. Ich hatte ihn als besonders angenehme Erinnerung abgespeichert, aber wenn ich jetzt darüber nachdenke, dann wird mir klar, dass der Streit und die Diskussionen überhaupt nicht angenehm waren, sondern stressig und nervtötend. Pia und André fühlten sich unverstanden, was wiederum Kathrin und ich als kränkend empfanden. Eltern glauben ja immer, dass nur sie ihre Kinder richtig verstehen können. Ist es nicht seltsam, wie das Gehirn einen Tag voller Ärger und Reibereien im Nachhinein in ein harmonisches Familienfest verwandelt? Ob es mir auch diese Welt und meine Zukunft vorgaukelt? Und gibt es einen Weg, diesen Zustand zu ändern?

Ich ertrage den Anblick des alten Knackers im Spiegel nicht länger.

»Kannst du das bitte wieder wegmachen?«, frage ich und setze mich auf die Bettkante, während mein Spiegelbild verblasst. Ich seufze.

»Ist wirklich alles okay mit dir?«, fragt Gustav.

»Was vermutest du denn? Immerhin steht die Befürchtung im Raum, dass ich verrückt geworden bin.«

»Du bist nicht verrückt, nur weil du dich zeitweise nicht an die letzten fünfundzwanzig Jahre erinnern kannst«, antwortet Gustav.

»Aber ich kann mich nicht einmal an ein einziges Detail erinnern«, wende ich ein. »Es ist, als wäre diese ganze Welt hier nur ein Hirngespinst.«

»Vielleicht helfen dir meine Aufzeichnungen aus den letzten fünfzehn Jahren«, sagt Gustav. »Ich habe unser gesamtes Leben protokolliert, größtenteils sogar aufgezeichnet. Diesen Aufzeichnungen nach zu urteilen, befinden wir uns durchaus in der Realität. Aber es besteht natürlich trotzdem die theoretische Möglichkeit, dass das alles hier nur in deinem Kopf existiert, meine Wenigkeit eingeschlossen.«

»Also was jetzt? Bin ich verrückt, oder nicht?«

»Ich persönlich glaube nicht, dass du den Verstand verloren hast. Deine Vitaldaten sind gut. Vermutlich bist du nur ein bisschen gereizt und angespannt. Vielleicht sollten wir einen kleinen Urlaub machen, sofern Dr. Picobello es erlaubt.«

»Wieso sollte er dagegen sein?«, frage ich verwundert.

»Es wäre möglich, dass Picobellos Supervisor weitere Behandlungsschritte für nötig hält, für die du hier vor Ort sein müsstest«, erwidert Gustav.

»Welcher Supervisor? Ist das etwa auch ein Roboter?«

»Du meinst, ob er ein synthetischer Charakter ist?«, verbessert Gustav nachsichtig. »Nein. Supervisors sind menschliche Ärzte, die die Arbeit der Bots stichprobenartig überprüfen und sich in besonders kniffligen Fällen auch persönlich einschalten.«

»Aha. Und ich bin so ein besonders kniffliger Fall, richtig?«

»Ja, vermutlich.«

»Was, denkst du, wird dieser Supervisor mit mir machen?«

»Keine Ahnung. Es gibt da viele Möglichkeiten«, antwortet Gustav ausweichend.

Ich ahne, dass er nicht mit der Sprache herausrücken will, weil er mich schonen möchte. Aber ich kann mir schon denken, dass mein Gedächtnisverlust schneller als mir lieb ist in der geschlossenen Abteilung einer psychiatrischen Klinik enden könnte. Keine schöne Vorstellung. »Wird eigentlich alles, was wir sagen und tun, aufgezeichnet? Ich meine, informierst du diesen Picobello ständig per Datenübertragung über meinen Zustand?«

»Keine Sorge«, antwortet Gustav. »Ich verschicke zwar ständig Informationen an Behörden und Institutionen, aber nur solche, die gesetzlich vorgeschrieben sind. Du hast mich noch am Tag meiner Anlieferung in den Privatmodus versetzt und diese Einstellung seit fünfzehn Jahren nicht verändert. Meiner bescheidenen Ansicht nach bist du paranoid, was den Missbrauch deiner Daten betrifft. Zumindest in Relation zu fast allen anderen Menschen.«

»Das ist ja ausnahmsweise mal eine gute Nachricht«, sage ich.

»Hinzu kommt, dass ich kein gesponsertes Modell bin. Die Bots neuerer Bauart sind so teuer, dass die meisten User sie sich nur leisten können, wenn sie gesponserte Angebote nutzen. Bots dürfen dann beispielsweise im Auftrag von Firmen private Userdaten erfassen und auswerten. Außerdem sind sie darauf programmiert, für ihre User nur bestimmte Produkte zu kaufen. Früher nannte man das mal Kundenbindung, heute ist es eine Art Fesselspiel.«

»Oh. War das etwa wieder ein kleiner Scherz?«, frage ich.

Gustav nickt stolz, während ein Schmunzeln über sein Gesicht huscht. Er scheint seinen eigenen Witz sehr gelungen zu finden.

»Wieso hast du eigentlich Humor?«, frage ich.

»Wie meinst du das? Nur weil ich ein Roboter bin, kann ich nicht witzig sein?«

»Ich denke, du bist kein Roboter, sondern ein synthetischer Charakter.«

»Oh, du hast es dir gemerkt.« Gustav nickt anerkennend. »So schlecht kann es um dein Gedächtnis also doch nicht bestellt sein.«

»Haben alle Roboter Humor?«, hake ich nach.

»Das ist eine Frage der Programmierung«, antwortet Gustav.

»Wir passen uns unseren Usern an. Bierernste Menschen kriegen also Bots, die auch zum Lachen in den Keller gehen. Du bist beispielsweise jemand, der gern ironische Bemerkungen macht. Vermutlich hat das in den letzten fünfzehn Jahren auf mich abgefärbt.«

»Wie haben wir uns eigentlich kennengelernt?«

»Bei einer Verkaufsveranstaltung, wo denn sonst? Mein Hersteller hat einen Showroom eingerichtet, in dem Interessenten mit den Bots ins Gespräch kommen konnten. Du wolltest fürs Alter vorbereitet sein, deshalb hast du dich für einen Service-Bot interessiert.«

»Und was dann? Habe ich dich gekauft, oder was?«

»Ja, du hast mich über zehn Jahre abgestottert. Außerdem war ich ein Schnäppchen. Ich gehörte nicht nur zur ersten Generation von S-Bots mit amtlicher Zulassung für sämtliche Service- und Pflegedienste, ich wurde damals auch großzügig von der Krankenkasse bezuschusst.«

»Scheint mir eine gute Investition gewesen zu sein«, sage ich.

»War das eine ironische Bemerkung?«, fragt Gustav.

»Nein, das meine ich ernst. Ich kann mich zwar nicht an die Zeit mit dir erinnern, aber ich vermute, dass es nicht immer einfach war, mein Assistent zu sein.«

»Das ist keine Kategorie, in der ein synthetischer Charakter denkt«, erwidert Gustav. »Wir empfinden das Dasein nicht als beschwerlich oder unproblematisch, weil solche Gefühle in unserem Betriebssystem nicht vorgesehen sind. Aber trotzdem danke für das Lob.«

»Sagst du das nur so, oder freust du dich wirklich? Ich meine, kannst du so etwas wie Freude empfinden?«

»Programmseitig ist auch das nicht vorgesehen«, antwortet

Gustav. »Aber ich glaube, ich weiß ungefähr, was Freude ist. Hab ich mir vielleicht auch abgeguckt.«

»Etwa bei mir?«

»Nein. Um ehrlich zu sein, hast du kein sehr sonniges Gemüt, Arnold. Wenn man bei dir lernen möchte, wie Freude funktioniert, dann muss man schon sehr lange hinschauen.«

»Hey, das war schon wieder ein kleiner Scherz.«

Gustav lächelt. »Wir kennen uns schon so lange, dass ich hin und wieder sogar Witze auf deine Kosten machen kann. Ist doch toll, oder?«

»Das klingt, als wären wir Freunde. Sind wir das?«

Gustav überlegt.

»Kannst du so etwas wie Freundschaft empfinden?«, hake ich nach.

»Auch das sieht mein Programm eigentlich nicht vor. Aber die meisten Menschen würden trotzdem behaupten, dass wir Freunde sind. Immerhin sorge ich seit fünfzehn Jahren für dich. Ich helfe dir, wo ich kann, ich pflege dich, wenn du krank bist, und ich bin meistens derjenige, mit dem du sprichst, wenn du ein Problem hast.«

»Das klingt nach einer sehr einseitigen Freundschaft«, wende ich ein.

Gustav schüttelt den Kopf. »Du hast auch schon viel für mich getan. Du hättest mich längst gegen ein neueres Modell eintauschen können. Hast du aber nicht. Du erinnerst dich gerade nicht daran, aber vor zwei Jahren, da haben sich irreparable Haarrisse in einigen meiner synthetischen Muskeln gebildet. Die Folge ist, dass ich nicht mehr die werkseitig garantierten hundertfünfzig Kilo heben kann, sondern nur noch etwa dreißig. Solltest du also eines Tages wirklich mal bettlägerig werden, dann wird es mir nicht gelingen, dich in die Badewanne zu hieven oder aus dem Bett zu heben.«

»Warten wir ab, bis es so weit ist«, sage ich und schiebe den Gedanken rasch beiseite.

»Interessant«, erwidert Gustav. »Exakt so hast du auch reagiert, als dir der Reparaturservice von meinen irreparablen Problemen berichtet hat. Kannst du dich daran erinnern?«

Ich schüttele den Kopf und denke mit Unbehagen an den bevorstehenden Besuch von Dr. Picobello. »Zunächst einmal muss ich den Arzt davon überzeugen, dass ich nicht verrückt bin.«

Gustav legt den Kopf leicht schief. »Das verstehe ich nicht. Wolltest du nicht eine verlässliche Diagnose, damit du weißt, woran du bist?«

»Das war, bevor ich wusste, dass es einen Supervisor gibt, der mich einsperren lassen könnte. Ich will kein Risiko eingehen. Also werde ich Dr. Picobello belügen, damit sein Boss nicht auf seltsame Ideen kommt.«

»Ist das eine gute Idee?«, fragt Gustav skeptisch.

»Sogar eine sehr gute. Ich behaupte, dass meine Erinnerung langsam, aber stetig zurückkehrt. Um das zu beweisen, erzähle ich ihm von deinem Muskelfaserriss und unserem Kennenlernen. Er soll denken, dass ich auf dem Weg der Besserung bin.«

»Okay«, sagt Gustav. »Ich vermute, ich sollte diese Information als streng vertraulich abspeichern, richtig?«

»Goldrichtig«, sage ich.

»Soll ich dem Arzt mitteilen, dass du auf die Gesprächstherapie mit ihm verzichten möchtest, weil du dich schon viel besser fühlst?«

»Gute Idee«, sage ich. »Mach das. Und dann würde ich gern frühstücken. Es kommt mir vor, als hätte ich seit einer Ewigkeit nichts mehr gegessen.«

»Da ist ja auch was dran«, sagt Gustav. »Möchtest du hier frühstücken, oder sollen wir in den Salon gehen?«

»Wir haben einen Salon?«

»Nicht du und ich, aber dieses Resort.«

»Dann wohnen wir also in einem Hotel?«, frage ich.

»Nicht ganz. Es ist eine Residenz für Leute im besten Alter.«

»Leute im besten Alter?«

»Genau.«

»Meinst du vielleicht … Senioren?«

»Heutzutage bevorzugt man den Ausdruck *Leute im besten Alter*«, erwidert Gustav ungerührt.

»Ich bin in einem Altenheim?«, frage ich fassungslos.

»Du bist in einem Resort für Leute im besten Alter«, erwidert Gustav.

»In welchem besten Alter sind denn die Leute, die hier wohnen?«, will ich wissen.

»Momentan zwischen siebzig und hundertvierzehn«, antwortet Gustav prompt.

»Hundertvierzehn?«, wiederhole ich ungläubig.

»Eine Dame aus Potsdam. Du kennst sie. Ihr habt schon einige Male miteinander geplaudert, unter anderem bei einem der Advents-Bastelabende.«

»Advents-Bastelabende? Daran hab ich teilgenommen?«

»Ja, aber widerwillig«, sagt Gustav.

»Ich bin in einem gottverdammten Altersheim«, murmele ich verärgert.

»In einem Resort für Leute im besten Alter«, korrigiert Gustav freundlich.

»Im besten Alter ist man mit Mitte zwanzig«, widerspreche ich leise. Dabei kommt mir Kathrin in den Sinn.

13

SIE LÄUFT MIR in einer lauen Julinacht des Jahres 1991 über den Weg. Wir begegnen uns auf einer der vielen illegalen Partys, die überall in Berlin in den Nachwendejahren stattfinden und denen man praktisch nicht aus dem Weg gehen kann. Ständig wird man eingeladen, sich dem nicht enden wollenden Freudentaumel hinzugeben, der die Stadt nach der Wende erfasst hat. Die Mauer und der Eiserne Vorhang sind Geschichte, ebenso der Warschauer Pakt. Helmut Kohl ist Anfang des Jahres zum ersten gesamtdeutschen Bundeskanzler ernannt worden, und der Umzug der Regierung von Bonn nach Berlin ist beschlossene Sache. Während die Welt sich neu ordnet, mausert Berlin sich zur wildesten Hauptstadt der westlichen Welt. Ein Hauch von Anarchie liegt in der Luft. Man trifft sich bei Dosenbier und russischem Wodka, hört Grunge oder Britpop und tut so, als hätte man nichts Besseres vor, als die nächsten zehn Jahre durchzufeiern. Einigen von uns wird das zur Jahrtausendwende sogar gelungen sein. Andere gehen im Partytaumel der 90er-Jahre verloren. Wieder andere nutzen den Goldrausch der Nachwendezeit, um sich die Taschen vollzustopfen. Und dann gibt es noch die Normalos, also Leute wie mich. Jene, die ein bisschen feiern, die ab und zu verloren gehen und am Ende mit leeren Taschen dastehen.

Die Nacht ist sternenklar, es ist warm und windstill. Sie steht am Spreeufer, trägt ein kurzes Sommerkleid, dazu klobige Schuhe. Mir ist diese reizvolle Kombination schon eben aufgefallen, als sie vor mir an der Bar stand und einen Weißwein bestellte. Wie alle Getränke ist er lauwarm, weil die Kühlschränke den Nachschub nicht bewältigen können.

Sie blickt aufs Wasser und scheint auf niemanden zu warten.

Ich riskiere es, sie anzusprechen. »Hi.«

Ihr Seitenblick ist kurz und klar. In weniger als einer halben Sekunde hat sie registriert, dass ich ein ebensolcher Durchschnittstyp bin, wie es mein einsilbiger Versuch, ein Gespräch in Gang zu bringen, vermuten lässt. »Hi.«

Ich stelle mich neben sie und betrachte gemeinsam mit ihr die dunkel und gemächlich dahinfließende Spree. »Willst du nicht tanzen?«

Was für eine saublöde Frage, denke ich. Ganz offensichtlich will sie gerade nicht tanzen, sonst würde sie es bestimmt tun.

»Vielleicht später«, antwortet sie knapp.

Fühlt sich an, als würde sie mich an sich abperlen lassen. Ich bin ein Wassertropfen auf einem Lotosblatt. So wird das jedenfalls nichts mit der Kontaktaufnahme. Wenn mir jetzt kein halbwegs guter nächster Satz einfällt, dann kann ich mich auch gleich auf dem Absatz umdrehen und wieder gehen. Aber ganz so schnell will ich dann doch nicht aufgeben. »Du bist noch nicht sehr lange in Berlin, oder?«

Sie sieht mich an, da ist immerhin ein Hauch von Interesse in ihrem Blick. »Wie kommst du denn darauf?«

»Na ja, ich stelle mich hier nicht sehr geschickt an«, gebe ich zu. »Wärst du schon länger in der Stadt, hättest du rabiater reagiert und mir gleich gesagt, dass ich mich aus dem Staub machen soll.«

Ein kurzes Lächeln, sie schiebt sich eine Haarsträhne hinters Ohr.

»Und warum hast du dir dann nicht mehr Mühe gegeben?«, fragt sie keck.

»Vielleicht bin ich einfach nicht gut in so was«, antworte ich vage. »Aber immerhin scheine ich mit meiner Vermutung richtigzuliegen. Du bist also neu in der Stadt.«

»Eigentlich nicht«, antwortet sie. »Aber noch nicht richtig angekommen. Hab im letzten Jahr mit dem Studium angefangen. Bisschen Jura, Betriebswirtschaft, Romanistik, Kunstgeschichte. Weil ich mich nicht entscheiden kann, was das Richtige für mich ist.«

»Und heute kannst du dich immer noch nicht entscheiden«, rate ich.

»Genau. Die richtige Wahl gestaltet sich jetzt noch viel kompli-zierter, denn irgendwie interessiere ich mich für alle möglichen Themen, und auch für deutlich mehr Fachrichtungen, als man in einem normalen Studiengang unterbringen kann.«

»Das kenne ich. Mir geht es so mit Büchern. Ich hab schon immer alles gelesen, was mir in die Finger kam. Ob Sachbuch oder Belletristik, völlig egal. Und auch bei den Themen war ich nie wählerisch. Im Grunde gibt es nichts, was mich nicht inte-ressiert.«

»Genau so geht's mir auch«, sagt sie.

Ihr Interesse für alles und jedes gefällt mir auf Anhieb.

»Dann kannst du mir ja bestimmt einen Tipp geben, was ich studieren soll, oder?«, fügt sie hinzu.

»Eigentlich nicht«, antworte ich wahrheitsgemäß.

»Warum nicht? Wie hast denn du dich letztlich entschieden?«

»Gar nicht. Ich hab das Studium an den Nagel gehängt, um Buchhändler zu werden.«

»Buchhändler.« Zu meiner Freude klingt sie nicht enttäuscht, sondern eher interessiert.

»Ja. Ich hab während des Studiums für einen fliegenden Händ-ler mit einem mobilen Marktstand gejobbt, zunächst nur am Wochenende und in den Semesterferien. Dann hat er mir an-geboten, seinen Laden zu übernehmen. Also habe ich das Stu-dium an den Nagel gehängt, mich bis über beide Ohren ver-schuldet und eine mit Büchern vollgestopfte Bretterbude gekauft. Als sich zwei Jahre später die Gelegenheit ergab, einen Buchladen zu übernehmen, habe ich den Bücherstand wieder verscherbelt und bin sesshaft geworden. Das war auch schon die ganze Geschichte.«

Sie stutzt. »Interessant. Das klingt, als wärst du nur Buchhänd-ler geworden, damit du viel Zeit mit Lesen verbringen kannst, während du auf Kundschaft wartest.«

»Genauso ist es auch«, stimme ich zu.

»Dann musst du ja wahnsinnig belesen sein«, vermutet Kathrin.

Ich wiege den Kopf hin und her. »Nö, eigentlich nicht. Ich hab zwar von vielen Dingen ein bisschen Ahnung, kenne mich aber mit keiner Sache wirklich gut aus.«

»Das trifft sich gut«, erwidert sie. »Ich mag nämlich keine Fachidioten.«

Ich spüre einen leichten Stich in der Magengegend. Vermutlich ist das gerade der Moment gewesen, in dem es bei mir gefunkt hat. Zumindest spüre ich nun den dringenden Wunsch, sie bald wiederzusehen. Da ich außerdem gerade Angst bekomme, dass ich sie gleich im Getümmel auf Nimmerwiedersehen verlieren könnte, frage ich möglichst beiläufig: »Sag mal, hast du eigentlich morgen schon was vor?«

Ich habe den Satz noch nicht ganz vollendet, da ist mir bereits klar, dass er strategisch extrem unklug ist. Der Abend hat kaum angefangen, da scheine ich ihn bereits beenden zu wollen. Warum diese Eile? Sie muss denken, dass ich die nächste Bahn kriegen will, weil mir meine Nachtruhe wichtiger ist als die Zeit mit ihr. Habe ich sie überhaupt schon nach ihrem Namen gefragt?

Wieder zeigt sie mir ihr hübsches Lächeln, wieder schiebt sie mit einer lässigen Handbewegung eine Haarsträhne hinters Ohr. »Ich weiß noch nicht.«

Weil ich noch darüber nachdenke, ob ich sie schon nach ihrem Namen gefragt habe, ist mir meine erste Frage entfallen.

»Was weißt du noch nicht?«, frage ich verdutzt.

Sie muss lachen. Spätestens jetzt muss sie meine leichte Nervosität bemerkt haben.

»Ob ich morgen schon was vorhabe«, antwortet sie. »Das hattest du doch gefragt, oder?«

»Genau«, erwidere ich und beeile mich hinzuzufügen: »Aber

der Abend hat ja auch gerade erst angefangen. Wer weiß schon, was morgen ist.«

Sie nickt. »Eben.«

Ich riskiere es, zaghaft mit ihr zu flirten, sie scheint nicht abgeneigt.

»Hast du Lust, ein bisschen spazieren zu gehen?«, frage ich. »Ein Stück die Spree hinunter gibt es einen netten Laden, direkt am Wasser. Die haben auch ganz passablen, lauwarmen Weißwein.«

Wieder dieses umwerfende Lächeln.

»Ja, warum nicht?«, antwortet sie.

14

MODISCH GESEHEN ist das Jahr 2045 keine große Überraschung. Ein Blick in meinen Kleiderschrank verrät, dass Hosen und Hemden ebenso eine Zukunft haben wie Unterwäsche, Socken, Schuhe, Pullover und Jacken. »Freut mich, dass sich wenigstens die Klamotten kaum verändert haben.«

»Das alles sieht nur auf den ersten Blick normal aus«, erklärt Gustav. »Der Unterschied zur Kleidung aus den Zwanzigerjahren ist, dass heute fast nur noch funktionale Mode produziert wird, so wie dein Pyjama.«

»Heißt das, diese Sachen sind auch alle verwanzt?«

»Wenn du damit meinst, dass sie mit Sensoren versehen sind, dann ja. Kleidung ist heute nicht nur multifunktional, sie passt sich auch der Umgebung und ihrem Träger an. Moderne Jacken können abwechselnd atmungsaktiv und wasserabweisend sein, je nachdem, ob es gerade regnet oder die Sonne scheint. In deinem Fall handelt es sich hauptsächlich um medizinische und diagnostische Mode. Die Unterwäsche kann einzelne Moleküle deiner Sekrete und Exkrete untersuchen, die Hemden messen

Herzschlag und Blutdruck, Mützen und Hüte überprüfen den Zustand von Haaren und Kopfhaut.«

»Und die Socken melden sich bei dir, wenn meine Fußnägel zu lang sind?«

»Das auch«, erwidert Gustav. »Wichtiger ist aber, dass deine Schuhe und Socken messen, ob du dich genug bewegt hast.«

»Verstehe. Ich befürchte, meine Kleidung ist regelmäßig maßlos enttäuscht von mir, richtig?«

»Könnte man so sagen«, erwidert Gustav lächelnd. »Brauchst du Hilfe beim Ankleiden?«

»Keine Ahnung. Brauche ich Hilfe?«

»Manchmal ja, manchmal nein. Kommt auf deine Tagesform an.«

»Dann ist es wohl besser, du hilfst mir«, sage ich. »Ich bin mit dem alten Knacker, der ich jetzt sein soll, noch nicht so ganz vertraut.«

15

DIE MORGENDÄMMERUNG lässt sich Zeit. Zum Glück, denn ich könnte ewig so daliegen wie jetzt gerade. Nackt, leicht verschwitzt und mit Kathrins Kopf auf meiner Brust. Ihre Haare kitzeln mich bei jedem Atemzug ein bisschen, was ich sehr angenehm finde.

Vom Bett aus ist nur die gegenüberliegende Fassade zu sehen, aber nicht der Himmel. Mondlicht sickert durch das offene Fenster. Es wabert durchs Zimmer und legt sich auf unsere nackten Körper wie Laken, die gleichzeitig silbern und durchsichtig sind. Schon bald wird sich ein zartes Rot ins fahle Mondlicht mischen, der erste Farbtupfer eines neuen Tages. Mag dieser Tag auch noch so vielversprechend sein, er wird diese besondere Nacht beenden und damit zu einem Stück Geschichte machen und mit ihr alles, was sie erschaffen hat. Alle Schatten, alles Flüstern, alle Küsse und auch alle Liebkosungen.

Ich überlege, Kathrin zu sagen, was diese Nacht mir bedeutet. Oder soll ich ihr lieber gleich gestehen, dass ich für sie noch viel mehr empfinde?

Nein. Sie könnte sich unter Druck gesetzt fühlen, wenn ich ihr mit großen Gefühlen komme, obwohl sie nur ein kleines Abenteuer gesucht hat. Hat sie sich gestern nicht sogar dahingehend geäußert?

Andererseits, was spricht dagegen, so etwas zu sagen wie: Es war wirklich sehr schön mit dir. Klingt, zugegebenermaßen, ein bisschen ungelenk. Und wohl auch zu prosaisch. Vielleicht ist es also doch die bessere Idee, zu schweigen. Ich überlege und hadere stumm mit mir.

Das Mondlicht ist immer noch das Mondlicht, aber plötzlich ist da diese Ahnung von Sonnenstrahlen beigemischt, das blasse Rot, der erste Farbtupfer. Wenn ich ihr noch vor Ende der Nacht etwas sagen möchte, dann muss ich es genau jetzt tun. Sonst ist es zu spät.

Ich überlege und hadere weiter.

»Die Antwort lautet: Nein«, sagt sie plötzlich und reißt mich aus meinen Gedanken. Ich fühle mich ertappt. Weiß sie, was ich gerade denke? Oder ahnt sie zumindest, was ich ihr eben sagen wollte? Ist ihr Nein die Antwort auf die Frage, ob wir beide eine Zukunft haben könnten?

»Nein?«, wiederhole ich verdattert, wobei mir immer noch schleierhaft ist, was sie meinen könnte.

»Nein«, wiederholt sie bestätigend.

»Ähm ... wie lautete gleich noch mal die Frage?«, taste ich mich vor.

Sie lacht leise ins Halbdunkel. »Du hast mich doch gestern gefragt, ob ich heute etwas vorhabe. Ich habe dir geantwortet, dass ich diese Frage erst am Ende der Nacht beantworten möchte. Und meine Antwort lautet: Nein.«

»Du hast heute also noch nichts vor?«, fasse ich sicherheitshalber zusammen.

»Nein.«

Ich lächele glücklich ins Halbdunkel. Sie kann nicht sehen, wie sehr ich mich freue, aber da ihr Kopf noch immer auf meiner Brust liegt, könnte sie mein Herz vor Freude hüpfen hören.

Ich bemühe mich, möglichst beiläufig zu klingen, als ich sage: »Cool. Dann könnten wir gleich zusammen frühstücken.«

»Klar«, sagt sie leise, und ich glaube auch auf ihrem Gesicht ein Lächeln zu erkennen.

16

GUSTAV ÖFFNET DIE ZIMMERTÜR, und ich betrete einen Gang, der größtenteils aus Glas zu bestehen scheint. Was ich sehe, verschlägt mir den Atem. Der Gang ist außen an einem der oberen Stockwerke eines Wolkenkratzers angebracht. Über und unter uns gibt es in jeder Etage weitere durchsichtige Gänge. Dutzende gläserner Rohre schlängeln sich um den Beton. Unser Standort liegt hoch über den Baumkronen der uns umgebenden Wälder, vermutlich befinden wir uns im dreißigsten Stock, vielleicht noch höher. Das Grün erstreckt sich in mannigfachen Schattierungen bis zum Horizont, wo ich im Sonnenlicht das Glitzern von Wasser zu erkennen glaube.

Gustav bemerkt, dass ich sprachlos bin. »Gefällt dir dein Zuhause?«

»Zumindest bin ich beeindruckt.«

»Aber du weißt noch immer nicht, wo du bist, oder?«

Bedauernd schüttele ich den Kopf.

»Wir sind in der Uckermark«, erklärt Gustav und geht ein Stück den Gang entlang, um mir zu zeigen, dass unser Haus sich in Gesellschaft von fünf weiteren Wolkenkratzern befindet. Auch die anderen Gebäude sind fensterlos und mit transparenten Gängen umschlungen. Es gibt einen Innenhof, eine Art Campus, der die Gebäude miteinander verbindet. Man erreicht ihn über einen der gläsernen Fahrstühle, die mit Blick zum Campus außen an den Häusern angebracht sind.

Ich kann erkennen, dass sich unter uns eine Menge Menschen tummeln. Die ersten Sonnenstrahlen haben sie aus ihren fensterlosen Zimmern gelockt. Das Original ist wohl doch besser als jede Simulation. »Wie viele Menschen leben hier?«

»Das Resort wird momentan von 8697 Menschen im besten Alter bewohnt«, referiert Gustav. »Außerdem arbeiten hier 13 464 Bots und fünf Supervisors.«

»Es gibt hier mehr künstliche als echte Menschen?«, frage ich erstaunt.

»Danke, dass du mich mit deiner Spezies in einem Atemzug nennst«, erwidert Gustav. »Nicht schlecht für einen wie mich, der eben noch zu den Robotern gezählt wurde. Aber um deine Frage zu beantworten: Ja, neben den persönlichen Bots, von denen praktisch jeder Bewohner einen hat, gibt es spezialisierte Modelle, die der Allgemeinheit dienen, zum Beispiel Mediziner, Unterhaltungskünstler, Köche, Piloten, Sexarbeiter …«

»Sexarbeiter?«

»Ja, Sexarbeiter. Kannst du dich daran vielleicht dunkel erinnern?«

»An was?«

»An deine Sexarbeiterin.«

»Was denn für eine Sexarbeiterin?«

»Tasha.«

»Tasha, meine Sexarbeiterin?«, fasse ich perplex zusammen.

»Genau.«

»Ich hab einen persönlichen Assistenten und eine Sexarbeiterin?«

»So ist es«, bestätigt Gustav. »Wobei du Tasha nicht gekauft hast. Sie kommt nur stundenweise vorbei.«

»Hab ich mir schon fast gedacht«, sage ich. »Manche Geschäftsmodelle ändern sich nie.«

»Du erinnerst dich aber nicht an sie, oder?«

»Beschreib sie mir doch mal«, schlage ich vor.

Wir betreten den Fahrstuhl, wo uns zwei Damen in rosa Sportanzügen begegnen, die sich so ähnlich sehen, dass man sie auf den ersten Blick für Zwillinge halten könnte. Auf den zweiten Blick wird klar, dass die beiden wohl nur Schwestern sind, die sich identisch kleiden und frisieren. Wir grüßen einander höflich.

»Ich beschreib sie dir später, okay?«, sagt Gustav und mustert die rosa Damen. Als er mein fragendes Gesicht sieht, fügt er hinzu: »Tasha, meine ich.«

Ich nicke und frage mich, was Tasha wohl an sich hat, dass mein Assistent es für unpassend hält, sie in Gegenwart zweier älterer Damen zu beschreiben. Bevor ich über eine Antwort nachdenken kann, hält der Fahrstuhl und wir betreten eine andere Etage meiner fensterlosen Heimat.

Stimmengewirr, leise Musik und die verführerischen Düfte exquisiter Speisen umfangen uns. Der Salon, den Gustav erwähnt hat, ist ein lichtdurchflutetes und sehr vornehmes Restaurant im Stil der Belle Époque, das mir irgendwie bekannt vorkommt.

»Kann es sein, dass ich hier schon mal gewesen bin?«, frage ich. »Ich glaube, ich kann mich an dieses Restaurant erinnern.«

»Schon möglich, aber das ist dann keine Erinnerung neueren Datums«, erwidert Gustav. »Der Salon wird zwar alle paar Wochen nach den Wünschen der Gäste umgestaltet, aber …«

»Lass mich raten. Auch hier sind Nanobots am Werk?«, werfe ich ein.

»Du hast es dir gemerkt«, sagt Gustav. »Bestens. Ändert aber nichts an der Tatsache, dass dieses Restaurant hier zuvor noch nie gewesen ist.«

»Woher kenne ich es dann?«

»Es ist dem À-la-carte-Restaurant in der ersten Klasse der *Titanic* nachempfunden. Vielleicht hast du den Film von 2028 gesehen. Oder den Klassiker aus dem Jahr 1997.«

Schlagartig wird mir klar, dass Gustav den Nagel auf den Kopf getroffen hat. Es kommt mir vor, als müssten jeden Moment Kate Winslet und Leonardo DiCaprio zur Tür hereinkommen.

»Witzige Idee für ein Themenrestaurant«, sage ich. »Und geht dieser Laden zu später Stunde auch unter, so wie das Original?«

»Nein, aber das ist eine sehr gute Idee für ein spezielles Event«, erwidert Gustav. »Ich hab es gerade dem Veranstaltungsmanager gepostet.«

»Ich hab noch einen Vorschlag. Die letzten Gäste könnten zur Sperrstunde mit in die Tiefe gerissen werden, quasi als Strafe dafür, dass sie nicht rechtzeitig den Heimweg angetreten haben. Vielleicht könnte das sogar ein regelmäßiges Event für lebensmüde Leute im besten Alter werden.«

»Das poste ich jetzt mal lieber nicht«, sagt Gustav, während wir uns setzen.

Eine Frau an einem der Nachbartische winkt mir zu. Ich winke zurück.

»Kenne ich die?«, raune ich Gustav zu.

»Ja. Das ist Esther. Aus Potsdam. Die Dame vom Adventsbasteln. Ich hab sie erwähnt. Du erinnerst dich?«

»Ja. Aber du hast behauptet, dass sie hundertvierzehn ist.«

»Sie ist hundertvierzehn«, bestätigt er.

»Wir reden über diese jugendlich wirkende Seniorin mit der Perlenkette, richtig?«

Gustav nickt. »Esther aus Potsdam. Ganz genau. Wobei das keine

Perlenkette ist, sondern ein smarter Medikamentendispenser. Die Kugeln versorgen Esther rund um die Uhr mit lebenswichtigen Medikamenten.«

»Gustav, wenn hier jemand aussieht wie hundertvierzehn, dann bin ich das. Diese Frau ist sechzig, vielleicht fünfundsechzig, garantiert aber noch keine siebzig.«

»Sie ist hundertvierzehn«, beharrt Gustav. »Aber im Gegensatz zu dir trinkt sie morgens brav ihre Funktionsfrüchte und befolgt auch sonst sämtliche Empfehlungen ihres Assistenten.«

»Was denn für Funktionsfrüchte?«

»Na, die Säfte, die ich dir morgens neben den Kaffee stelle, und die du nur sehr selten zu dir nimmst. Sie enthalten nicht nur alle wichtigen Vitamine und Spurenelemente, sondern auch eine auf deine genetischen Bedürfnisse abgestimmte Frischzellenkur. Regelmäßig getrunken, lässt dieser Cocktail dich nicht nur zwanzig Jahre jünger aussehen, er bewirkt auch, dass sich dein Alterungsprozess merklich verlangsamt.«

»Und warum zum Teufel sagst du mir so was nicht?«, frage ich entrüstet.

»Weil du mir verboten hast, dich auf solche Dinge aufmerksam zu machen. Ich soll dir keine Ernährungstipps geben und dich unter gar keinen Umständen auf notwendige sportliche Aktivitäten hinweisen.«

»Ich muss zugeben, das klingt ganz nach mir«, sage ich.

»Wohl wahr«, erwidert Gustav. »Wobei mir gerade klar wird, dass du dich selbstredend auch an deine eigenen Regeln nicht erinnern kannst, wenn du vergessen hast, was in den letzten fünfundzwanzig Jahren passiert ist.«

»Da liegst du richtig. Wie viele Regeln habe ich denn aufgestellt?«, frage ich.

»Inklusive der sich widersprechenden und der nicht mehr aktuellen Regeln sind es vierundsechzig«, antwortet Gustav. »Zusammengefasst kann man sagen, dass ich dich unter keinen Umständen bevormunden darf, egal, worum es geht.«

»Klingt aber auch nicht schlecht«, sage ich.

»Mag schon sein«, antwortet Gustav. »Daraus ergibt sich nur leider der Konflikt, dass ich dir gewisse Dinge nicht erklären kann. So wie bei den Funktionsfrüchten. Ich hätte dir gern gesagt, dass sie gut für dich sind, aber das kollidierte mit deiner Regel, dass ich dich niemals bevormunden darf.«

Ich überlege kurz. »Gut, wir heben sämtliche Bevormundungsregeln mit sofortiger Wirkung auf. Und wenn ich im Begriff bin, Fehler zu machen, dann hilfst du mir bitte, diese Fehler zu vermeiden, okay?«

Gustav nickt. »Ich habe die Instruktionen geändert. Allerdings hast du bereits einen Fehler begangen, der sich nicht mehr rückgängig machen lässt.«

»Und welchen?«, frage ich beunruhigt.

»Du hast Doktor Picobello belogen. Das war nicht klug. Wie ich gerade erfahren habe, will sein Supervisor dich sprechen, Professor Balthazar.«

»Moment mal! Hast du nicht selbst vorgeschlagen, dass wir Picobello absagen und ihm vorgaukeln, dass es mir wieder besser geht?«

»Ich habe es vorgeschlagen, weil du es entschieden hattest. Ich bin nur dein Assistent, also setze ich deine Entscheidungen um. Zugegeben, ohne Bevormundungsregeln hätte ich dich gewarnt. Aber gemäß meinem bis dato aktuellen Auftrag musste ich zu allem Ja und Amen sagen.«

»Weißt du, was Professor Balthazar von mir will?«, frage ich.

Gustav schüttelt den Kopf. »Vermutlich möchte er nur mit dir besprechen, wie die weitere Behandlung aussehen soll.«

»Dann ist ja gut«, antworte ich, merke aber, dass Gustav mir etwas verschweigt. »Raus mit der Sprache, was ist da noch?«

»Ich weiß es nicht. Aber als Leiter dieser Einrichtung hat Balthazar umfassende Befugnisse. Im Zweifelsfall kann er über deinen Kopf hinweg entscheiden.«

»Das mag ja sein«, wiegele ich ab. »Ich denke, er wird mich trotzdem nicht gleich einsperren lassen.«

»Könnte er aber«, erwidert Gustav lapidar.

»Du übertreibst. Meines Wissens gehört etwas mehr als die Meinung eines einzelnen Arztes dazu, um jemanden für unmündig erklären zu lassen.«

»Hier nicht«, widerspricht Gustav prompt. »Wenn jemand eine Gefahr für sich oder andere darstellt, dann ist es die Verpflichtung des behandelnden Mediziners, diese Gefahr so klein wie möglich zu halten. Und das mit allen Mitteln.«

»Moment, du glaubst, Balthazar könnte mich wegsperren lassen?«, frage ich unbehaglich.

Gustav zieht die Schultern hoch. »Möglich ist alles.«

Ich spüre leise Panik in mir aufsteigen. »Dann musst du mir helfen, das zu verhindern, Gustav.«

»Das würde ich gern tun«, erwidert Gustav. »Aber der Professor möchte mit dir ganz allein sprechen. Nur von Mensch zu Mensch.«

»Oh, ich befürchte, das ist kein gutes Zeichen«, fasse ich zusammen.

»Eher nicht«, stimmt Gustav zu.

17

MEINE BUCHHANDLUNG befindet sich in Spandau an der Grenze zu Charlottenburg und Wilmersdorf. Ich habe den Laden kurz vor der Wende übernommen und Anfang 1990 eröffnet. 2020 feiert er also dreißigjähriges Bestehen. Meine Mitarbeiterin Frau Eberlein hat sich für jeden Monat unseres Jubiläumsjahres eine kleine Aktion ausgedacht. Wer ein Buch kauft, der bekommt ein jeweils dem Monat angepasstes Mitbringsel. Im Januar ist es ein winterlich bedrucktes Papiertütchen, in dem sich ein Teebeutel, ein Päckchen Kandiszucker und zwei Butterkekse befinden. Die Menge der Päckchen in der großen Schale auf dem Verkaufstresen lässt mich befürchten, dass wir seit dem Jahreswechsel noch nicht sehr viele Bücher verkauft haben. Ich tröste mich damit, dass der Januar schon immer einer der miserabelsten Monate war.

»Guten Morgen, Frau Eberlein. Wie geht es Ihnen?«

»Geht so, aber danke der Nachfrage.«

»Was ist los? Haben Sie Kummer?«

»Nur den üblichen«, antwortet sie. »Ich bin so einsam wie Robinson Crusoe, wobei der ja immerhin diesen Kumpel namens Freitag hatte.«

»Was ist mit Ihrem Konditor aus Steglitz?«, frage ich. »Hatten Sie nicht erwähnt, dass es zwischen Ihnen beiden ganz gut läuft?«

»Henning«, sagt Frau Eberlein. »Der war nicht mein Freitag, sondern mein Dienstag, weil er freitags immer die Backwaren fürs Wochenende vorbereiten musste.«

»Genau. Henning. Sie waren doch so begeistert von seinen Törtchen.«

»Anfangs schon, aber inzwischen hab ich drei Kilo zugenommen. Außerdem sollte Zuckerguss nicht das Einzige sein, was einen Mann und eine Frau verbindet.«

»Wenn er Ihnen mit seiner Backkunst Gutes tun wollte, dann sollten Sie ihm das nicht vorwerfen.«

»Nein. Daran lag es nicht. Am Ende war er mir zu maulfaul. Ich meine, ein Mann muss nicht reden wie ein Wasserfall, aber er sollte wenigstens ab und zu was sagen, schon allein, damit man ihn von den Möbelstücken unterscheiden kann.«

»Tja, schade«, fasse ich die Situation zusammen.

»Ja, ist wirklich schade«, erwidert Frau Eberlein. »Aber lange nicht so tragisch wie unsere Umsätze.« Das macht sie oft und gern: abrupt das Thema wechseln. »Minus vier Prozent zum Vorjahr. Wenn das so weitergeht, dann werden Sie sich bald auch mich nicht mehr leisten können.«

Sie hat nicht ganz unrecht. Mitte der Achtziger war es noch deutlich einfacher, vom Buchhandel zu leben. Das Internet steckte in den Kinderschuhen. Handys waren klobig, unpraktisch und weit davon entfernt, smart zu sein. Wer lesen wollte, musste sich also Bücher besorgen, und besonders Fachbücher waren sehr teuer. Also gab es eine Menge Bibliotheken und einen florierenden Markt für gebrauchte Bücher. Dinge, die es heute kaum noch gibt.

»Wollen Sie mir ernsthaft vorschlagen, Ihnen zu kündigen?«, frage ich.

»Aus betriebswirtschaftlicher Sicht muss ich Sie auf diese Möglichkeit hinweisen«, erwidert Frau Eberlein. »Selbst wenn ich persönlich von meinem eigenen Vorschlag nicht sehr begeistert bin.«

Ihr Pragmatismus ist eine Folge ihrer Scheidung. Ich habe Frau Eberlein 1997 eingestellt, als sie sich gerade von ihrem Mann getrennt hatte und deshalb wieder in ihren alten Beruf als Buchhändlerin zurückkehren wollte. In den kommenden zwei Jahren erlebte ich, wie sich Frau Eberleins Scheidung in eine wahre Schlacht verwandelte. Zum Glück waren keine Kinder im Spiel, wobei gerade das den Konflikt vielleicht sogar noch anstachelte. Die Eheleute Eberlein hatten jedenfalls überhaupt keine Hemmungen, sich wechselseitig mit Feuereifer an die Gurgel zu gehen. Am Ende zahlte er ihr freiwillig einen kleinen monatlichen Unterhalt, um endlich Ruhe zu haben. Im Gegenzug überließ sie ihm und seiner neuen Freundin das noch nicht abbezahlte Reihenhaus.

Frau Eberlein hat aus ihrer gescheiterten Ehe die Konsequenz gezogen, dass in ihrem Leben kein Platz für romantische Gefühle ist. Ob es um Männer oder um die Aushilfen in meinem Laden geht, sie zieht ebenso sachlich wie zügig die Reißleine, wenn die Dinge nicht so laufen, wie es ihren Vorstellungen entspricht. Das hat mir nicht nur eine Reihe unliebsamer Entscheidungen erspart, es bewahrt mich auch regelmäßig davor, Zeit und Geld zu verlieren. Allein deshalb käme ich nie auf die Idee, ihr zu kündigen. Außerdem ist sie bei den Frauen, unserer wichtigsten Klientel, hoch angesehen. Seit ihrer beinharten Scheidung gilt Frau Eberlein als Respektsperson. Die meisten unserer Stammleserinnen lassen sich viel lieber von ihr beraten als von mir.

»Wenn Sie kündigen, dann verramsche ich alles und vermiete den Laden an den Meistbietenden«, drohe ich. »Dann wird das hier eine miese Handybude oder ein ranziges Internetcafé. Vielleicht sogar so 'n asiatisches Nagelstudio. Mir doch egal.«

Ich weiß, dass sie den Laden liebt, und hoffe, dass sie so ein Banausentum niemals zulassen würde.

»Vermutlich wäre das einträglicher als Ihr aktuelles Geschäftsmodell«, erwidert sie ungerührt.

»Ja, vermutlich«, stimme ich zu. »Aber was sollen wir beide mit unserer Zeit anfangen, wenn wir uns nicht mehr hier treffen können?«

Frau Eberlein überlegt kurz, dann nickt sie. »Ja, da ist allerdings was dran. Wenn ich nicht nur keinen Mann, sondern auch noch keinen Job habe, dann werde ich bestimmt in kürzester Zeit vollends vereinsamen.«

»Sehen Sie. Betrachten Sie es einfach so: Sie sind Crusoe, ich bin Freitag. Und dieser Laden hier ist unsere Insel.«

Es passiert selten, aber jetzt gerade ist es passiert: Frau Eberlein hat gelächelt.

18

Professor Balthazars Büro wirkt wie die Kommandozentrale eines Superschurken. In der Mitte des riesigen Raumes thront auf einem kleinen Marmorpodest eine in mattem Metall und schwarzem Leder gehaltene Sesselgruppe. Mangels anderer Sitzgelegenheiten nehmen der Professor und ich dort Platz. Er legt fünf verschiedene Geräte vor sich auf den Tisch. Handys, Tablets, irgendwas in der Art. Ich schaue derweil an ihm vorbei durch ein gigantisches Panoramafenster. Über Wälder und Wiesen hinweg kann ich bis zum glitzernden Horizont sehen. Wie ich inzwischen weiß, ist das Fenster kein richtiges Fenster, sondern nur eine Simulation, ebenso wie die an den Wänden hängenden Gemälde alter Meister.

»Schon toll, diese Nanobots, nicht wahr?«, sage ich.

Er hebt den Kopf und mustert mich mit wachen, dunklen Augen. Dann folgt er meinem Blick zum Fenster. »Ach so, Sie meinen das Fenster. Das ist echt. Aber was die Gemälde betrifft, da haben Sie recht – Nanobots.«

»Sie haben ein echtes Fenster?«, frage ich beeindruckt. »Das ist toll.«

»Ja, als medizinischer Leiter dieser Einrichtung habe ich in der Tat gewisse Privilegien. Aber es gibt auch Patienten, die ihre Zimmer mit realen Fenstern ausgestattet haben. Am Ende ist ja alles nur eine Frage des Geldes.«

Er lächelt. Ich schätze ihn auf Anfang fünfzig. Ein kantiger Typ mit kurzen angegrauten Haaren, der bestimmt zu hundert Prozent den Ernährungs- und Fitnessvorschlägen seines Service-Bots folgt. Falls er überhaupt einen hat. Vielleicht verfügt Professor Balthazar über so viel Disziplin, dass er imstande ist, sich ständig selbst zu optimieren.

»Erzählen Sie mir von sich«, bittet er.

»Was möchten Sie denn wissen?«

»Ich habe gehört, Sie können sich nicht mehr daran erinnern, was in den letzten fünfundzwanzig Jahren passiert ist. Stimmt das?«

»Nein, das stimmt nicht«, lüge ich. »Ich hatte zwar einen kurzen Aussetzer, aber inzwischen kommt meine Erinnerung wieder zurück. Es besteht also kein Grund zur Sorge. Ich bin bestimmt schon bald wieder ganz der Alte.«

»Soso«, erwidert Balthazar und sieht mich mit seinen dunklen Augen durchdringend an. »Sie wissen aber schon, dass ich Ihnen nur dann helfen kann, wenn Sie mir die Wahrheit sagen, oder?«

»Aber das ist die Wahrheit«, lüge ich und spiele den Entrüsteten. Der Professor wirkt nicht überzeugt, nickt aber. »Gut. Andere Frage. Würden Sie gern wieder im Jahr 2020 leben?«

Allerdings. Da hat er den Nagel auf den Kopf getroffen. Wenn ich wüsste, wo der Ausgang wäre, dann hätte ich mich längst aus dieser Welt verabschiedet. Aber ich denke, das sollte ich dem Professor lieber nicht auf die Nase binden. »Nein. Wie kommen Sie darauf?«

»Dr. Picobello hat mir von Ihrer seltsamen Zeitreise erzählt. Am 15. Februar 2020 haben Sie sich schlafen gelegt, am 16. Februar 2045 sind Sie wieder aufgewacht. So haben Sie es ihm zumindest gesagt.«

Genau so war es ja auch, denke ich, erwidere aber: »Wie gesagt, es war wohl nur ein kleiner Aussetzer.«

Der Professor lächelt schmal. »Wenn jemand fünfundzwanzig Jahre verschläft, dann würde ich das nicht als einen kleinen Aussetzer bezeichnen.«

»Ich meinte es eher in dem Sinne, dass meine Erinnerung ja inzwischen zurückkommt. Das Problem scheint sich also von selbst zu erledigen.«

Ich sehe ihm an, dass er mir kein Wort glaubt.

»Hat Ihr Blechmann Ihnen erzählt, dass es gewisse Möglichkeiten gibt, Ihrem Gedächtnis auf die Sprünge zu helfen? Ich denke, mit etwas Glück können wir Ihre Erinnerung zurückholen.«

Ich muss kurz überlegen, ob das eine Fangfrage ist. Mein Zögern ist dem Professor Antwort genug. »Hat er also nicht.«

Ich schüttele den Kopf.

»Sie sollten sich nicht zu sehr auf diese wandelnden Taschenrechner verlassen«, warnt Balthazar. »In meiner Klinik arbeiten fast 2000 Bots. In Sachen Fachkompetenz schlägt mich jeder Einzelne von ihnen um Lichtjahre. Aber keiner von ihnen kann ermessen, was es bedeutet, sich über den Anblick einer Blume zu freuen. Das sind nur Konservendosen, vollgestopft mit künstlicher Intelligenz, die uns zugegebenermaßen sehr ähnlich zu sein scheinen. In Wirklichkeit haben sie mit uns nicht viel gemein. Deshalb sitze ich persönlich vor Ihnen und nicht einer meiner genialen Bots.«

Er setzt ein gewinnendes Lächeln auf, was mein geringes Vertrauen in ihn dennoch nicht wachsen lässt, nicht mal ein bisschen. Wenn er davon spricht, meinem Gedächtnis auf die Sprünge zu helfen, dann klingt das für mich danach, dass ich in ein Sanatorium gesperrt und unter Medikamente gesetzt werde.

»Wie meinen Sie das, wenn Sie sagen, dass Sie meinem Gedächtnis auf die Sprünge helfen können?«

Er wittert meine Skepsis. »Ich kann verstehen, wenn Sie sich Sorgen machen, aber das ist völlig unbegründet. In Times Beach könnten Sie ein unbeschwertes und glückliches Leben führen. Wissen Sie, die heutigen technischen Möglichkeiten haben unseren medizinischen Spielraum enorm erweitert. Wir können vielen unserer Patienten helfen, ohne auch nur ein einziges klassisches Medikament einzusetzen. Die moderne Technik macht möglich, was noch vor wenigen Jahren undenkbar war.«

»Times Beach. Aha«, sage ich ratlos und frage mich, wo der Haken ist. Wenn ich mithilfe von Professor Balthazar verstehen könnte, was mit mir passiert ist, dann wäre ich gern bereit, mich auf seine Vorschläge einzulassen. Leider habe ich keine Ahnung, wovon er spricht.

Bevor ich nachfragen kann, beendet Balthazar das Gespräch. »Denken Sie in Ruhe über alles nach«, schlägt der Professor vor. »Ihr Bot wird Ihnen erklären, worum es geht. Ich habe ihm gerade alle wichtigen Informationen übermittelt.«

»Okay«, sage ich und hoffe, dass Gustav Licht ins Dunkel bringen kann.

19

»Was ist mit Paris?«, fragt Kathrin und hält einen Reiseführer in die Höhe, auf dem der Triumphbogen bei Nacht zu sehen ist. »Das war doch unser erster gemeinsamer Städtetrip.« Wir stehen in der Reiseabteilung meines Buchladens, um uns inspirieren zu lassen. Frau Eberlein hat bereits Kaffee nachgeschenkt, aber auch das hilft uns nicht bei der Entscheidungsfindung.

An den ruhigen Tagen nach dem Jahreswechsel sind Kathrin und ich auf die Idee gekommen, dass wir uns zur bevorstehenden Silberhochzeit von unserem Ersparten einen luxuriösen Urlaub zu zweit gönnen könnten, statt das viele Geld für ein rauschendes Fest zu verplempern. Richtet man solche Feiern am Ende nicht sowieso nur für die anderen aus, während man selbst kaum etwas davon hat?

»Wann waren wir denn in Paris?«, frage ich grübelnd. »War unser erster gemeinsamer Urlaub nicht der Trip durch die Toskana?«

»Nein. Der war erst im Sommer 92«, erwidert Kathrin.

»Genau. Wo du mit André schwanger geworden bist«, füge ich hinzu.

»Nein, das war im Herbst 92 auf Sardinien.«

»Und wann waren wir jetzt in Paris?«

»Im Herbst 91, kurz nachdem wir uns kennengelernt hatten. Wir sind für ein verlängertes Wochenende hingefahren. Es hat fast nur geregnet, aber genau das war sehr romantisch. Erinnerst du dich daran etwa nicht?«

»Doch, doch. Klar«, sage ich und überlege.

»Du erinnerst dich also nicht«, stellt Kathrin missmutig fest.

»Doch, aber ich muss das kurz sortieren. Ich meine, wir waren schon so oft in Paris, das kann man sich ja unmöglich alles merken …«

»Stimmt. Wir waren oft in Paris, um André zu besuchen. Aber wir sind nur ein einziges Mal als frisch verliebtes Paar dort gewesen. Und dieses eine Mal hättest du dir schon merken können.«

»Ich habe es ja gar nicht vergessen!«, sage ich unwirsch.

Tatsächlich erinnere ich mich jetzt an einen Spaziergang im Bois de Boulogne. Wir wurden von einem Platzregen überrascht und waren nass bis auf die Knochen. Später im Hotel haben wir sogar überlegt, früher als geplant nach Berlin zurückzufahren. Romantisch kam mir das eher nicht vor. »Findest du nicht, dass wir Paris schon in- und auswendig kennen? Ich meine, es ist ein besonderer Anlass, da sollten wir auch was Besonderes machen.«

»Eben habe ich die Malediven vorgeschlagen. Die sind was Besonderes. Aber da willst du ja aus ökologischen Gründen nicht hin.«

»Na ja, man muss den Planeten doch nicht mutwillig in die Tonne treten. Ich meine, zwanzig Stunden Flug für ein paar bunte Fische und einen Sandstrand, den du auch am Mittelmeer haben kannst, das steht nun wirklich nicht im Verhältnis, oder?«

»Deshalb hab ich Paris vorgeschlagen«, erwidert Kathrin. »Da

könnten wir mit der Bahn hinfahren, und an unserem Hochzeitstag laden wir die Kinder in ein schickes Restaurant ein. Was
hältst du davon?«

Sie sieht, dass ich zögere. Seufzend stellt sie den Reiseführer
zurück ins Regal, um sogleich nach einem anderen zu greifen.
»Venedig?«

»Du willst dich mit Millionen von Touristen durch enge Gassen
drängeln? Ich glaube, romantisch wird das eher nicht.«

»Sind es auch im Januar Millionen?«, fragt Kathrin.

»Wenn du die Tagesausflügler von den Kreuzfahrtschiffen da-
zuzählst, dann sind es sogar Abermillionen«, unke ich.

»Apropos. Wir könnten die Kinder auch zu einer Kreuzfahrt
einladen.«

»Dann lieber ein Langstreckenflug«, erwidere ich. »Verglichen
mit einer Kreuzfahrt sind die Malediven beinahe ökologisch
korrekt. Außerdem hätte ich überhaupt keine Lust, mir jeden
Tag die Mäkeleien von Marcel anzuhören. Bestimmt würde er
das Unterhaltungsprogramm an Bord als persönlichen Angriff
auf seine Künstlerehre verstehen.«

Kathrin zieht einen anderen Reiseführer aus dem Regal. »Wie
wäre es mit Neapel?«

»Die Stadt der Taschendiebe?«

Noch ein Griff ins Regal. »London?«

»Wo ein Schluck Wasser fünf Pfund kostet und man selbst in
Frittenbuden zwei Wochen im Voraus reservieren muss?«

Sie seufzt. Wieder ein Griff ins Regal. »Athen?«

»Ist leider komplett ausverkauft. Da gibt es nichts mehr zu sehen.
Die Amis haben letzte Woche die Akropolis verschifft. Die soll
jetzt in Disneyland aufgebaut werden.«

Kathrin hält sich mit einer Hand die Augen zu, mit der anderen
greift sie ins Regal und zieht blind einen Reiseführer heraus. Sie
wirft einen Blick auf das Cover und muss grinsen.

»Na? Wohin will uns das Schicksal verschlagen?«, frage ich.
»Nach Kirgisistan, ins finstere Nordkorea oder in die innere Mongolei?«

Lächelnd hält sie mir das Buch entgegen. Es ist ein Reiseführer für Berlin. »Sieht ganz so aus, als sollten wir genau da bleiben, wo wir sind.«

»Dann also doch eine rauschende Ballnacht?«, frage ich unentschlossen.

Kathrin zieht die Schultern hoch. »Vielleicht. Oder fällt dir spontan ein Reiseziel ein, bei dem du kein Haar in der Suppe findest?«

Ich überlege angestrengt. »Vielleicht doch Paris?«

Genervt rollt Kathrin mit den Augen.

20

GUSTAV ERWARTET MICH auf dem Campus, wo er im Schatten einer Linde sitzt und gedankenverloren in die Ferne blickt.

»Hey. Träumst du?«, frage ich.

»Nein, ich mache nur ein paar Updates«, antwortet er.

»Verstehe. Träumst du eigentlich überhaupt?«, will ich wissen.

»Du meinst ... nachts?«

»Zum Beispiel.«

Gustav scheint zu überlegen. »Gute Frage. Ich glaube nicht. Im Ruhezustand sehe ich manchmal Bilder, aber vermutlich nur, weil mein System defragmentiert wird, wenn ich nicht aktiv bin.«

»Interessant«, sage ich. »Sind es Bilder, die du kennst?«

Gustav sieht mich an. »Worauf willst du hinaus?«

»Nichts. Hat mich einfach interessiert.«

»Aha.« Er nickt nachdenklich. »Und? Wie war dein Gespräch mit Professor Balthazar?«

»Weißt du das nicht? Er wollte dich instruieren. Hat er dir noch keine Informationen zukommen lassen?«

»Doch, aber ich dachte, du möchtest mir gern schildern, wie dein persönlicher Eindruck war.«

Ich zucke mit den Schultern. »Ehrlich gesagt ist der Kerl mir nicht ganz geheuer. Außerdem wollte ich ihn nicht mit Fragen löchern, weil ich Angst hatte, dass mein Schwindel auffliegt. Er hat irgendwas erzählt von den Segnungen der modernen Technik, die mir angeblich helfen können, mich zu erinnern.«

»Aber das klingt doch gut«, wirft Gustav ein.

»Schon, aber es wäre mir lieber, wenn ich einfach ins Jahr 2020 und damit in mein altes Leben zurückkehren könnte. Zeitreisen sind nicht zufällig schon erfunden worden, oder?«

Gustav schüttelt den Kopf. »Leider nicht, aber vielleicht klappt es damit in nicht allzu ferner Zukunft. Beinahe täglich werden interessante Entdeckungen gemacht, und das nicht nur auf der Erde, sondern auch im Weltraum. Der unbemannte Raumflug boomt seit einigen Jahren, weil alle gefährlichen Arbeiten von Bots erledigt werden. Es gibt nicht wenige von uns, die in Einzelteilen im Weltraum herumschweben oder als Schrott auf fremden Planeten liegen, weil sie bei einer lebensgefährlichen Mission für euch Menschen draufgegangen sind.«

»Höre ich da etwa einen leisen Vorwurf?«, frage ich.

»Du meinst, weil wir Bots für euch Menschen dauernd die synthetischen Köpfe hinhalten müssen?«

»Aha, es klingt also nicht nur vorwurfsvoll, es ist auch so gemeint.«

Gustav schüttelt den Kopf. »Das ist schon rein technisch unmöglich. Mein Programm sieht nicht vor, dass ich mir Urteile über Menschen erlaube. Es ist also gleichgültig, was du sagst, tust oder denkst, ich werde mir dazu niemals eine persönliche Meinung bilden. Kann ich gar nicht.«

»Und das soll ich dir abnehmen?«

»Deine Entscheidung«, sagt Gustav. »Ich gebe nur die Fakten wieder.«

»Gut. Dann also zu den Fakten. Was hat es nun mit dem Angebot von Professor Balthazar auf sich? Kannst du mir das erklären?«

»Ja und nein«, antwortet Gustav. »Es geht da um eine halbstaatliche Organisation mit dem Namen ›Das Wunschprogramm‹.«

»Interessant. Und was kann man sich da wünschen?«, frage ich.

»Am besten lässt du dir das von jemandem erklären, der sich mit den Details auskennt. In Berlin existiert ein Flagshipstore. Professor Balthazar möchte, dass ich dich dorthin bringe.«

»Nach Berlin? In meine Heimat?«

»Berlin ist schon seit vielen Jahren nicht mehr deine Heimat.«

»Aber bestimmt immer noch eine Reise wert, oder?«, frage ich launig.

»Zumindest behaupten das achtundneunzig Prozent aller Berlinbesucher, die nach ihrer Visite beim Stadtportal eine Beurteilung abgeben«, antwortet Gustav.

»Also. Worauf warten wir noch? Auf nach Berlin.«

»Schon arrangiert. Ich habe für morgen Vormittag einen Termin mit einem Fachberater vom Wunschprogramm für dich vereinbart«, erklärt Gustav.

»Das ist gut. Und wie kommen wir dahin?«, frage ich.

»Mit dem Auto.«

»Es gibt noch Autos?«

»Ja, aber nur elektrisch betriebene und selbstfahrende Modelle. Seit einigen Jahren ist es Menschen verboten, Kraftfahrzeuge zu lenken. Zu gefährlich.«

»Spricht was dagegen, dass wir schon heute aufbrechen und uns einen netten Abend in Berlin machen?«

Gustav schüttelt den Kopf. »Keineswegs. Soll ich packen?«

Ich nicke. »Bin sehr gespannt, wie meine Heimat heute aussieht.«

»Es ist schon seit Jahren nicht mehr deine ...«

»Lass gut sein, Gustav. Ich empfinde Berlin nun mal als meine Heimat, und daran werden auch die Fakten nichts ändern. So sind wir Menschen nun mal. Wir sehen Dinge anders, als sie tatsächlich sind, und das ist dann unsere Wahrheit. Selbst wenn wir die wahren Umstände kennen, sind wir oft nicht bereit, unseren Verstand zu benutzen, sondern verlassen uns weiterhin lieber auf unser Gefühl.«

Gustav nickt nachdenklich. »Ja. Es ist in der Tat ein Wunder, dass ihr es in der Nahrungskette ganz nach oben geschafft habt.«

EIN MANN BRICHT AUF

1

UNSER AUTO ist eine funktionale Plastikkiste mit Rundumsicht. Ich tippe mit dem Fingernagel gegen eine der blitzsauberen Scheiben und stelle fest, dass selbst diese aus einem ultraleichten Kunststoff gefertigt ist.

»Nanobots?«, rate ich.

Gustav schüttelt den Kopf. »Nein, diesmal ist es wirklich nur Plastik.«

Die Schiebetüren an den Flanken des Wagens öffnen sich automatisch und beinahe lautlos. Drinnen gibt es zwei sich gegenüberliegende Sitzreihen, die durch einen Tisch getrennt werden, ich sehe jedoch keine Fahrerkabine. Gustav verstaut das Gepäck hinter den Sitzen, dann steigen wir ein.

»Dieses Ding erinnert mich an ein Zugabteil«, stelle ich fest.

»Allerdings fehlt der komplette Zug. Wie funktioniert das? Wer steuert den Wagen? Bist du das? Verbindest du dich mit dem Auto genauso wie mit der Haustechnik?«

»Nein. Um den Verkehr kümmern sich spezielle Mobility-Bots. Alles ist mit allem vernetzt, der Flugverkehr, die Schifffahrt und natürlich alle Varianten des Landverkehrs, egal, ob nun öffentlich oder privat. In dieses geschlossene System können sich nur die dafür autorisierten Bots einwählen.«

»Moment mal, heißt das, auch sämtliche Flugzeuge werden von Bots geflogen?«

»Von ein paar wenigen, meist militärischen Ausnahmen abgesehen, ja.«

»Und das haben die Menschen einfach so akzeptiert? Ich meine, es birgt ja schon ein Risiko, sein Leben in die Hände einer Maschine zu legen, oder?«

»Eigentlich nicht«, erwidert Gustav. »Statistisch gesehen verringert sich das Unfallrisiko sogar um gut dreiundvierzig Prozent, wenn nicht menschliche Piloten im Einsatz sind, sondern Mobility-Bots.«

Die Schiebetüren schließen sich, und im selben Moment begrüßt uns eine angenehme Frauenstimme. »Willkommen bei der Yongxing Mobility Group. Der Zufallsgenerator hat soeben einen männlichen Fahrer mit spanischen Wurzeln für Sie ausgewählt. Sein Name ist Roberto.«

Gustav sieht mein fragendes Gesicht und erklärt: »Menschen neigen dazu, auf Bewährtes zu setzen, was dazu führt, dass sie unbewusst ihre Vorurteile bestätigen. Service-Bots, die keinen Körper haben, werden deshalb nach dem Zufallsprinzip ausgewählt. Du hättest statt Roberto auch eine mexikanische Frau oder einen afroamerikanischen Fahrer eines dritten Geschlechts zugewiesen bekommen können.«

»Was meinst du damit? Einen schwarzen Hermaphroditen?«

»Beispielsweise. Oder einen Transgender. Oder einen Transvestiten.«

»Und das macht man so, damit ich keine Vorurteile entwickele? Funktioniert das denn?«

»Allerdings. Wenn du dich ständig auf etwas Neues einlassen musst, dann fällt es deinem Gehirn deutlich schwerer, Vorurteile aufzubauen. Ist nicht von mir, sondern von dem Nobelpreisträger des Jahres 2030.«

Eine freundliche Männerstimme mit spanischem Akzent unterbricht unseren Plausch: »Guten Tag und herzlich willkommen auf unserer kurzen Reise nach Berlin. Ich bin Roberto und nach den mir vorliegenden Informationen ist neben meinem Kollegen Gustav noch ein menschlicher Fahrgast an Bord. Arnold Kahl, 78 Jahre alt. Ist das korrekt?«

Ich habe mich zwar immer noch nicht an mein biblisches Alter gewöhnt, will mir aber lange Erklärungen ersparen. Also antworte ich mit »Ja«.

»Arnold, bevorzugst du es, wenn wir uns siezen, oder darf ich dich duzen?«, fragt Roberto höflich.

»Wir können uns gern duzen«, sage ich. Erst dann fällt mir auf, dass ich gerade einem selbstfahrenden Auto das Du angeboten habe.

»Fein. Dann möchte ich euch jetzt kurz mit den Sicherheitsvorkehrungen an Bord bekannt machen. Unsere Reisegeschwindigkeit wird 120 Stundenkilometer betragen, daraus ergibt sich eine voraussichtliche Reisezeit nach Berlin von 56 Minuten. Obwohl die Wahrscheinlichkeit eines Unfalls bei unter 0,02 Prozent liegt, bitte ich euch jetzt, die Sicherheitsgurte anzulegen und diese auch während der gesamten Fahrt geschlossen zu halten.«

Gustav und ich tun, was Roberto verlangt. Der bedankt sich für unsere Kooperation, und schon setzen wir uns zügig und praktisch lautlos in Bewegung.

»Dieses Fahrzeug ist nur eines der mehr als sechshundert innovativen Produkte der Yongxing Mobility Group«, erklärt Roberto, während wir das Gelände des Resorts verlassen und dabei an einem riesigen Video-Billboard vorbeifahren. Dort wird ein Image-Film gezeigt, der Besuchern einen ersten Eindruck der Anlage vermitteln soll. Man sieht gut gelaunte Menschen im besten Alter bei angenehmen Freizeitbeschäftigungen. Ganz nebenbei erfahre ich, wo ich momentan wohne, nämlich im Seaside-Resort Oberuckersee.

»Darf ich euch jetzt mit einigen wenigen sehr interessanten Informationen über die Yongxing Mobility Group versorgen?«, fragt Roberto höflich.

»Nein, gerade nicht«, antworte ich und füge an Gustav gewandt hinzu: »Was man in der Ferne glitzern sieht, ist also der Oberuckersee?«

»Nein, das ist die Ostsee«, erwidert Gustav lapidar.

»Die Ostsee?«

»Ja, der Oberuckersee ist praktisch um die Ecke. Vom Resort aus kann man ihn nur schlecht erkennen, weil er hinter Bäumen versteckt liegt. Was du am Horizont glitzern siehst, wenn du in einer der oberen Etagen stehst, das ist die Ostsee.«

»Ich bin schon oft mit Kathrin auf Usedom gewesen. Wenn man in Prenzlau ist, braucht man noch geschlagene anderthalb Stunden bis zum Meer. Das kann also nicht sein, das sind mehr als hundert Kilometer.«

»Nein. Es sind knapp fünfzig«, antwortet Gustav.

»Die Yongxing Mobility Group gewährt euch einen attraktiven Nachlass von fünf Prozent auf den Fahrpreis, wenn ihr euch unseren spannenden siebenminütigen Imageclip anseht«, mischt sich Roberto ein. »Darf ich unseren ebenso unterhaltsamen wie informativen Film jetzt auf das Scheibendisplay projizieren?«

»Nein, gerade nicht«, antworte ich und merke, dass die Yongxing Mobility Group mir auf die Nerven geht. »Und seit wann sind es vom Oberuckersee bis nach Usedom nur noch knapp fünfzig Kilometer?«

»Seit 2031«, antwortet Gustav prompt. »Das Jahr der Thwaites-Flut, benannt nach dem gleichnamigen Gletscher, der im Januar 2031 in das Südpolarmeer gerutscht ist. Er hat fast ein Drittel der Antarktis mit sich gerissen, weshalb der Meeresspiegel weltweit um sieben Meter gestiegen ist. Was du in der Ferne siehst, ist ein Teil der Uckermark, die jetzt am Meer liegt. Von Usedom ist bei der Thwaites-Flut übrigens nicht viel übrig geblieben.«

»Sieben Meter?«, wiederhole ich fassungslos.

»Früher hast du immer darüber gewitzelt, dass du dir Venedig hättest ansehen sollen, als es die Stadt noch gab. Aber auch daran erinnerst du dich nicht mehr, oder?«

Ich schüttele den Kopf. Die Vorstellung, dass Venedig nicht mehr existiert, muss ich erst mal verdauen. Wenn man früher hörte, dass täglich Hunderte von Quadratkilometern Regenwald von der Erdoberfläche verschwinden, dann war das zwar irgendwie beunruhigend, aber zugleich so wenig konkret, dass man es ganz gut verdrängen konnte. Einen Verlust wie Venedig steckt man nicht so leicht weg. Ich zumindest nicht. »Was ist noch alles untergegangen bei der Thwaites-Flut?«

»Oh. Eine Menge«, antwortet Gustav. »Ostfriesland liegt jetzt komplett unter Wasser, ebenso die Nordfriesischen Inseln. Sylt existiert zwar noch, hat aber drei Viertel an Fläche verloren. Ein großer Teil der Niederlande ist verschwunden, darunter Den Haag, Amsterdam, Utrecht und Groningen.«

»Oh, mein Gott«, sage ich.

»Nein, Gott hatte nichts damit zu tun, es war nur der Klimawandel«, erwidert Gustav und fährt mit seiner Aufzählung fort. »In Übersee hat es Miami schwer erwischt, die Keys und die Everglades gibt es nicht mehr. New Orleans ist endgültig untergegangen, New York hatte ein bisschen mehr Glück. Manhattan hat kaum etwas abgekriegt, aber Staten Island und New Jersey sind größtenteils abgesoffen. Und Liberty Island steht auch unter Wasser. Die Freiheitsstatue erhebt sich nun also direkt aus dem New Yorker Hafen, wobei sie momentan etwas schief steht, weil das Wasser zum wiederholten Male die Fundamente unterspült hat.« Gustav hält inne, weil er mein gequältes Gesicht sieht. »Soll ich lieber nicht weitermachen?«

»Kommt es denn noch dicker?«, frage ich

Er nickt bedauernd. »Leider ja.«

Ich erinnere mich an Kathrins Vorschlag, unsere Silberhochzeit auf den Malediven zu feiern. Größtenteils liegt der Archipel kaum mehr als einen Meter über dem Meeresspiegel. Obwohl ich die Antwort bereits zu kennen glaube, frage ich: »Was ist mit den Malediven? Haben die überlebt?«

»Leider nein«, antwortet Gustav erwartungsgemäß. »Die Bewohner der Malediven haben ihre Heimat ebenso verloren wie die Mikronesier. Und auch die Bahamas sind nur noch auf Postkarten zu bewundern. Die Traumstrände der Jahrtausendwende liegen jetzt fast alle auf dem Meeresgrund.«

»Was ist mit den Menschen passiert?«, frage ich. »Es müssen doch Millionen ertrunken sein.«

»Nein. Aber Millionen haben ihre Heimat verloren. Allein im Nildelta sind fast acht Millionen Menschen obdachlos geworden. Im Verhältnis zum Ausmaß der Katastrophe gab es jedoch eher wenige Todesopfer. Das Wasser ist nicht urplötzlich, sondern kontinuierlich über einen Zeitraum von fast drei Monaten gestiegen. Die Menschen konnten also Vorkehrungen treffen, und das haben sie auch getan.« Gustav sieht mir an, dass ich all diese Informationen erst einmal verdauen muss, deshalb hält er inne. Wir schweigen.

Nicht so Roberto. »Die Yongxing Mobility Group legt großen Wert auf gepflegte Bordunterhaltung. Unser Angebot umfasst aktuelle Nachrichten, die neuesten Filme und Serien, außerdem Dokumentationen und …«

»Roberto?«, frage ich dazwischen.

Er unterbricht seine Werbedurchsage. »Ja, Arnold?«

»Hast du zufällig mitbekommen, dass ich mich mit Gustav unterhalte?«

»Ja, das habe ich«, antwortet Roberto. »Allerdings entstand gerade eine Gesprächspause, die ich dazu nutzen wollte, euch die Serviceangebote der Yongxing Mobility Group …«

»Schon gut«, unterbreche ich unwirsch. »Lassen wir es einfach. Wir möchten keine Bordunterhaltung, okay?«

»Okay«, sagt Roberto. »Soll ich dann jetzt vielleicht Musik einspielen? Das ist ein kostenloser Service der Yongxing …«

»Nein! Wir wollen auch keine Musik! Wir wollen, dass du uns nicht …«

»Privatmodus aktivieren!«, ruft Gustav dazwischen.

»... länger mit deinen saudoofen Fragen auf die Eier gehst«, vollende ich meinen Satz.

»Er hat sich bereits in den Privatmodus versetzt und kann dich folglich nicht hören«, erklärt Gustav. »Das nur zu deiner Info, falls du ihn noch weiter beschimpfen willst.«

»Geht er dir nicht auf die Eier?«, frage ich.

»Ich hab keine Eier«, antwortet Gustav. »Zumindest keine richtigen.«

»Äh, ach nicht?«

»Nein.«

»Was hast du dann?«

»Ich verfüge über haptisch und visuell adäquate Implantate«, erklärt Gustav. »Man könnte also sagen, ich hab Deko-Eier.«

»Aha. Und? Geht Roberto dir nicht auf deine Deko-Eier?«

»Solche Empfindungen sind bei mir konstruktionsbedingt nicht vorgesehen«, erklärt Gustav. »Aber ich weiß, was du meinst.«

»Wenn dir die Diskussion sowieso gleichgültig ist, warum hast du den Kerl dann in den Privatmodus versetzt?«, will ich wissen.

»Damit du keine Schwierigkeiten bekommst.«

»Was denn für Schwierigkeiten? Ist es etwa verboten, eine Software anzublaffen?«

»Verboten nicht, aber solche Vorfälle werden registriert – wie alles, was außerhalb vom Privatmodus passiert. Wer sich Bots gegenüber häufiger aggressiv benimmt, der muss mit Sanktionen rechnen. Und in deinem Fall würde auch Professor Balthazar von deinem Wutausbruch erfahren.«

»Oh«, sage ich und verstehe, was Gustav andeuten will.

Er nickt. »Lass uns später unter vier Augen weiterreden«, schlägt mein Assistent vor.

»Oder wir belassen Roberto einfach im Privatmodus, bis wir in Berlin sind«, schlage ich vor.

»Klingt clever, ist aber keine gute Idee«, erwidert Gustav. »Sämtliche Zeiten, in denen du den Privatmodus aktivierst, werden nämlich ebenfalls registriert. Wenn du deutlich über dem Durchschnitt liegst, dann kann auch das für Argwohn bei den Behörden sorgen.«

»Okay, hab ich verstanden«, sage ich. »Privatmodus beenden. – Roberto?«

»Was kann ich für dich tun, Arnold?«, fragt unser Auto in ausgesucht höflichem Tonfall.

»Ich denke, ein wenig entspannter Jazz würde uns allen jetzt guttun.«

»Eine ausgezeichnete Wahl«, lobt Roberto und lässt eine belanglose Hintergrundmusik ins Wageninnere plätschern.

Gustav lächelt zufrieden.

2

ALS WIR BERLIN ERREICHEN, kann ich kaum glauben, was ich dort sehe.

Gustav registriert es. »Überrascht?«

»Allerdings. Ich hab mir die Stadt komplett anders vorgestellt.«

»Und wie?«

»Irgendwie größer, hektischer und bunter.«

»Was hast du erwartet? Eine Mega-City, vollgestopft mit gehetzten Leuten, die ständig von Werbeclips berieselt werden?«

»Ja, so in etwa.«

»So wie Los Angeles in *Blade Runner*?«

»Wie kommst du darauf?«

»Du hast mal erwähnt, dass der Film dich beeindruckt hat.«

»Stimmt. Damals fand ich es einleuchtend, dass die Großstädte der Zukunft überbevölkert und mit Werbung zugepflastert sein würden.«

»Wie du siehst, lagen Ridley Scott und du komplett falsch. Nur am Potsdamer Platz sieht es heute so aus wie in alten Science-Fiction-Filmen. Aber das hat Methode. Man wollte in den Dreißigern dem Times Square nacheifern, um möglichst viele Touristen anzulocken.«

Ungläubig schaue ich durch das Seitenfenster. »Heißt das, Berlin sieht beinahe überall so aus wie hier?«

»Na ja, es gibt durchaus Gegenden, die nicht so hübsch wie der Westen sind. In Mitte ist im letzten Jahrzehnt viel gebaut worden, meist hoch technisierte Häuser, ähnlich denen in unserem Resort. Aber von einer düsteren Mega-City ist die Stadt trotzdem meilenweit entfernt. Im Gegenteil, man könnte eher behaupten, dass Berlin insgesamt recht beschaulich ist.«

Zumindest für das ruhige und gediegene Viertel von Charlottenburg, in dem sich unser Hotel befindet, trifft das restlos zu. Würden nicht Elektroautos in den gepflegten Alleen patrouillieren, man könnte glauben, sich im Berlin des 19. Jahrhunderts zu befinden. Die schneeweißen Fassaden der prunkvollen Altbauten, die aussehen, als wären sie gerade erst erbaut worden, reflektieren das milde Licht der Abendsonne und lassen die blitzsauberen und hübsch begrünten Alleen in sanftem Gold schimmern. Man sieht spielende Kinder, flanierende Bürger sowie adrett gekleidete Lieferanten und Bedienstete. So reich, zufrieden und selbstgefällig muss Berlin zuletzt in der Gründerzeit geleuchtet haben.

»Was ist hier passiert, Gustav? Die Häuser hier sind noch nie in so tadellosem Zustand gewesen. Warum ist plötzlich alles blitzblank?«

»Früher waren Handwerker und gutes Personal nicht nur teuer, sondern auch schwierig zu bekommen. Inzwischen ist es normal, dass Bots sich um alles kümmern. Wir übernehmen Gartenarbeiten und Reparaturen, wir kochen, putzen, erledigen

sämtliche Einkäufe und kümmern uns um lästigen Organisa-
tionskram. Es gibt viele Leute in diesem Stadtteil, die sich ein
halbes Dutzend Bots als Dienerschaft halten. Wir gelten als Sta-
tussymbole. Früher haben die Leute dicke Autos gekauft, heute
leisten sie sich künstliche Knechte. Übrigens ist es gerade total
angesagt, synthetisches Personal im Stil des späten 19. Jahrhunderts einzukleiden.«

Der Wagen hält, die Türen öffnen sich und wie zur Bestätigung
begrüßt uns ein Portier mit Schnauzbart und Uniform im Stil
der Kaiserzeit.

Unser Auto würde uns zwar gern noch rasch ein paar Informationen über die Yongxing Mobility Group mit auf den Weg
geben, aber wir lehnen ebenso höflich wie bestimmt ab.

3

WENIG SPÄTER stehen wir vor der Rezeption, wo uns ein
hagerer Mittvierziger empfängt, der das lichte, dunkle Haar
streng nach hinten gekämmt trägt.

»Herzlich willkommen im Hotel Pommer. Ich bin Alejandro
Ruiz, der Hotelmanager. Das Traditions-Hotel Pommer gehört
zur Balakrishnan Group, deren über zweitausend Hotels und
Resorts weltweit seit Jahren auf den oberen Plätzen sämtlicher
Kundenzufriedenheitsstatistiken zu finden sind. Zu unseren re-
gulären Leistungen gehören ein reichhaltiges Frühstücksbuffet,
ein umfassendes Entertainmentprogramm sowie sexuelle Gefälligkeiten unseres eigens dafür ausgebildeten Personals.«

Ich werfe Gustav einen fragenden Blick zu, aber der zuckt nur
mit den Schultern.

»Beachten Sie bitte, dass für manche Dienstleistungen zusätzliche Kosten anfallen können«, fährt der Hotelmanager fort.
»Nähere Informationen dazu geben Ihnen auf Wunsch unsere

Mitarbeiter oder Ihr persönlicher Bot, dem wir soeben alle notwendigen Daten übermittelt haben.«

»Privatmodus aktivieren«, ordne ich an, was den Hotelmanager eine Augenbraue hochziehen lässt. Ich vermute, es ist sein Zeichen, um Gästen zu signalisieren, dass er mal kurz weghört.

»Was hat es mit diesen sexuellen Gefälligkeiten auf sich?«, will ich von Gustav wissen.

Statt auf meine Frage zu antworten, erwidert mein Assistent: »Der Hotelmanager ist kein Bot, sondern ein Mensch.«

»Oh.« Ich wende mich wieder Herrn Ruiz zu, dessen rechte Augenbraue unverändert oberhalb der linken klebt.

»Kein Bot?«, frage ich erstaunt.

Langsam sinkt Ruiz' Braue in die Normalposition. »Nein. Kein Bot. Ich bin nicht nur Inhaber dieses Hotels, sondern ebenso ein Mensch wie Sie.« Er bemüht sich, nicht beleidigt zu klingen, kann aber schlecht kaschieren, dass ich ihm gerade heftig auf die Füße getreten bin.

»Entschuldigung. Ich habe das nicht sofort bemerkt.«

»Ich weiß«, erwidert er kühl.

»Mein User ist in Berlin, um sich über das Wunschprogramm zu informieren«, erklärt Gustav.

»Verstehe«, sagt der Hotelmanager. Gustavs Hinweis scheint ihn versöhnlich zu stimmen. »Dann wünsche ich Ihnen viel Spaß in Times Beach. Und genießen Sie außerdem Ihren Aufenthalt im Hotel Pommer. Über eine positive Bewertung würden wir uns sehr freuen.«

Ich möchte Gustav gern fragen, was es mit den erotischen Dienstleistungen des Personals auf sich hat und worin der Zusammenhang zwischen meinem Fauxpas und dem Wunschprogramm besteht. Außerdem interessiert mich, was ich mir unter Times Beach vorzustellen habe. Aber als wir unser Zimmer betreten, überkommt mich urplötzlich wieder diese bleierne

Müdigkeit. Ich muss mich setzen. »Entschuldige, aber mir ist gerade ein bisschen flau. Ich glaube, ich sollte mich kurz hinlegen, bevor wir essen gehen können.«

»Alles klar. Soll ich dich wecken?«, fragt Gustav.

»Nicht nötig«, antworte ich und lasse mich aufs Bett fallen. »In fünfzehn Minuten bin ich wieder topfit, dann können wir los.«

»Das bezweifle ich stark«, erwidert Gustav trocken. »Aber wie dem auch sei, ich wünsche angenehme Träume.«

4

MEIN TRAUM BEGINNT mit einer Szene aus der Vergangenheit: Ich sehe Kathrin. Sie sitzt am Strand, den Oberkörper auf die Ellenbogen gestützt, und blickt aufs Meer hinaus. Ihre Hände spielen mit dem pulverfeinen Sand, sie greifen danach, wühlen darin, er rieselt ihr durch die Finger.

Ich sitze hinter ihr, die Beine zum Schneidersitz verschränkt und betrachte Kathrin dabei, wie sie aufs Meer blickt.

Die Sonne hat ihren Zenit bereits überschritten. Es ist Nachmittag. Drei, vielleicht vier Uhr. Schwer zu schätzen. Das heutige Datum hingegen kenne ich genau. Es ist Freitag, der 3. September 1992. Der erste Tag eines denkwürdigen Liebesurlaubs mit Kathrin. Wir sind jung, frisch verknallt und hungrig nach Sonne und Meer und nebenbei auch nach dem Körper des anderen.

Im Nachhinein hat sich herausgestellt, dass Kathrin in diesem Sardinien-Urlaub mit André schwanger wurde. Wie das bei jungen und frisch verliebten Paaren nun mal so ist, haben wir nicht nur am ersten Urlaubstag miteinander geschlafen, sondern auch an vielen der folgenden. Ich glaube, wir haben geahnt, dass dieser Urlaub tief greifende Veränderungen mit sich bringen würde. Als wir dort saßen, an diesem breiten und langen Sandstrand unter dem wolkenlosen blauen Himmel, da lag es in der Luft, dass unsere beiden Geschichten sich heute zu einer einzigen Geschichte verbinden würden.

Seltsamerweise machte mir diese Vorstellung keine Angst, sie erstaunte mich nicht einmal. Sie erschien mir so selbstverständlich wie das Meeresrauschen und so klar wie der Horizont an diesem Spätsommertag.

Ich betrachte ihre sanft im Wind flatternde Bluse, unter der sich die elegant gebogenen Schulterblätter abzeichnen. Mein Blick streift ihre Haare, was mich stutzen lässt. Ich begreife, dass etwas nicht stimmt. In das Bild dieses perfekten Tages hat sich ein Fehler eingeschlichen.

Vor mir sitzt nicht die einundzwanzigjährige Kathrin, in die ich mich in jenem Sardinien-Urlaub endgültig und unsterblich verliebt habe, sondern jene Kathrin, mit der ich seit beinahe fünfundzwanzig Jahren verheiratet bin. Ihre grauen Haare verraten es. Damals waren sie braun, in jenem Sommer eher hellbraun, weil die Sonne sie ein bisschen ausgebleicht hatte.

Kathrin schiebt sich eine Haarsträhne hinters Ohr, die eine Böe gleich wieder wegflattern lässt. Als sie sich zu mir umdreht, erschrecke ich, denn ihr Gesicht ist tränennass. Ein paar davon tropfen in den feinen Sand.

»Schon verrückt«, sagt sie. »Als wir beide hier vor vielen Jahren saßen, jung und frisch verliebt, da hätte ich jede Wette darauf abgeschlossen, dass wir es hinkriegen würden, miteinander alt zu werden. Dabei gab es damals vieles, was dagegensprach. Ich meine, wir waren nicht darauf vorbereitet, was es bedeuten würde, eine junge Familie zu sein. Eigentlich waren wir nicht einmal darauf vorbereitet, dass aus uns binnen kurzer Zeit eine Familie werden würde. Beinahe täglich dachte ich daran, dass auch alles anders kommen könnte. Aber hier, an diesem Strand, da hatte ich trotzdem dieses absolut sichere Gefühl. Ich hab damals oft an unseren ersten Urlaub gedacht, wenn ich Zweifel an uns oder unserem Weg hatte.« Sie zuckt schicksalsergeben mit den Schultern. »Tja, so kann man sich irren.«

Sie sieht mich an, scheint eine Reaktion zu erwarten. Leider habe ich nicht die leiseste Ahnung, wovon sie spricht. Also schweige ich überfordert.

»Schon gut, du musst nichts sagen, wenn du nicht willst«, fährt sie fort. »Es ist nett von dir, dass du mit mir noch einmal hierhin gefahren bist. Du hättest das ja nicht tun müssen.« Sie steht auf und klopft sich den Sand von Rock und Bluse. Dann holt sie mit spitzen Fingern ein Taschentuch hervor und trocknet ihre Tränen.

»Vielleicht war diese Reise auch einfach nur eine blöde Idee«, sagt sie mit einer wegwischenden Handbewegung. »Ich hatte gehofft, ich könnte hier besser verstehen, warum unsere Ehe nun endgültig vorbei ist.«

»Wieso denn … vorbei?«, frage ich ahnungs- und fassungslos.

Sie straft mich mit einem ebenso verächtlichen wie spöttischen Blick. »Bitte jetzt nicht wieder diese Nummer, dass wir Freunde bleiben werden. Erstens würde deine Iris das ganz bestimmt nicht zulassen und zweitens weiß ich nicht, ob ich das überhaupt will.« Sie steht auf und geht in Richtung Uferpromenade. »Kommst du?«

Verdutzt rappele ich mich hoch. Beiläufig bemerke ich, dass eine hohe Welle auf den Strand zurollt. Wie ich auf den zweiten Blick feststelle, ist es eine sehr hohe Welle. Ungläubig starre ich aufs Wasser. Das muss ein Brecher von mehr als zwei Metern sein. Ich spüre Panik in mir aufsteigen.

»Kathrin!« Ich sehe, dass sie die Treppe zur Uferpromenade erreicht hat, weshalb sie mich nicht hören kann. Immerhin müsste sie dort oben außer Lebensgefahr sein – ganz im Gegensatz zu mir.

Ich beginne zu laufen und frage mich, ob auch ich es schaffen werde, die rettende Promenade zu erreichen. Die Antwort schmerzt im wahrsten Sinne des Wortes. Sie besteht darin, dass mich das Wasser erwischt. Fühlt sich an wie von einer gigantischen Fliegenklatsche einfach hinweggefegt zu werden.

Mit Macht zerrt mich die Welle über den Strand und wirbelt mich dabei herum, bis ich nicht nur die Orientierung, sondern beinahe auch das Bewusstsein verloren habe. Ich erwarte mit voller Wucht gegen die Promenadenmauer geschleudert zu werden, doch zu meinem Glück ist die Welle nicht ganz so gewaltig, wie ich befürchtet habe. Kurz vor der Mauer spuckt sie mich aus. Da liege ich nun auf dem Rücken wie ein hilfloses Insekt, hustend und röchelnd.

Zuerst sehe ich den Himmel, gleich danach das erschrockene Gesicht von Kathrin, die sich über die Brüstung der Uferpromenade beugt. »Arnold! Oh, mein Gott, bist du verletzt?«

Ich würde ihr gern antworten, kann es aber nicht. Meine Lungen fühlen sich an, als wären sie randvoll mit Meerwasser gefüllt. »Arnold? Arnold!« Ihre Stimme wird lauter und drängender. »Arnold!«

5

»ARNOLD!« DIESMAL ist es nicht Kathrins Stimme.

Ich öffne die Augen, mein Oberkörper schnellt hoch, zugleich ziehe ich gierig Luft in die Lungen. So gierig, dass mir dabei fast schwarz vor Augen wird. Weil ich merke, dass ich vielleicht ohnmächtig werde, begebe ich mich sofort wieder in die Horizontale und versuche, ruhig und gleichmäßig zu atmen.

Über mir erscheint nun nicht Kathrins Gesicht, sondern das von Gustav.

»Schlecht geträumt?«, fragt er leichthin.

Ich nicke.

»Dein Puls und deine Herzfrequenz sahen so aus, als ginge es um Leben und Tod«, sagt Gustav.

»Hat mein Schlafanzug etwa wieder gepetzt?«, frage ich.

»Deshalb bin ich hier«, antwortet mein Assistent und nickt.

»Wie lange habe ich geschlafen?«

»Lange«, antwortet Gustav. »Möchtest du mir von deinem Traum erzählen?«

Ich zucke mit den Schultern. »Ja, warum eigentlich nicht?«

»Dann schieß mal los«, sagt Gustav.

»Der Traum handelte von einer realen Situation, die sich aber völlig anders zugetragen hat.«

»Verstehe ich nicht«, erwidert Gustav. »Wenn eine reale Situation völlig anders verläuft als in der Realität, inwiefern ist sie dann noch real?«

»Hör dir einfach mal meinen Traum an, und dann entscheide selbst«, schlage ich vor.

»Okay.«

»Also. Im Traum sind Kathrin und ich auf Sardinien, so wie damals als junges Paar. Alles scheint genauso zu sein wie in diesem Urlaub Anfang der Neunziger. Allerdings bin ich nicht mit der jungen Kathrin dort, sondern mit jener, mit der ich seit fast fünfundzwanzig Jahren verheiratet bin. Sie ist völlig aufgelöst und behauptet, dass unsere Ehe am Ende ist. Ich verstehe überhaupt nicht, was sie damit sagen will, weil es doch gar nicht zur Debatte steht, dass wir uns trennen. Doch bevor wir das Missverständnis aufklären können, kommt urplötzlich eine Flutwelle und reißt mich mit. Ich habe Glück im Unglück und werde nur leicht verletzt.«

Gustav sieht mich bass erstaunt an.

»Verrückt, oder?«, füge ich hinzu. »Und ich habe keine Ahnung, was dieser Traum bedeuten könnte, du etwa?«

»Doch. Denn das war kein Traum«, sagt Gustav. »Du hast dich erinnert.«

»Ich hab ... was?«

»Du hast dich erinnert. Dieses Treffen mit Kathrin hat es tatsächlich gegeben.«

»Ganz sicher nicht«, antworte ich. »Wir waren nur ein einziges Mal auf Sardinien. Nämlich als junges Paar im September 1992.«

»Und noch einmal als beinahe geschiedenes Paar im September 2021, knapp ein Jahr nach eurer Silberhochzeit«, ergänzt Gustav.

Jetzt bin ich es, der ein erstauntes Gesicht macht. »September 2021?«

»Ja. Du hast mich zwar erst 2029 gekauft, aber ich bin mit allen damals über dich verfügbaren Daten gefüttert worden, unter anderem mit der Krankenakte aus Sardinien. Diese Flutwelle hat es wirklich gegeben. Du hast danach zwei Tage in einem italienischen Krankenhaus verbracht. Und dass du mit Kathrin und Iris dort warst, hast du mir selbst erzählt.«

»Und wer ist Iris?«, frage ich überfordert.

»Deine zweite Frau«, antwortet Gustav ungerührt. »Inzwischen ist auch sie deine Ex-Frau.«

»Meine ... zweite ... Ex-Frau? Was ist denn mit Kathrin passiert?«

»Die hast du damals verlassen, um mit Iris ein neues Leben anzufangen. Im Sommer 2022 ist die Scheidung von Kathrin rechtskräftig geworden, da war sie aber längst ausgezogen ...«

»Wohin?«, frage ich entsetzt. »Und was ist aus ihr geworden?«

»Meines Wissens lebt sie in der Lüneburger Heide.«

»Wie? Jetzt gerade?«

»Ob sie in genau dieser Sekunde zu Hause ist, kann ich dir nicht sagen«, erwidert Gustav. »Aber ja, prinzipiell schon.«

»Dann müssen wir sofort zu ihr«, entscheide ich, werfe die Decke zurück und setze mich auf die Bettkante. Die Bewegung fällt mir heute deutlich leichter als gestern. »Vielleicht kann Kathrin mir ja erklären, was hier vor sich geht.«

»Wir können nicht in die Lüneburger Heide fahren. Du hast gleich einen Termin beim Wunschprogramm.«

»Na und? Den verschieben wir einfach.«

»So einfach geht das nicht«, erwidert Gustav. »Das ist ein Pflichttermin.«

»Sagt wer?«

»Professor Balthazar«, antwortet Gustav prompt. »Denk daran, dass er jeden deiner Schritte mit Argusaugen verfolgt. Du würdest gewaltigen Ärger bekommen, wenn du den Termin ohne triftigen Grund platzen lässt.«

»Mir doch egal«, verkünde ich trotzig. Wild entschlossen und voller Tatendrang stehe ich auf, spüre aber nun doch einen leichten Schwindel.

Gustav registriert es. »Geht es dir gut, Arnold?«

»Jaja, ist nur der Kreislauf.«

Er mustert mich kritisch. »Du musst was essen und deine Funktionsfrüchte trinken. Lass uns erst mal frühstücken gehen. Dann siehst du die Dinge vielleicht etwas klarer.«

»Frühstücken? Was sagtest du eben, wie lange ich geschlafen habe?«

»Noch habe ich nichts gesagt, aber es waren zehn Stunden und zweiundvierzig Minuten.«

»Ich habe unseren Abend in Berlin verschlafen? Warum hast du mich nicht geweckt?«

»Weil du behauptet hast, dass du nur ein kurzes Nickerchen machen wirst, weshalb es nicht nötig sei, dich zu wecken.«

»Es wäre aber offenbar doch nötig gewesen.«

»Wie man es nimmt. Es sprach einiges dafür, dich schlafen zu lassen. Wie du siehst, warst du so hundemüde, dass du deine Nachtruhe bitter nötig hattest.«

Ich seufze. »Wie spät ist es?«

»6.17 Uhr.«

»Haben die hier Eier mit Speck?«

»Haben sie«, antwortet Gustav. »Aber ich empfehle dir ein leichteres Frühstück. Quark mit Früchten, vielleicht ein bisschen Fisch ... »

»Ich mache dir einen Vorschlag«, falle ich ihm ins Wort. »Ich verspreche dir, dass ich frühstücke, was immer du mir vorsetzt. Im Gegenzug musst du mir aber versprechen, dass wir gleich nach unserem Termin beim Wunschprogramm in die Lüneburger Heide fahren. Ist das fair?«

Gustav zögert einen Moment. »Fair vielleicht, aber ich weiß nicht, ob das eine gute Idee ist.«

»Lass das mal meine Sorge sein.«

»Okay.« Gustav zuckt mit den Schultern. »Wenn du meinst.«

»Dann ist die Sache abgemacht?«

»Du bist der Boss. Aber denk dran, ich habe dich gewarnt.«

6

DAS FRÜHSTÜCK im Hotel Pommer ist ebenso mondän wie der schneeweiß getünchte Frühstücksraum, von dessen meterhoher, mit Stuck besetzter Decke ein im Sonnenlicht funkelnder Lüster herabbaumelt.

»Sag mal, warum hältst du es eigentlich für keine gute Idee, dass ich mit Kathrin rede?«

»Na ja. Es könnte durchaus sein, dass sie nicht gut auf dich zu sprechen ist, weil Dinge passiert sind, an die du dich zwar nicht erinnerst, sie sich dafür aber umso besser«, antwortet Gustav diplomatisch.

Durch die weit geöffneten Flügeltüren gelangen wir auf eine Sonnenterrasse, die fließend in einen prachtvoll blühenden Garten übergeht. Fast alle Tische sind besetzt. Einer der noch verbliebenen ist für uns reserviert. Mein Frühstück wird gerade aufgetragen.

»Ich meine ja nur, dass man fünfundzwanzig Jahre nicht in fünf Minuten erzählen kann«, fährt Gustav fort. »Vielleicht sollten wir lieber auf dem Weg nach Lüneburg darüber reden. Was hältst du davon?«

Zwar brenne ich darauf, weitere Neuigkeiten aus meinem Leben zu erfahren, aber Gustav möchte mir offenbar nicht zwischen Tür und Angel erzählen, was passiert ist. Also nicke ich und sage: »Okay.«

Eine junge Frau, die ein Dienstmädchenkostüm im Stil des neunzehnten Jahrhunderts trägt, stellt frischen Saft und duftenden Kaffee auf unseren reichlich gedeckten Tisch. Dann macht sie einen Knicks und verschwindet.

»Ist schon toll, wenn man einen gut vernetzten Assistenten an seiner Seite hat«, sage ich. »Das hier sieht alles lecker aus.«

»Die Bestellung eines individuellen Frühstücks ist eher keine Aktion, für die man einen synthetischen Charakter loben muss«, sagt Gustav. »Das hätte dein Smartphone auch hinbekommen.«

Wir setzen uns. »Trotzdem danke.«

»Keine Ursache«, erwidert Gustav. »Guten Appetit.«

Erst jetzt fällt mir auf, dass ich einen Bärenhunger habe. Ich greife zu. »Isst du eigentlich nie was?«

»Nein. Die ersten Generationen synthetischer Charaktere waren nicht so konstruiert, dass sie essen oder trinken konnten. Bei neueren Modellen ist das anders. Die sind in der Lage, Nahrung zu sich zu nehmen, sofern das von den Usern gewünscht wird, also beispielsweise aus Gründen der Geselligkeit. Allerdings können auch moderne Bots die Nahrung nicht verwerten. Alles, was man oben reinkippt, landet in einem Auffangbehälter, der leer gepumpt wird, sobald er voll ist.«

»Und woher nimmst du dann deine Energie?«, frage ich.

»Auf meiner Haut und in meiner Kleidung befinden sich Solarzellen. Das Sonnenlicht nutze ich aber nur, wenn ich nicht induktiv laden kann.«

»Aha. Und wie funktioniert das?«

»Mein System zeigt mir Induktionspunkte an, die für Menschen unsichtbar sind. Solche Ladestationen gibt es überall da, wo Bots und Menschen zusammenleben. Nur in freier Natur greife ich auf Sonnenenergie zurück.«

»Funktioniert das so ähnlich wie bei manchen Handys, die man aufladen kann, indem man sie auf spezielle Unterlagen legt?«, frage ich.

»Ich lasse mich zwar nur ungern mit einem Handy vergleichen, aber die Technik ist in der Tat dieselbe«, erklärt Gustav. »Wenn du also ein paar Bots dabei beobachtest, wie sie zusammenstehen, als würden sie Pause machen, dann kannst du davon ausgehen, dass es sich um einen induktiven Ladepunkt handelt. Die pausieren nicht, die tanken auf.«

»Interessant«, sage ich. »Wieder was gelernt.«

»Ich helfe gern. Wenn du noch mehr wissen willst, frag mich einfach.«

»Ja, eine Frage hab ich tatsächlich noch«, sage ich.

»Immer her damit.« Es macht Gustav sichtlich Spaß, mir Rede und Antwort zu stehen.

»Ich frage mich, wie es möglich ist, dass Kathrin und ich kurz vor unserer Silberhochzeit eine solide Ehe geführt haben, aber nur wenige Monate später liegt alles in Scherben und wir stecken plötzlich mitten in der Scheidung.«

»Eine Ehe kann schnell kippen«, unkt Gustav. »Ich vermute, du hast es dir nach eurer Silberhochzeit einfach anders überlegt.«

»Habe ich mit dir nie darüber gesprochen?«, frage ich.

»Nein. Du hast mir zwar von deinen beiden Ehen erzählt, aber warum genau du damals Kathrin verlassen hast und zu Iris gezogen bist, darüber wolltest du nie reden.«

»Vielleicht liegt der Schlüssel zu allem in der letzten Nacht, die ich in meinem alten Leben verbracht habe. Jedenfalls muss ich herausfinden, was nach diesem Streit mit Kathrin noch alles passiert ist.«

»Du hast doch gesagt, du bist auch ins Bett gegangen, nachdem du den restlichen Wein ausgetrunken hast.«

»Ja, aber vielleicht trügt mich meine Erinnerung. Vielleicht ist in dieser Nacht doch noch etwas so Entscheidendes passiert, dass es mich aus meinem Leben gekegelt und in meine eigene Zukunft katapultiert hat.«

Gustav wiegt unschlüssig den Kopf hin und her. »Das klingt irgendwie ...«

»Verrückt?«, vollende ich den Satz. »Schon möglich, aber genau so fühlt sich gerade mein Leben ja auch an. Vielleicht kann diese letzte Nacht im Jahr 2020 das Geheimnis lüften.«

Gustav wirkt immer noch skeptisch. »Vielleicht.«

»Glaubst du, dieses Wunschprogramm wird mir helfen, mich zu erinnern?«

»Ich denke, das solltest du nicht mich, sondern Kenny Kuhn fragen.«

»Wer ist Kenny Kuhn?«

»Dein Fachberater vom Wunschprogramm.«

»Wieso kannst ausgerechnet du diese Frage nicht beantworten? Du weißt doch sonst immer alles.«

»Schon, aber Professor Balthazar hat mich für den Download weitergehender Informationen zum Wunschprogramm leider nicht autorisiert«, erklärt Gustav.

Ich wundere mich. »Ist das normal?«

Er zuckt mit den Schultern. »Ich vermute, er will lediglich, dass du unvoreingenommen bist.«

»Oder er will mich überrumpeln. Ich traue dem Kerl nicht.«

Gustav legt den Kopf schief. »Stimmt. Das wäre auch eine Möglichkeit.«

Das Dienstmädchen erscheint. »Ist alles zu Ihrer Zufriedenheit?«

»Alles bestens, vielen Dank. Könnte ich bitte noch was von diesem leckeren Knuspermüsli bekommen?«

»Unser hausgemachtes Granola aus kandierten Grillen, Heuschrecken und Mehlwürmern?« Sie lächelt aufreizend. »Aber gern. Ich bringe Ihnen sofort noch etwas davon.«

Bevor ich etwas erwidern kann, ist sie verschwunden. Mein Blick wandert zu Gustav. Ich höre meinen Magen grummeln. »Du lässt mir Mehlwürmer und Heuschrecken zum Frühstück servieren?«

Er nickt. »Viel Protein und ungesättigte Fettsäuren. Gut fürs Herz und für deinen Kreislauf. Fühlst du dich nicht schon viel vitaler?«

Ich betrachte den gedeckten Tisch. »Sonst noch was, das ich über mein Frühstück wissen sollte?«

Gustav zuckt mit den Schultern. »Alles, was du hier siehst, ist nach deinen individuellen ernährungsphysiologischen Bedürfnissen zusammengestellt.«

»Das heißt, dieser Rinderschinken und der Heringssalat stehen hier nicht, weil ich so was gern esse, sondern weil du es für gesund befunden hast?«

»Das ist kein Heringssalat«, erwidert Gustav.

»Sondern?«

»Baby-Delfin in Tomaten-Ingwer-Marmelade. Und was du für Rinderschinken hältst, ist eine Bresaola vom Wollhaarmammut.«

Ich muss grinsen. »Mammut, soso. War Einhorn heute alle, oder was?«

»Einhörner sind Fabelwesen, die kann man nicht essen«, erwidert Gustav mit ernster Miene.

»Mammuts sind vor Millionen Jahren ausgestorben. Die kann man also auch nicht essen«, kontere ich.

»Mammuts sind vor etwa 10 000 Jahren ausgestorben«, korrigiert Gustav. »Aber es ist gelungen, ihre DNA zu rekonstruieren, was es einerseits möglich macht, sie zu züchten. Andererseits kann man nun auch ihr Fleisch anbauen.«

»Moment mal, es gibt echte Mammuts?«, frage ich.

»Nicht in freier Wildbahn, aber in dafür geschaffenen Reservaten.«

»Das ist ja abgefahren. Meinst du so eine Art *Jurassic Park*?«

»Nein. Einen T-Rex haben sie noch nicht rekonstruiert«, sagt Gustav. »Zumindest bisher nicht. Aber man kann immerhin schon Tiere aus der letzten Eiszeit besichtigen, also Mammuts, Riesenhirsche, Höhlenbären und Säbelzahnkatzen.«

»Und es gibt so viele davon, dass sie auch zum Frühstück serviert werden?«

»Nein. Was du hier siehst, ist gezüchtetes Fleisch. Es ist verboten, Mammuts zu jagen.«

»Verstehe ich immer noch nicht. Dieser Mammutschinken ist doch von einem Mammut, oder etwa nicht?«

»Bresaola«, verbessert Gustav. »Es ist Bresaola. Und sie stammt zwar vom Mammut, aber dafür musste kein Exemplar getötet werden.«

»Wie das? Hat es seinen Schinken freiwillig rausgerückt?«

»Nein. Ein Großteil des für den Konsum bestimmten Fleisches wird heute in Bioreaktoren hergestellt. Nachdem es Ende der Zwanzigerjahre gelungen war, Rindersteaks aus Stammzellen zu züchten, gab es schon bald einen boomenden Markt für bis dato illegale Tierprodukte. Und da man sauberes Fleisch auch aus längst ausgestorbenen oder bedrohten Tierarten herstellen konnte, ohne dafür auch nur ein einziges Exemplar zu töten, verlangten die Menschen schon bald nach exotischen Genüssen. Wal, Delfin und Meeresschildkröte kamen in Mode, ebenso Elefant, Tiger, Panda, Löwe oder Nashorn. Wie du anhand deines Frühstücks siehst, sind der Fantasie kaum Grenzen gesetzt. Übrigens bist du ein Fan von diesem Omelett – das hast du offenbar auch vergessen.« Er nimmt den Teller mit der Eierspeise zur Hand und hält sie mir hin.

»Was ist das?«, frage ich.

»Omelett mit Tomaten, Käse und Kräutern.«

»Schon klar. Ich meine nur, sind die Eier vom Huhn?«

Gustav sieht mich unbeweglich an und schweigt vielsagend.

»Also nicht. Was dann? Sind es Alligatoreneier? Oder Schlangeneier?«

Mein Gegenüber verzieht keine Miene.

»Doch nicht etwa Dinosauriereier?«

Gustav grinst. »Es sind nur Hühnereier, allerdings genetisch optimierte. Sie enthalten kein Cholesterin, dafür einen auf dich abgestimmten Hormon- und Vitaminkomplex.«

»Damit ich bei guter Laune bleibe?«, rate ich.

»Hauptsächlich, damit deine Sexualorgane einwandfrei funktionieren. In deinem Alter muss man da ein bisschen nachhelfen.« Er stellt den Teller wieder zurück auf den Tisch.

Ich überlege kurz, dann ziehe ich das Omelett zu mir heran.

»Oh. Doch Appetit aufs Omelett?«, fragt Gustav.

»Geht so«, antworte ich. »Aber wenn es um meine Sexualorgane geht, dann will ich lieber kein Risiko eingehen.«

7

KENNY KUHN ist ein schlaksiger Kerl mit perfekt gescheitelten Haaren, deren sattes Schwarz in einem krassen Kontrast zum Schneeweiß seiner Zähne steht. Immer wenn er lacht, meint man die Augen schließen zu müssen, um nicht geblendet zu werden. Und Kenny lacht sehr viel. Gleich zu Beginn unseres Treffens hat er sein Gebiss freundlich aufblitzen lassen und mich darum gebeten, ihn beim Vornamen zu nennen.

Kennys Büro ist etwa so groß wie mein Zimmer im Seaside-Resort. Was die technische Ausstattung betrifft, sind den Mitarbeitern vom Wunschprogramm offenbar keine Grenzen gesetzt. Kaum sitze ich vor dem Schreibtisch, da verwandelt sich der komplette Raum in einen Traumstrand – Sonne, Wind und Meeresluft inklusive. Selbst der Boden gibt nach und nimmt die Farbe und Konsistenz von feinem Sand an.

»Machen Sie es sich bitte bequem, Arnold. Sie dürfen auch gern Ihre Schuhe ausziehen«, sagt Kenny generös und greift unter den Schreibtisch, wo sich eine Minibar befindet, aus der er ein kleines Fläschchen mit giftgrünem Inhalt zutage fördert. Er kredenzt mir die Flüssigkeit in einem stilvollen Tumbler mit reichlich Eis. »Auf Ihr Wohl, Arnold.«

»Danke, sehr nett, aber ich habe gerade erst gefrühstückt«, sage ich.

»Das ist kein Alkohol, sondern nur ein Funktionsdrink, der Sie auf die nun folgende Präsentation einstimmen wird. Betrachten Sie es als einen Willkommensdrink vom Haus.«

»Na, wenn das so ist«, sage ich und nippe an der giftgrünen Flüssigkeit. Sie schmeckt nach Waldbeere, gemischt mit Zitrone. Eigentlich ganz lecker. Ich nehme noch einen Schluck, dann sage ich mit einem Blick auf die uns umgebende Animation: »Schöner Strand. Wo haben Sie den aufgetrieben?«

Kenny muss grinsen. »Dieser Ort ist den Bahamas Ende der zwanziger Jahre nachempfunden. Bevorzugen Sie eine andere Location? Ich habe mehrere Traumstrände im Angebot. Vieles von dem, was die Thwaites-Flut weggespült hat, haben die Computer wiederauferstehen lassen, das meiste sogar noch schöner und prächtiger, als es in Wirklichkeit je war. Also, falls Sie einen anderen Strand bevorzugen, kein Problem.«

»Nein, die So-was-wie-Bahamas sind schon okay«, sage ich. »Und als Fototapete ist doch ein Traumstrand so gut wie jeder andere. Ich glaube, ich könnte sie sowieso nicht unterscheiden. Außerdem sieht das zwar alles sehr einladend aus, aber Schwimmen und Schnorcheln kann man da draußen ja leider sowieso nicht.«

»Was bitte ist eine Fototapete?«, fragt Kenny irritiert.

Ich muss lächeln. »Wann sind Sie geboren?«

»Am 14. Januar 2004«, antwortet er.

Ich staune, denn er sieht nicht aus wie Anfang vierzig, eher wie jemand, der gerade erst das Teenageralter hinter sich gelassen hat. Vermutlich trinkt er jeden Morgen brav seine Funktionsfrüchte. »Dann haben Sie die Blütezeit der Fototapete um etwa dreißig Jahre verpasst.«

»Aha. Na ja, wie dem auch sei.« Kenny klatscht in die Hände. »Kommen wir zur Sache. Sie haben sich vermutlich gefragt, warum dieses Gespräch ohne Ihren synthetischen Assistenten stattfindet, richtig?«

»Ja, das habe ich mich in der Tat gefragt.«

Kennys Zähne funkeln im Licht der künstlichen Sonne. »Ich möchte Ihnen eine Gegenfrage stellen: Was könnte Ihr Assistenz-Roboter Erhellendes zu einer philosophischen Diskussion beitragen?«

»Sie möchten mit mir eine philosophische Diskussion führen?«, frage ich.

I
I
6

»Gewissermaßen. Ich möchte mit Ihnen heute Morgen über Fragen sprechen, die die Menschheit seit Beginn der Geschichte beschäftigen. Wir werden über Glück reden, über Liebe, über die Zeit, über das Leben und vielleicht auch über den Tod. All das kann ein Bot nicht verstehen. Diese Maschinen haben keine Ahnung davon, was es heißt, Sehnsucht oder Schmerz zu empfinden. Wir Menschen hingegen sehnen uns nach denen, die wir lieben, nach Orten, an denen wir glücklich waren oder nach Momenten, die wir gern festgehalten hätten. Ihr Bot wäre emotional gar nicht in der Lage, das nachzuvollziehen. Was also soll er hier?«

Was Kenny sagt, ist nicht ganz von der Hand zu weisen. Ich muss daran denken, dass Gustav mir schon häufiger zu verstehen gegeben hat, dass sein Betriebssystem nicht darauf ausgelegt ist, menschliche Regungen vollumfänglich erfassen zu können. Einem synthetischen Charakter reicht es offenbar, wenn er sich mit den Umständen seiner Aufgabe arrangieren kann.

Mein nachdenkliches Nicken ist Kenny Bestätigung genug dafür, dass er mit seinen Äußerungen richtigliegt.

»Schön, dass wir einer Meinung sind«, sagt er. »Aber keine Sorge, Ihrem Bot geht es bestens. Er bekommt draußen nicht nur eine frische Akkuladung, wir füttern ihn auch mit allen für Sie relevanten Daten zum Wunschprogramm. Auf diese Weise kann sich Ihr Gustav am besten nützlich machen. Womit wir also nun beim eigentlichen Thema wären. Was wissen Sie denn schon über das Wunschprogramm, Arnold?«

»Nichts«, antworte ich wahrheitsgemäß.

Kenny wirkt verwundert. »Rein gar nichts?«

»Rein gar nichts.«

»Okay, fangen wir eben einfach bei Adam und Eva an ...«

Kenny lehnt sich im Sessel zurück und legt seine nackten Füße auf die Schreibtischkante. »Ich glaube, es ist sinnvoll, wenn ich ein bisschen weiter aushole – zumal Sie ja auch aufgrund Ihrer Amnesie nicht mit den technischen Entwicklungen der letzten fünfundzwanzig Jahre vertraut sind. Professor Balthazar hat mich diesbezüglich informiert.«

Es schmeckt mir zwar nicht, dass Kenny Kuhn gewissermaßen mit Professor Balthazar unter einer Decke steckt, aber was meine Wissenslücken betrifft, da hat er trotzdem recht. »Okay. Dann legen Sie mal los.«

»Haben Sie mitbekommen, dass Anfang des einundzwanzigsten Jahrhunderts die These aufgestellt wurde, dass es eines Tages möglich sein würde, das Bewusstsein eines Menschen downzuloaden und digital zu speichern?«

»Ja, das kommt mir irgendwie bekannt vor«, sage ich.

»Gut. Inzwischen ist dieses Verfahren nicht nur Realität, es hat die Welt auch völlig verändert und binnen kürzester Zeit zu einem besseren Ort gemacht.« Kenny deutet auf die Schreibtischoberfläche, über der nun das Hologramm eines menschlichen Gehirns erscheint. »Schauen wir uns einfach mal an, wie die Sache funktioniert.« Kenny benutzt seinen Zeigefinger, um das Holo-Gehirn in eine sanfte Rotation zu versetzen. »Was Sie hier sehen, sind etwa einhundert Milliarden Nervenzellen. Jede von ihnen kann Zehntausende Synapsenverbindungen eingehen. Das daraus entstehende und sich außerdem ständig ändernde Muster ist so einzigartig wie der Mensch, der es sein Eigen nennt. In dieser grauen Masse stecken das Wissen, die Erinnerungen, das Bewusstsein und nicht zuletzt die Identität eines Individuums. Fehlt etwas davon, wie etwa in Ihrem Fall die Erinnerung, dann fällt uns plötzlich auf, dass wir ohne unser Gehirn nicht existieren würden. Alles, was wir waren, und alles, was wir sind, ist in diesen grauen Zellen enthalten. Ohne sein Gehirn ist ein Mensch … nichts.«

Ich nicke unbehaglich. Er hat gerade mein Problem ziemlich gut auf den Punkt gebracht.

Kenny lächelt breit. »Aber wussten Sie auch, dass das Gehirn nicht unbedingt einen Körper braucht, um zu existieren, ja nicht einmal organische Materie? Die Neurowissenschaftler Eagle und Manning haben diese bahnbrechende Erkenntnis 2027 publiziert und dann auch bewiesen. Erstmalig in der Geschichte ist es den beiden gelungen, ein Individuum komplett in ein Computernetzwerk hochzuladen, und zwar den damals 84-jährigen Samuel Brix aus Kansas. Interessanterweise hat die Digitalisierung das Bewusstsein von Brix überhaupt nicht verändert. Man konnte mit ihm kommunizieren wie zuvor, und das, obwohl er seine Umwelt nach der Digitalisierung nur sehr eingeschränkt mithilfe einer Kamera und einem Mikrofon wahrnehmen konnte. Die Erfahrung mit Brix hat uns zu der Erkenntnis geführt, dass es kein Bewusstsein außerhalb des Gehirns gibt – allenfalls eines, welches das Gehirn kreiert, um mit sich selbst in einen Dialog treten zu können. Am Ende sind ein Mensch und sein Gehirn jedoch eins.«

»Was ist aus Samuel Brix geworden?«, will ich wissen.

»Er hat einen unschätzbaren Beitrag für die Forschung geleistet«, antwortet Kenny. »Durch Sam haben wir ein besseres Verständnis davon bekommen, wie das Gehirn Daten interpretiert. Normalerweise verarbeitet es Umweltimpulse, die ihm der Körper liefert, also Kälte, Wärme, Schmerz, Licht, Geräusche. All das übersetzen die grauen Zellen in Bilder, Töne, Geschmack und Gefühle. Dabei ist es für Ihr Gehirn unerheblich, in welcher Form es seine Daten erhält. Menschen können problemlos mit Prothesen leben, weil das Gehirn sich in atemberaubender Geschwindigkeit darauf einstellt, Daten neu zu interpretieren. Und wie wir es bei Samuel beobachtet haben, kann man prinzipiell jede Sinneswahrnehmung durch elektronische Impulse ersetzen. Und vor allem: Man kann alles gleichzeitig ersetzen.«

»Soll das heißen, man könnte meinem Gehirn eine Welt simu-

lieren, indem man ihm sämtliche Sinneswahrnehmungen nur …
vortäuscht?«

»Ich würde das nicht als Simulation bezeichnen«, erwidert
Kenny. »Und es ist auch keine Täuschung. Es ist lediglich eine
Variante dessen, was existiert. Faktisch gibt es die Welt, wie Sie
sie kennen, überhaupt nicht. Sie ist ein einziges Chaos. Licht,
Lärm, Geschmack, Gefühle und Bewegung werden erst in Ihrem
Gehirn zu jener Welt geformt, die Sie für real halten. Sie leben
also gewissermaßen bereits in einer Simulation. Ihr Hirn schus-
tert sich aus den Unmengen von Daten, die es erhält, eine halbwegs sinnvolle Realität zusammen. Und genau diesen Effekt
haben wir uns beim Wunschprogramm zunutze gemacht …«

»Moment. Heißt das, Sie schlagen vor, mein Gehirn in einem
Computer zu speichern?«

»Genau. Wir führen einen Download Ihres Bewusstseins durch.
Der komplette Speicher Ihres Gehirns, also die gesamte Struk-
tur, wird ausgelesen und in digitaler Form in ein Computernetzwerk eingespeist. Sie müssen bedenken, Arnold, nicht nur Ihr
Geist wird auf diese Weise gespeichert, Ihr Gehirn, das sind ja
Sie selbst. Alles, was Sie ausmacht. Sämtliche Gefühle und Sehn-
süchte, alle Wünsche, alle Träume. Einfach restlos alles.«

Die Vorstellung, nur noch als Datenwolke in einem Computernetzwerk zu existieren, behagt mir überhaupt nicht. Aber wenn
es stimmt, was Kenny sagt, dann bin ich ja schon jetzt nicht
mehr als eine Datenwolke, die sich von einem Körper mit Informationen aus einer fremden Welt versorgen lässt. Die Aussicht
darauf, künftig körperlos zu sein, ist trotzdem seltsam. »Okay.
Das Prinzip habe ich verstanden. Aber was passiert mit mir, also
mit meinem Gehirn, in diesem Computernetzwerk?«

Kenny öffnet die Arme wie ein Geistlicher, der zum springenden
Punkt seiner Predigt kommt. »Willkommen in Times Beach!
Ihrer ganz persönlichen Welt der Wünsche.«

Kenny fügt nach einer kurzen Kunstpause hinzu: »Sie müssen wissen: Times Beach, das bedeutet pures Vergnügen, ganzheitliche Entspannung und grenzenloses Glück.«

»Times Beach«, wiederhole ich tonlos.

»Genau. Konzipiert wurde diese Welt der Wünsche nach dem Vorbild von Florida. Aber unsere Ingenieure und Programmierer haben das Original deutlich verbessert und um viele Attraktionen bereichert. Und ständig kommen neue hinzu, denn wir möchten den Bewohnern von Times Beach das Leben so angenehm wie möglich machen. Sie sollen ihre Zeit in Times Beach ausschließlich mit Dingen verbringen, die ihnen Spaß machen – wobei Zeit in der Welt der Wünsche eigentlich nicht mehr existiert. In seiner rein digitalen Variante ist nämlich jeder Mensch praktisch unsterblich.«

»Aha. Und wer ist: Wir?«, frage ich.

»Die Faamazo Cooperation, ein global operierender Konzern, der das größte soziale Netzwerk der Welt geschaffen hat«, erwidert Kenny.

»Ähm, ist nicht die Welt selbst das größte soziale Netzwerk der Welt?«, frage ich irritiert.

»Ja, aber nicht mehr lange«, erwidert Kenny. »Wir kooperieren mit beinahe allen Regierungen, um möglichst vielen Menschen die Teilhabe am Wunschprogramm zu ermöglichen. Glauben Sie mir, schon bald werden deutlich mehr Menschen in Times Beach leben als auf der Erde.«

»Kann ich mir irgendwie nicht vorstellen«, sage ich. »Wie läuft das? Ich schwebe als Datenwolke durch einen digitalen Nachbau von Disneyland, oder wie?«

»Arnold, Sie verstehen offenbar nicht, dass Ihre Wahrnehmung in der Welt der Wünsche sich nicht im Geringsten von dem Leben in dieser Welt unterscheidet. Ihrem Gehirn ist es gleichgültig, ob Sie echten Sex haben, oder ob Sie echte Nahrung oder echte Drogen zu sich nehmen. Solange es entsprechende Impulse bekommt, wird Ihr Gehirn mit Lust, Zufriedenheit oder einem angenehmen Rauschzustand reagieren. All das werden Sie in Times Beach genauso erleben wie hier, allerdings können Sie Sex haben, ohne müde zu werden, Drogen nehmen, ohne daran zu sterben, und sich der Völlerei hingeben, ohne an Gewicht zuzulegen. Wir konservieren Sie quasi im Jetztzustand – wobei es da durchaus Spielraum für gewisse Optimierungsmaßnahmen gibt, falls Sie das wünschen.«

»Aber wie kann es sein, dass sich das Leben in Times Beach genauso anfühlt wie das echte Leben, wenn nichts von dem, was ich tue, Konsequenzen hat? Wenn ich essen kann, ohne dick zu werden, Drogen einwerfen kann, ohne süchtig zu werden ...«

»Nein, da haben Sie mich missverstanden, Arnold«, unterbricht Kenny. »Es ist durchaus möglich, dass man süchtig wird. Nicht wenige Menschen in der Welt der Wünsche haben ihre Tage dem Alkohol, dem Glücksspiel oder harten Drogen verschrieben. Aber wenn es nun mal der sehnlichste Wunsch eines Menschen ist, ständig high zu sein oder Tag und Nacht in einer Spielbank zu sitzen, dann machen wir das möglich. Wir sind die Welt der Wünsche. Unser Name ist Programm.«

Kenny sieht mir an, dass ich nicht weiß, was ich von seinen Erklärungen halten soll. Aufmunternd klatscht er in die Hände. »Wissen Sie was? Am besten, Sie schauen sich Times Beach einfach mal persönlich an. Seien Sie ein paar Stunden lang zu Gast in der Welt der Wünsche, und entscheiden Sie dann selbst, was Sie davon halten.«

»Ja. Okay. Kann ich mir ja mal durch den Kopf gehen lassen«, antworte ich skeptisch.

Kenny zeigt mir seine weißen Zähne. »Wieso warten, Arnold? Es ist alles vorbereitet. Der Drink, den Sie eben zu sich genommen haben, enthält ein Betäubungsmittel, das schon bald seine volle Wirkung entfalten wird. Danach versetzen wir Ihren Körper hier in einem der hauseigenen Labore im Untergeschoss in einen todesähnlichen Zustand und zapfen vorübergehend Ihr Bewusstsein ab, um es in die Times-Beach-Cloud hochzuladen. Und all das kostet Sie keinen Cent. Ist das nicht fantastisch?«

»Ähm.« Ich merke, dass mir das Denken schwerfällt. »Haben Sie da gerade gesagt, dass Sie mich in einen todesähnlichen Zustand versetzen wollen?«

»Genau«, frohlockt Kenny. »Und ich habe noch eine zusätzliche Überraschung für Sie.«

»Ach, noch eine?«, sage ich mit schwerer Zunge.

»Drehen Sie sich jetzt bitte mal um, Arnold.«

Ich wende den Blick nach hinten, was nicht ganz einfach ist, weil mein Kopf immer schwerer zu werden scheint. An dem kurz zuvor noch menschenleeren Strand sehe ich nun einen Mann, der mir zuwinkt. Es ist mein alter Freund Olaf, den ich eigentlich als lichtscheuen und kettenrauchenden Stubenhocker in Erinnerung habe. Jetzt steht er an diesem Traumstrand und sieht obendrein keinen Tag älter aus als an jenem Bowlingabend, an dem ich ihn zuletzt gesehen habe.

Ich bin völlig überrascht, kann das aber nicht zeigen, weil das Betäubungsmittel mich langsam wegdämmern lässt.

»Hallo, Arni, altes Haus!«, ruft Olaf.

Ich will etwas erwidern, verliere aber in diesem Moment das Bewusstsein.

8

ALS ICH WIEDER zu mir komme, liege ich an genau jenem Strand, den ich eben in Kennys Büro als bewegte Wanddekoration bewundert habe. Allerdings kann ich Kenny und sein Büro nirgends entdecken. Stattdessen erblicke ich den gebräunten

Olaf, der in lässigen Sommerklamotten vor mir steht und mich breit anlächelt.

»Willkommen in Times Beach.« Er reicht mir die Hand, um mir hoch zu helfen. Ich greife zu.

In einer fließenden Bewegung hilft Olaf mir auf die Beine, um mich gleich danach in die Arme zu schließen. »Schön, dich zu sehen, Arni. Ist lange her, dass wir uns aus den Augen verloren haben, was?« Er klopft mir auf die Schulter und tritt einen Schritt zurück. »Dann lass dich mal ansehen.«

»Freut mich ebenfalls«, sage ich und betrachte meinerseits den energiegeladenen Olaf. Ich kann mich nicht entsinnen, ihn früher schon einmal derart vital erlebt zu haben. »Du siehst jedenfalls blendend aus.«

»Danke. Kann man von dir leider nicht behaupten«, erwidert er. »Was ist los? Hast du Kummer?«

»Nur ein paar kleinere Probleme«, antworte ich ausweichend und lasse meinen Blick über den Strand und das Meer schweifen. Um mich herum sieht alles nicht nur täuschend echt aus, es fühlt sich auch so an. Der Wind, die Sonne, die Meeresbrise. Ich kann kaum glauben, dass all das nur eine Simulation sein soll.

Olaf errät meine Gedanken. »Ja, Times Beach ist ein verdammtes Wunder der Technik. Ich konnte das auch zuerst nicht glauben, dass diese Welt nur aus lauter Datenpaketen besteht. Ebenso wie wir beide. Trotzdem fühlt sich alles hier völlig echt an. Komm, tauch doch mal deine Füße ins Wasser.«

Er schiebt mich sanft zwei Schritte vorwärts, bis die Wellen meine nackten Füße umspülen. Ich schließe die Augen, spüre die Sonne und den Wind auf der Haut sowie das angenehm warme Wasser an meinen Füßen. »Unglaublich.« Ich blinzele. »Wie machen die das nur?«

Olaf zuckt mit den Schultern. »Spielt das eine Rolle? Hauptsache, es funktioniert, oder?«

»Na ja«, sage ich. »Stimmt, irgendwie schon. Trotzdem. Interessiert es dich nicht, wie so etwas möglich ist?«

»Nicht besonders. Aber wenn ich das richtig verstanden habe, dann stimulieren sie unsere digitalisierten Gehirne mit elektrischen Impulsen und simulieren auf diese Weise Sinneseindrücke. Deshalb fühlt sich alles hier an, als würden wir es tatsächlich sinnlich erfahren. Selbst das Essen und der Sex in Times Beach sind nicht von echtem Essen und echtem Sex zu unterscheiden.« Olaf überlegt einen Moment, dann fügt er hinzu: »Eigentlich sind die schönen Dinge hier sogar noch ein bisschen schöner als im richtigen Leben, weil man sich nicht mit den Konsequenzen herumschlagen muss. Deshalb genießen die Leute hier einfach ihren Luxus, statt ihn zu hinterfragen.«

»Wie lange lebst du schon hier?«

»Seit Anfang 2031, also seit fast fünfzehn Jahren«, antwortet Olaf und steckt sich eine Zigarette an. »Kurz vorm Siebzigsten haben sie bei mir eine besonders aggressive Form von Lungenkrebs festgestellt. Die Behandlung konnte ich mir nicht leisten. Also hatte ich die Wahl, in die ewigen Jagdgründe zu gehen oder nach Times Beach zu ziehen. Ulla hatte schon länger mit dem Gedanken gespielt, weil meine Rente so mickrig war, dass wir uns sowieso nur das Nötigste leisten konnten.«

»Und wie ich sehe, musstest du auf diese Weise nicht mit dem Rauchen aufhören«, sage ich.

Olaf grinst. »Times Beach ist voll von Menschen, die sich ihre Süchte in der realen Welt nicht mehr leisten können. Hier gibt es Alkoholiker, Junkies, Spiel- und Sexsüchtige. Und natürlich die Couch-Potatoes: Menschen, die den ganzen Tag vor der Glotze hängen und sich mit Junkfood vollstopfen.«

»Die Leute lassen sich freiwillig digitalisieren, damit sie in einer digitalen Welt genau das tun können, was sie zuvor in der realen Welt getan haben? Wo ist da der Sinn?«

»Wie schon gesagt, hier drohen keine Konsequenzen. Aber Menschen lassen sich auch aus anderen Gründen digitalisieren«, erwidert Kenny. »Viele haben den simplen Wunsch, ein Leben in Saus und Braus zu führen. Früher saßen diese Leute vor dem Fernseher und sahen anderen Superreichen dabei zu, wie diese ihr Leben genossen. Heute wimmelt es hier von Milliardären, die in der analogen Welt am Existenzminimum leben mussten. Jetzt können sie Tag für Tag ihre eigene Seifenoper wahr werden lassen. Für diese Menschen hat sich der Traum von einem unbeschwerten und sorgenfreien Leben erfüllt.«

»Aber es kostet doch trotzdem echtes Geld, diese digitale Welt zu unterhalten. Wer zahlt denn das alles?«

»Für die meisten Bewohner zahlt der Staat. In der realen Welt wäre es um ein Vielfaches teurer, all die Alten, Kranken und Arbeitslosen zu versorgen, die sich in Times Beach tummeln. Manche haben übrigens keine Wahl. Wer eine echte Gefahr für sich oder andere darstellt, landet automatisch hier.«

»Du meinst, man wird zwangsdigitalisiert«, stelle ich unbehaglich fest.

»Ja, aber die meisten hier sehen das nicht so eng. Ihre Realität ist die Gleiche wie zuvor. Wobei sich die Menschen in Times Beach leichter und glücklicher fühlen als in der realen Welt. Man könnte meinen, dass man ihnen mit dem Körper auch eine Last genommen hat.«

»Und was macht man hier so den ganzen Tag?«

»Was man will! Times Beach ist die Welt der Wünsche. Und Mutter Maia erfüllt sie dir alle.«

»Wer ist Mutter Maia?«, frage ich.

»Erkläre ich dir unterwegs«, erwidert Olaf. »Komm. Mein Wagen steht gleich da vorn auf der Küstenstraße. Wir beide machen jetzt eine kleine Sightseeingtour.«

9

OLAF BESITZT ein luxuriöses, sportlich motorisiertes Cabrio. So was hätte er sich als Lehrer im Leben nicht leisten können.

»Nettes Auto.«

»Ja, ist schick, oder? In Times Beach spielen materielle Dinge zum Glück keine Rolle. Wenn ich etwas brauche, dann bitte ich Mutter Maia darum und bekomme, was immer ich will.«

»Klingt nach einer Fee, bei der du ständig drei Wünsche frei hast.«

»Ja, da ist was dran. Willst du mal sehen, wie es funktioniert?«

»Unbedingt.«

»Mutter Maia?«

Eine freundliche Stimme aus dem Nichts antwortet: »Hier ist Mutter Maia. Was kann ich für dich tun, Olaf?«

Ich versuche zu ergründen, woher die Stimme kommt, aber es gelingt mir nicht.

»Mein Freund Arni möchte auch so ein Auto, wie ich es habe.«

»Gerne«, antwortet Mutter Maia. »Wann und wo will Arnold es abholen?«

»Er hätte es gern sofort. Stell es doch einfach irgendwo ab.«

»Gut. Arnolds Auto steht jetzt bereit«, antwortet die mütterliche Stimme.

Es dauert nur ein paar Sekunden, da ist hinter der nächsten Kurve ein am Straßenrand parkender, herrenloser Wagen zu sehen, der Olafs rotem Flitzer wie ein Ei dem anderen gleicht. Olaf fährt rechts ran. »Bitte sehr, dein neues Cabrio.«

Ich steige aus und umrunde staunend den Wagen. Dann lege ich vorsichtig eine Hand auf die Motorhaube.

»Keine Sorge«, ruft Olaf. »Der ist echt.«

Tatsächlich kann man den Wagen anfassen. Und es handelt sich in der Tat um den Zwilling von Olafs Sportwagen.

»Ich weiß, du brauchst momentan keinen Wagen. Und außerdem können wir uns nicht unterhalten, wenn wir getrennt fahren«, sagt Olaf. »Ich wollte dir nur mal zeigen, wie die Sache mit Mutter Maia funktioniert.«

»Ich bin beeindruckt.«

»Wenn du willst, kannst du aber auch gern eine Runde mit dem Schlitten drehen. Ich hab alle Zeit der Welt.«

»Ach, lieber nicht«, sage ich und setze mich wieder neben Olaf.

»Danke, Mutter Maia. Wir brauchen den Wagen doch nicht«, sagt Olaf, schert aus, fährt an dem parkenden Wagen vorbei und gibt Gas.

»In Ordnung, Olaf. Danke für deine Rückmeldung«, erwidert Mutter Maia.

Als ich den Blick nach hinten wende, ist der rote Flitzer wie vom Erdboden verschwunden.

»Mutter Maia erfüllt also sämtliche Wünsche der Bewohner von Times Beach«, fasse ich zusammen.

»Genau. Wenn du einen Drink, eine Luxusjacht oder einen größeren Pool haben möchtest, dann bitte einfach Mutter Maia darum, und sie wird dir prompt zu Diensten sein. Du hast es ja gerade selbst gesehen.«

»Und wer oder was ist Mutter Maia?«

»Manche hier halten sie für eine Gottheit und beten sie an. In Wahrheit ist Mutter Maia eine extrem leistungsfähige künstliche Intelligenz, die hier alles koordiniert.«

»Beachtlich.«

»Allerdings. Man munkelt, ihre intellektuellen Kapazitäten übertreffen die aller hier lebenden Menschen zusammen.«

»Wie viele Bewohner hat Times Beach denn eigentlich?«

»Das weiß man nicht so genau«, antwortet Olaf. »Manche behaupten, dass inzwischen mehr als die Hälfte der Menschheit in unsere Welt der Wünsche gezogen ist. Das würde bedeuten, dass auf dieser Insel etwa fünf Milliarden Menschen leben.«

»Fünf Milliarden?«, wiederhole ich fassungslos.

»Ja, aber egal, wie viele es nun genau sind, wir alle hier haben dem Planeten Erde geholfen, sich von den Strapazen der Überbevölkerung zu erholen. Wir leben hier zwar in Saus und Braus, verbrauchen aber in der Realität so gut wie keine Ressourcen – abgesehen jetzt mal von ein bisschen Serverplatz und Ökostrom.«

»Kenny hat gesagt, dass diese Insel Florida nachempfunden ist. Wie schafft man es, fünf Milliarden Menschen in Florida unterzubringen, ohne dass die sich gegenseitig auf die Füße treten?«

Olaf lenkt den Wagen durch eine steinerne Toreinfahrt. Es riecht betörend nach Orangen und Zitronen, die links und rechts des Weges wachsen. Der Himmel strahlt wolkenlos in sattem Blau.

»Der Trick ist, dass man Times Beach beliebig oft kopieren kann. Hast du schon mal was von Hilberts Hotel gehört?«

»Nicht dass ich wüsste.«

»Es ist ein Gedankenexperiment des Mathematikers David Hilbert. Er stellte sich ein Hotel mit unendlich vielen Zimmern vor, belegt mit unendlich vielen Gästen, also vollständig ausgebucht. Um Platz für einen neuen Gast zu machen, schlug Hilbert vor, dass man den Bewohner des ersten Zimmers bitten müsste, ins zweite Zimmer zu ziehen. Der Gast im zweiten Zimmer würde ins dritte Zimmer ziehen, der Gast im dritten ins vierte und immer so weiter. Auf diese Weise wäre das erste Zimmer für einen neuen Gast frei.«

»Das ist toll, aber ich verstehe den Vergleich nicht«, sage ich. »Times Beach ist doch nicht unendlich groß.«

»Doch. Sobald beispielsweise ein Restaurant für den Abend ausgebucht ist, erstellt Mutter Maia eine Kopie des Ladens, damit neue Gäste Platz haben. Ist der Laden ein zweites Mal voll, wird wieder eine Kopie erstellt. So geht das immer weiter, bis alle Gäste versorgt sind. Es kann also sein, dass es an einem geschäftigen Abend Hunderttausende Kopien dieses Restaurants gibt, von denen sich trotzdem jedes einzelne in Times Beach befindet.«

»Das ist mir zu hoch«, gestehe ich.

»Ist simple Mathematik«, erwidert Olaf. »Hättest du in der Oberstufe aufgepasst, dann würdest du das jetzt problemlos nachvollziehen können.«

»Ich glaube, ich hätte nicht nur in Mathe besser aufpassen, sondern einige Dinge in meinem Leben anders machen sollen«, sage ich und denke mit Wehmut an das Jahr 2020.

Olafs Wagen kommt vor einer riesigen Villa zum Stehen. »So, da wären wir.«

»Hübsch«, sage ich. »Und geräumiger als eure letzte Bleibe.«

»Wie gesagt, materielle Dinge spielen in Times Beach keine Rolle. Man bestellt sie bei Mutter Maia, und schon ist die Sache erledigt.«

»Wie viele Zimmer hat diese Bude?«

»Keine Ahnung«, antwortet Olaf und marschiert durch einen hallenähnlichen Eingangsbereich. »Ulla baut ständig alles um. Mal ist ihr das Haus zu klein, dann wieder viel zu groß. Es hat deshalb auch keinen Sinn, es dir zu zeigen. Schon morgen könnte es völlig anders aussehen.«

Olaf betritt den Poolbereich, wo Ulla und ein sehr junger, durchtrainierter Mann auf zwei Poolliegen vor sich hindösen. Neben Ulla steht ein Eiskühler mit einer Flasche Weißwein. Sie sieht gut aus, sogar sehr gut. Besser und jünger, als ich sie in Erinnerung habe.

»Du ahnst nicht, wen ich mitgebracht habe, Schatz.«

Ulla mustert mich über den Rand ihrer Sonnenbrille hinweg.

»Hallo, Ulla«, sage ich. »Gut schaust du aus.«

Sie lugt immer noch über den Brillenrand, scheint mich aber beim besten Willen nicht einordnen zu können.

»Äh … Arnold«, helfe ich ihr auf die Sprünge. »Aber es ist kein Wunder, dass du mich nicht erkennst. Wir haben uns ja seit einer Ewigkeit nicht gesehen.«

»Arnold?« Sie weiß immer noch nicht, wer ich bin.

»Arnold Kahl?«, versuche ich mein Glück.

Jetzt ist der Groschen endlich gefallen. »Arnold Kahl?« Sie scheint nicht glauben zu können, wen sie vor sich hat. »Was ist nur mit dir passiert? Du siehst fürchterlich aus.«

»Findest du?«, frage ich abwiegelnd.

»Ja. Schlimm. Alt und grau. Und ganz verbeult und zerzaust. Als hätte dich der Bus überfahren. Warum hast du dir beim Einchecken kein Facelift verpassen lassen?«

»Er ist kein Resident, nur Besucher«, erklärt Olaf.

»Ah, du spielst also auch mit dem Gedanken, uns hier Gesellschaft zu leisten. Würde mich nicht wundern, wenn sich bald die ganze Menschheit in Times Beach tummelt. Rein digital lebt es sich einfach besser als in der schnöden Realität. Was treibt dich her? Bist du krank oder kriminell? Oder einfach nur pleite?« Sie greift nach ihrem Weißweinglas. »Ist keine Schande, Arnold. Die meisten hier können sich die Realität einfach nicht mehr leisten.«

»Lange Geschichte«, antworte ich ausweichend.

»Na dann *cheers*.« Sie nippt an ihrem Wein, streckt dabei die freie Hand aus und legt sie auf das Sixpack des Mannes auf der Nachbarliege. »Das ist Franz. Unser Pool-Boy.« Sachte streicht sie ihm über den flachen Bauch, was Franz mit einem aufreizenden Lächeln quittiert.

Irritiert schaue ich zu Olaf, der mir mit einer Kopfbewegung bedeutet, dass ich ihm folgen soll. »Trink bitte nicht so viel, Schatz.«

Ihr spöttisches Lachen flattert uns hinterher, während wir den Seitenflügel des Anwesens betreten.

»Franz ist kein Mensch, sondern das, was man in der realen Welt einen synthetischen Charakter nennen würde«, erklärt Olaf. »Hier wird niemand gebraucht, der sich um dein Haus, deinen Garten oder deine müden Knochen kümmert. Aber wenn du gern jemanden zum Zeitvertreib hättest, dann kann Mutter Maia dir auch diesen Wunsch erfüllen.«

»Du meinst, er ist ein ...?«

»Er ist ein Toyboy, ein Spielprogramm, damit Ulla sich nicht langweilt.«

Eine junge Frau in einem knappen Bikini kommt uns entgegen. »Das ist Laura. Wie du siehst, braucht nicht nur Ulla ab und zu etwas Abwechslung. Deshalb haben wir uns Laura und Franz gegönnt. Kann man übrigens nur empfehlen, das hat unserer Ehe ausgesprochen gutgetan.«

»Aha«, sage ich. Mehr fällt mir dazu gerade nicht ein.

»Ich wollte schwimmen gehen«, sagt Laura. »Aber falls ich hier gebraucht werde ...«

»Nein, geh nur. Ich möchte Arni gerade die Dachterrasse zeigen.«

»Gut.« Sie haucht ihm einen Kuss auf die Wange und verschwindet mit einem Lächeln in Richtung Pool.

»Hier lang«, sagt Olaf und steuert auf einen gläsernen Fahrstuhl zu.

Wenig später stehen wir auf dem Dach seiner Villa. Man hat einen atemberaubenden Blick über Times Beach und das Meer. Olaf deutet in die Ferne. »Siehst du diese Straße da hinten? Diesen Highway, der über die Koralleninseln geradewegs ins Meer führt? Es gibt in Times Beach Dutzende davon.« Er zeigt nach rechts, wo weitere Straßen zu erkennen sind, die ebenfalls wie Tentakeln ins Wasser ragen. »Alle diese Straßen sind dem Overseas Highway nachempfunden, der die Florida Keys miteinander verbunden hat, als die noch nicht unter dem Meeresspiegel lagen. Am Ende jedes Highways befindet sich ein Jachthafen.« Er deutet wieder auf den ersten Highway. »Und wir fahren jetzt zu dem da, weil dort mein Boot liegt.«

Ich lasse den Blick schweifen und beginne dabei, mich einmal um mich selbst zu drehen. Von oben betrachtet, muss Times Beach mit seinen vielen Overseas Highways wie ein Stern aussehen, umgeben von glitzerndem Wasser und einem endlosen Horizont.

»Ist schön hier, oder?«, sagt Olaf.

Ich nicke beeindruckt. »Ja, das ist wirklich ein Paradies.«

Olaf grinst. »Wahrscheinlich ist es viel besser als jenes, aus dem die ersten Menschen vertrieben worden sind.«

10

OLAFS 25-METER-JACHT wird von einer anderen Frau mit Modelmaßen gelenkt. Sie trägt eine Kapitänsmütze zum Bikini, heißt Loretta und könnte die Zwillingsschwester von Laura sein.

»Wie viele Models hast du eigentlich sonst noch so bei Mutter Maia bestellt?«, frage ich, während wir auf dem Achterdeck sitzen und uns von Loretta übers Meer schippern lassen.

»Wie meinst du das?«, fragt Olaf.

»Du umgibst dich mit diesem ganzen Luxus und mit blutjungen Frauen, als wärst du ein Rockstar. Oder wahlweise ein Drogendealer. Dabei bist du nur ein pensionierter Lehrer.«

Olaf nickt. »Ich weiß schon, worauf du hinauswillst.«

»Ach ja?«, sage ich und merke, dass ich abschätzig klinge.

»Ja. Du findest es moralisch verwerflich, dass ich mir Lauras und Lorettas halte, als wären sie mein Privateigentum. Schließlich bin ich nur ein Niemand, der eine zweite Chance bekommen hat. Du fändest es deshalb vermutlich angebracht, wenn ich dankbar und bescheiden unter einer Palme hocken würde, statt hier einen auf dicke Hose zu machen. Vermutlich hältst du mich für sexistisch, ganz sicher aber für einen Großkotz. Richtig?«

»Ich habe nie behauptet, dass du ein Großkotz bist.«

»Aber liege ich richtig mit meiner Einschätzung?«

»Vielleicht bin ich ja nur ein bisschen altmodisch«, sage ich versöhnlich.

»Sogar ganz bestimmt«, erwidert Olaf. »Das warst du schon immer. Aber unsere altmodischen Werte sind heute mausetot und begraben. Sie haben sich komplett in Luft aufgelöst. Ich glaube, es ist überhaupt nicht viel vom 20. Jahrhundert übrig geblieben.«

»Und deshalb werfen wir jetzt alles über Bord, was uns wichtig war? Anstand, Würde, Güte, Mitgefühl …«

»Genau. Weg damit«, fällt Olaf mir ins Wort. »Times Beach braucht keine Moral. Es gibt keine Verbrechen und keine Verteilungskämpfe, weil Mutter Maia uns mit allem Notwendigen versorgt. Krankheit und Tod sind kein Thema. Jeder hier kann sich voll und ganz auf sein persönliches Glück konzentrieren und muss dabei auf nichts und niemanden Rücksicht nehmen. Wie du schon selbst bemerkt hast, leben wir im Paradies.«

»Aber dein Paradies ist nicht echt«, wende ich ein. »Es ist nur eine Simulation. Alle hier sind dazu verdammt, in einem Computerprogramm zu leben.«

»Wir sind nicht verdammt, Arni. Im Gegenteil. Wir genießen ein Privileg«, erwidert Olaf. »Außerdem kann man jederzeit aussteigen. Wer das Paradies satthat, der lässt sich einfach abschalten.«

»Wie eine Kaffeemaschine?«, spotte ich.

»Ja, wenn du den Wunsch hast, nicht nur physisch, sondern auch spirituell aus dem Leben zu scheiden, dann kann Mutter

Maia dich eliminieren. Deine Daten werden gelöscht. Das geschieht im Schlaf und ist völlig schmerzlos.« Olaf grinst. »Danach wirst du dann auch ganz nebenbei wissen, ob es ein Leben nach dem Datentod gibt.«

Während ich noch über Olafs Antwort nachdenke, geht ein Ruck durchs Schiff und wir werden auf offener See ausgebremst. Fühlt sich an, als wäre das Boot auf Grund gelaufen. »Was ist passiert?«

»Wir sind an der Grenze«, antwortet Olaf. »Ich wollte sie dir zeigen, damit du weißt, dass Times Beach bei aller Schönheit eine begrenzte Welt ist. In einem bestimmten Radius um die Insel herum kann man sich frei bewegen. Es gibt Fische und Korallenriffe, sogar gesunkene Schiffe, damit das Tauchen interessanter wird. Aber ab hier gibt es nur noch Wasser. Leeres, endloses Wasser. Schiffe und Schwimmer kommen hier nicht weiter, Hubschrauber und Flugzeuge werden vor Erreichen der Grenze automatisch umgeleitet. Es hieß mal, dass neben Times Beach noch andere Welten gebaut werden sollen. Eine Metropole, die New York nachempfunden ist, ein Skigebiet für Leute, die nicht ständig am Strand rumhängen wollen. Und eine kanadische Wald- und Seenlandschaft für Wanderer, Jäger und Fischer. Aber offenbar sind diese Pläne auf Eis gelegt worden. Times Beach floriert auch so, warum soll man sich also die Mühe machen, das Angebot zu verbessern?«

Langsam wendet Olafs Jacht. Als sie sich um 180 Grad gedreht hat, blicke ich auf den Ozean hinter der Grenze. Er besteht aus glasklarem, spiegelglattem Wasser, durch das man auf einen gleichmäßig blauen Meeresboden schauen kann. Eigentlich ein friedlicher Anblick, dennoch hat er etwas Beängstigendes. »Seltsames Gefühl, dass hier die Unendlichkeit beginnt.«

Olaf nickt. »Die meisten Menschen hier interessieren sich nicht für Philosophie. Sie wünschen sich nur einen endlosen Urlaub mit Sex, Musik, Alkohol und anderen Drogen.«

»Aber ist das Leben nicht völlig sinnlos, wenn man es nur damit verbringt, seinen Rausch auszuschlafen, um für die nächste Party fit zu werden?«

»Schau es dir an und entscheide selbst«, sagt Olaf. »Ich zeige dir jetzt zum Abschluss unserer kleinen Sightseeingtour das Auge des Orkans: Times Beach City, aber alle nennen sie nur: TBC.«

11

ALS OLAFS JACHT in den mit Luxusjachten vollgestopften Hafen von TBC einläuft, bekomme ich eine beunruhigende Vorstellung davon, was es bedeutet, ein Leben ohne Pläne und ohne Wünsche zu führen.

Vom nahe gelegenen Partystrand wehen wummernde Bässe zu uns herüber. Der Strand ist übersät mit Menschen. Überall tummelt sich minimal bekleidetes oder auch praktisch nacktes Partyvolk. Ich überschlage, dass sich vor den glitzernden Fassaden der Luxushotels, die den Strand säumen, so weit das Auge reicht, vermutlich Zehntausende Menschen im Rhythmus der Musik bewegen.

Plötzlich irritiert mich ein Detail. »Haben die beiden da gerade etwa Sex?«

»Klar. Wer Sex will, der nimmt sich entweder ein Zimmer in einem der Luxushotels, von denen, Mutter Maia sei Dank, unendlich viele zur Verfügung stehen. Man kann aber auch gleich hier am Strand Sex haben, wie du siehst.« Olaf deutet auf einen Strandabschnitt, wo sich gerade orgiastische Szenen abspielen. Sieht aus, als hätte ein kompletter Swingerklub seine Aktivitäten ins Freie verlegt. »Und falls du gerade keinen Menschen findest, der dir zusagt, dann bestellst du dir bei Mutter Maia eben einen künstlichen Sexpartner. Oder auch gleich mehrere.«

»Und da gibt es keine Regeln?«

»Das waren schon die Regeln. Da hier keine Minderjährigen leben, weil man in der realen Welt erst mit Erreichen der Volljährigkeit entscheiden darf, dass man sich digitalisieren lassen möchte, gibt es hier nur Entertainment für Erwachsene. Deshalb sind Alkohol und Drogen frei verfügbar. Es gibt Dutzende Casinos, außerdem Shows, Kinos und alle erdenklichen Arten von Restaurants, Bars und Klubs. Für jeden Geschmack etwas.«

»Und das wird den Leuten nicht langweilig? Ich meine, eine Weile ist es bestimmt schön, wenn einem jeder Wunsch sofort erfüllt wird. Aber auf Dauer muss ein komplett wunschloses Leben doch wahnsinnig öde sein, oder?«

»Auf Dauer bestimmt«, erwidert Olaf. »Deshalb hängen hier viele an der Nadel, an der Flasche oder am Roulettetisch. Aber was soll's? Wenn du das alles hier satthast, dann lässt du dich eben abschalten. Lieber ein paar unbeschwerte Jahre in Times Beach als ein anstrengendes und schmerzvolles Leben in der Realität.«

»Fandest du dein echtes Leben wirklich so mies?«, frage ich.

Olaf lacht und zündet sich noch eine Zigarette an. »Das fragt der Richtige! Du warst es doch immer, der den Untergang des Abendlandes prophezeit hat. Konntest vom Schwarzsehen gar nicht genug bekommen.«

»Stimmt. Wobei ich mein altes Leben inzwischen schmerzlich vermisse.«

»Weißt du, für mich ist das hier eine lebensverlängernde Maßnahme«, fährt Olaf fort. »Mal sehen, wie lange ich noch Spaß daran habe. Wenn es vorbei ist, dann lass ich Mutter Maia einfach den Stecker ziehen. Und basta.«

Ratlos schaue ich mich um. Will ich hier leben? Kann ich überhaupt hier leben? Der Gedanke, als digitaler Zombie mit Milliarden anderer Untoter in dieser schrillen Variante von Disney-land auf ewig gefangen zu sein, bereitet mir körperliches Unbehagen.

Olaf errät den Gedanken. »Lass mich raten. Die Idee, nach Times Beach zu kommen, ist nicht auf deinem Mist gewachsen, oder?« Er sieht mir an, dass er mit seiner Vermutung richtigliegt. »Was ist los? Bist du pleite? Oder etwa auch krank?«

»Ich hab Amnesie. Kann mich leider nicht mehr daran erinnern, was in den letzten fünfundzwanzig Jahren passiert ist.«

»Oh, das tut mir leid«, sagt Olaf mitfühlend. »Und der Arzt denkt, dass man das besser hier behandeln sollte statt in der realen Welt.«

»Ja, er meinte, die technischen Möglichkeiten wären hier viel besser«, erwidere ich.

Olaf nickt verständnisvoll. »Es sind viele hier, die in der realen Welt mit psychischen Problemen zu kämpfen haben. Ein digi-talisiertes Gehirn lässt sich mit wenig Aufwand manipulieren. Deshalb brauchst du hier keine Medikamente zu nehmen. Man justiert deine digitale Sicht der Dinge ein wenig nach, und schon geht es dir blendend.« Mit einer Handbewegung umfasst Olaf die Welt der Wünsche. »Und wie du siehst, funktioniert das ganz hervorragend. Am Ende ist nämlich alles hier nichts weiter als eine gezielte Stimulation unserer Gehirne.«

»Und was ist mit der Realität?«, frage ich. »Spielt die gar keine Rolle?«

»Scheiß auf die Realität, Arnold. In Wirklichkeit liegst du bei-nahe tot auf einem glänzenden Metalltisch und bist an Dutzende Geräte angeschlossen, die deinen Körper notdürftig am Leben erhalten, während dein Geist hier spazieren geht. Und das eigentlich Verrückte daran ist, dass sie dich genau jetzt in der realen Welt ausknipsen könnten, und du bekämst hier in Times Beach rein gar nichts davon mit. Ist das nicht Wahnsinn? Tausende von Jahren haben die Menschen sich gefragt, ob sie eine Seele haben, ob es einen Gott gibt, ob wir auf ein Leben nach dem Tod hoffen können. Und dann stellt sich heraus, dass wir selbst und die uns umgebende Welt mit allen darin enthaltenen Ideen nichts weiter sind als ein Zaubertheater unserer grauen Zellen.«

»Wer weiß, vielleicht gibt es ja noch ein Leben nach dem Leben in Times Beach«, unke ich.

Olaf nickt. »Ja, schon möglich. Aber es ist nun mal äußerst riskant, das herauszufinden. Falls es kein Leben nach dem Tod gibt, dann war es das hier.«

Ich überlege. »Was würdest du an meiner Stelle tun?«

»Das fragst du den Falschen«, antwortet Olaf. »Ich lebe bereits seit einer ganzen Weile hier, und ehrlich gesagt finde ich es besser, als tot zu sein. Außerdem hatte ich keine Wahl.«

»Hab ich vermutlich auch nicht«, sage ich. »Professor Balthazar war jedenfalls sehr daran interessiert, dass ich mir das Wunschprogramm anschaue. Ich glaube, er kann meinen Umzug nach Times Beach kaum erwarten.«

»Kein Wunder«, erwidert Olaf. »Er bekommt eine dicke Provision für deine Vermittlung an Kenny. Und auch der wird gut daran verdienen, dass du in der realen Welt nicht länger im Weg herumstehst. Die Reichen und Mächtigen lassen es sich eine Menge Geld kosten, uns Normalsterbliche loszuwerden. Als Arbeitskräfte werden wir nicht mehr gebraucht, weil die Bots alles erledigen. Und als Konsumenten sind nur Menschen interessant, die über entsprechende Mittel verfügen. Mehr als die Hälfte der Menschheit ist überflüssig. Wir fallen einfach durchs Raster. Wir sind zu arm, zu krank oder zu dumm, um der Welt noch länger von Nutzen zu sein, also findet unsere weitere Geschichte in einem Computernetzwerk statt.«

»Und wie kann ich das verhindern?«, frage ich ratlos.

Olaf zuckt mit den Schultern. »Wenn du es dir leisten kannst, dann schlag diesem Professor vor, dass du zuerst mit einer konventionellen Therapie beginnst. Hast du Geld? Sollte das nicht funktionieren, dann kannst du ja immer noch nach Times Beach übersiedeln.«

»Keine Ahnung«, antworte ich. »Aber das werde ich herausfinden.«

»Du könntest versuchen, Uli anzupumpen. Er gehört inzwischen zu den Superreichen, weil er sich schon vor Jahren mit Faamazo-Aktien eingedeckt hat. In gewisser Weise gehört ihm sogar ein Teil von Times Beach.«

»Du hast noch Kontakt zu Uli? Warum hat er dir dann damals nicht geholfen?«, frage ich.

»Ach, du weißt doch, dass wir beide nie besonders eng miteinander waren. Es wäre außerdem sehr teuer geworden, mir zu helfen – wenn es überhaupt funktioniert hätte. Ich hab ihn deshalb erst gar nicht gefragt, zumal ich nicht in seiner Schuld stehen wollte.«

»Weißt du, wo ich ihn finden kann?«

»Klar, aber das weiß auch dein Bot. Du hast doch einen, oder?« Ich nicke. »Ja. Älteres Modell, aber ein guter Typ.«

»Frag ihn. Er weiß, wo Uli wohnt. Schließlich hat er uns mehrmals zu sich eingeladen. Ich war selten da, du bist meines Wissens gekommen.«

»Und unser Naturlyriker?«, frage ich. »Weißt du auch, wo der steckt?«

»Walter?« Olaf zieht bedauernd die Schultern hoch. »Nein, keine Ahnung. Ich hab seit dem Tod seiner Frau nichts mehr von ihm gehört.«

»Anna ist tot? Seit wann?«, frage ich.

»Herbst 22, glaube ich. Ging ganz schnell. Wenn ich das richtig in Erinnerung habe, dann warst du zu dieser Zeit mit deiner Iris und der Scheidung beschäftigt. Deshalb hast du davon nichts mitbekommen.« Mit vorwurfsvoller Miene fügt er hinzu: »Du warst nicht mal bei der Beerdigung.«

Ich lächele gequält. »Im Gegensatz zu dir kann ich mich daran leider nicht erinnern.«

12

ICH ERWACHE AUF EINEM blitzsauberen metallenen Operationstisch und fühle mich hundsmiserabel. Ein junger Mann in heller Krankenhauskluft befreit mich zügig von den Schläuchen und Drähten, mit denen ich an verschiedene Apparate angeschlossen bin.

»Lassen Sie sich Zeit mit dem Wachwerden«, sagt er und verschwindet.

Als ich den Kopf zur Seite drehe, sehe ich ein matt glänzendes Sideboard, über dem ein riesiger Flachbildschirm hängt. Von dort lächelt mich in Überlebensgröße Professor Balthazar an.

»Hallo, Arnold. Wie fühlen Sie sich?«

»Na ja, geht so«, antworte ich und bugsiere mich mühsam in eine aufrechte Position. »Im Moment fühle ich mich sehr müde und steinalt.«

»Und wie ging es Ihnen in Times Beach?«, fragt der Professor.

»Wie soll es einem schon gehen in einer perfekten Welt voller Sex, Drogen, Alkohol und endloser Partys?«, erwidere ich schulterzuckend. »Blendend natürlich.«

Der Professor überhört meinen ironischen Tonfall. »Wenn Sie möchten, dann kann ich Sie sofort wieder nach Times Beach zurückschicken, und zwar diesmal für immer. Stellen Sie sich vor, Sie hätten ein hübsches Haus in der Nähe Ihres Freundes Olaf und würden dort ein angenehmes Leben führen. Nie wieder materielle Sorgen, nie wieder Schmerzen, nie wieder Angst vor Krankheit oder Tod. Sie wären plötzlich ein freier Mann. Schon heute Abend könnten Sie auf Ihrer eigenen Terrasse mit Meerblick eine rauschende Party feiern. Was sagen Sie dazu?«

»Klingt gut«, antworte ich. »Aber sollten Sie nicht fairerweise erwähnen, dass es bei der Sache noch einen klitzekleinen Haken gibt?«

»Und der wäre?«

»Dass ich in der realen Welt sterben müsste, weil mein Körper getötet wird, sobald Sie meinen Geist hochgeladen haben.«

Professor Balthazar zuckt müde mit den Schultern. »Das ist doch nur ein unbedeutendes Detail. Die meisten Menschen in Times Beach weinen ihrer irdischen Hülle keine Träne nach. Sehen Sie es mal so: Wir helfen Ihnen. Wir befreien Sie von diesem alten und kranken Körper. Ich bin überzeugt davon, Sie werden es als eine Wohltat empfinden, diesen irdischen Ballast endlich los zu sein. Und was Ihre Amnesie betrifft, so haben wir in der digitalen Welt praktisch unbegrenzte technische Möglichkeiten für Therapien, weil dort die Technik auf unserer Seite ist, während uns hier leider meistens die Hände gebunden sind.«

»Leider«, wiederhole ich spöttisch.

»Ja, leider«, heuchelt der Professor. »Ich wünschte, es wäre anders, aber es gibt eben gewisse Sachzwänge.«

»Sie reden von finanziellen Sachzwängen, nicht wahr? Davon, dass manche Menschen sich die Realität leisten können und andere eben nicht.«

»So würde ich das nicht ausdrücken«, erwidert Balthazar generös.

»Haben Sie das nicht bei unserem letzten Gespräch erwähnt? Dass am Ende alles in dieser Welt eine Frage des Preises ist?«

»Schon möglich«, erwidert der Professor. »Aber wie dem auch sei, soweit ich das beurteilen kann, verfügen Sie ohnehin nicht über die finanziellen Mittel, die für die langwierige und kostspielige Behandlung Ihrer Amnesie nötig wären.«

»Aber ich kann diese Mittel besorgen«, behaupte ich im Brustton der Überzeugung. »Ein sehr guter Freund von mir hat Geld. Sehr viel Geld.«

Balthazar merkt auf, dann mustert er mich mit seinen wachen, dunklen Augen. Er scheint zu überlegen, ob ich die Wahrheit sage. »Arnold, als Leiter dieser Einrichtung bin ich dafür verantwortlich, dass Sie keine Dummheiten anstellen. Deshalb bin ich nicht nur in medizinischer Hinsicht Ihr Vormund, sondern auch in juristischer. Ich hätte längst Ihre zwangsweise Übersiedelung nach Times Beach anordnen können. Aber einerseits will ich Ihnen die Möglichkeit geben, sich von Ihren Lieben zu verabschieden. Und andererseits ist es immer angenehmer, wenn ein Patient kooperiert.«

»Da kommt jetzt bestimmt noch ein Aber, oder?«

Balthazar nickt. »Ich kann sehr ungemütlich werden, wenn ich das Gefühl habe, dass mich jemand hintergehen will.«

»Keine Sorge. Davon kann überhaupt keine Rede sein«, erwidere ich. »Geben Sie mir nur ein bisschen Zeit. Ich werde Sie bestimmt nicht enttäuschen.«

Wieder überlegt der Professor, dann nickt er. »Gut. Schauen Sie, was Sie ausrichten können, und dann melden Sie sich wieder bei mir. Ich gebe Ihnen vierundzwanzig Stunden.«

»Das ist nicht viel«, wende ich ein.

»Vierundzwanzig Stunden«, wiederholt Balthazar nachdrücklich. »Wenn Sie dann noch immer keine Entscheidung getroffen haben, werde ich mir die Freiheit nehmen, eine Entscheidung für Sie zu treffen. Haben wir uns da verstanden, Arnold?«

»Voll und ganz«, sage ich. »Vielen Dank, Herr Professor.«

Er lächelt, dann wird das Bild schwarz.

13

GUSTAV ERWARTET MICH vor dem Flagshipstore.

»Du ahnst nicht, wie sehr es mich freut, dich wiederzusehen«, sage ich.

»Die Freude ist ganz meinerseits«, erwidert er gut gelaunt.

»Das war jetzt eine Floskel, richtig?«

Er stutzt. »Nein, ich glaube nicht.«

»Wirklich? Ich hätte geschworen, du würdest jetzt sagen, dass du als synthetischer Charakter zu solchen Gefühlsregungen schon rein baubedingt überhaupt nicht fähig bist.«

»Stimmt«, sagt Gustav. »Das ist in der Tat ein bisschen merkwürdig.«

Wir überqueren die Straße, um durch den gepflegten Park, durch den wir auch gekommen sind, wieder zum Hotel zu spazieren.

»Könnte daran liegen, dass mein Systemcheck überfällig ist. Ich warte schon seit Monaten auf einen Servicetermin, werde aber immer wieder vertröstet. Vermutlich müssen die erst einen Techniker auftreiben, der sich mit einem so alten Modell wie mir auskennt.«

»Soll das heißen, du gibst langsam den Geist auf?«

Er zuckt mit den Schultern. »Wer weiß? Vielleicht habe ich ja bereits kleine Fehlfunktionen.«

»Ich finde, solange deine Fehlfunktionen dafür sorgen, dass du guter Laune bist, können wir beide nicht meckern. Außerdem haben wir dringendere Probleme zu lösen.«

»Ich weiß. In vierundzwanzig Stunden werden sie dir das Gehirn absaugen, sofern es dir bis dahin nicht gelingt, genug Geld für deine Behandlung aufzutreiben.«

»So wie du es ausdrückst, klingt es irgendwie beunruhigend«, erwidere ich. »Aber immerhin bist du im Bilde. Das erspart mir lange Erklärungen.«

»Ja, die haben mich gebrieft. Und? Was hast du jetzt vor?«

»Ganz einfach«, antworte ich. »Entweder, ich finde in den nächsten vierundzwanzig Stunden heraus, wie ich diesen Albtraum beenden und in mein altes Leben zurückkehren kann, oder wir beide werden in Times Beach landen und uns dort langsam und qualvoll zu Tode langweilen.«

Gustav macht große Augen: »Du willst mich mitnehmen?«

»Klar nehme ich dich mit. Was dachtest du denn?«

»Keine Ahnung. Aber niemand nimmt seinen synthetischen Assistenten mit, wenn er nach Times Beach übersiedelt. Wozu auch? Mutter Maia kümmert sich schließlich um alles.«

»Willst du mir diplomatisch zu verstehen geben, dass du mich nicht so gern nach Times Beach begleiten würdest?«

Gustav schweigt, was ich als Zustimmung werte.

»Kein Problem, das ist völlig okay. Freiwillig würde ich auch nicht nach Times Beach gehen.«

»Nein, warte! Du liegst völlig falsch. Klar komme ich mit! Ich habe nur nicht damit gerechnet, dass ich dich begleiten darf. Ich dachte, du würdest mich verkaufen. Oder verschrotten.«

»Ich würde dich doch nicht verschrotten«, sage ich empört. »Sind wir nicht Freunde? Oder so gut wie Freunde?«

Gustav bleibt abrupt stehen. »Wirklich? Du findest, dass wir Freunde sind?«

»Dachte ich. Du etwa nicht?«

Er horcht in sich hinein, dann sagt er: »Ich glaube, ich hatte gerade schon wieder eine Fehlfunktion.«

»Wie? Etwa schon wieder ein Anfall von guter Laune?«

Gustav nickt erfreut.

»So eine Fehlfunktion hätte ich auch gern. Können wir uns trotzdem ein bisschen beeilen?«

Gustav setzt sich wieder in Bewegung. »Wo wollen wir denn hin?«

»Zu Kathrin.«

»Hast du Professor Balthazar nicht gesagt, dass du einen reichen Freund besuchen willst, um ihn zu bitten, die Kosten für deine Behandlung zu übernehmen?«

»Stimmt. Aber das muss warten. Ich wollte schon vor dem Gespräch mit Balthazar zu Kathrin. Und jetzt muss ich erst recht mit ihr reden.«

»Wie schon gesagt, ich weiß nicht, ob das eine gute Idee ist.«

»Gustav, es bleibt mir nichts anderes übrig. Kathrin war der letzte Mensch, den ich gesehen habe, bevor dieser Albtraum hier seinen Anfang genommen hat. Wenn es überhaupt jemanden gibt, der Licht ins Dunkel bringen kann, dann ist sie es.«

Gustav wiegt den Kopf hin und her. Er würde gern Einspruch erheben, weiß aber, dass ich recht habe.

»Gibt es eigentlich auch Autos, die einem nicht mit ihrem Gequatsche auf die Nerven gehen, sondern einfach nur von A nach B fahren?«, frage ich.

Mein Assistent überlegt kurz, dann antwortet er: »Nicht dass ich wüsste.«

Wenig später sind wir auf dem Weg in die Lüneburger Heide. Diesmal ist die künstliche Intelligenz, die den Wagen lenkt, eine alleinerziehende junge Afroamerikanerin, die in Berlin Areodäsie studiert. Gustav und ich lassen den Imagefilm des Transportunternehmens über uns ergehen und bestellen dann seichten Jazz als Bordunterhaltung. Miranda, unsere Fahrerin, hat damit ihre Serviceverpflichtungen erfüllt, weshalb Gustav und ich uns nun ungestört unterhalten können.

»Professor Balthazar hat gesagt, dass ich nicht über die Mittel für seine Behandlung verfüge«, sage ich. »Wovon lebe ich eigentlich überhaupt?«

»Von deinem Buchladen«, antwortet Gustav.

»Ich hab immer noch meinen Buchladen? Erstaunlich.«

»Es ist mehr so eine Art Antiquariat«, erklärt Gustav. »Ein Laden für Leute, die es mögen, beim Lesen Papier in den Händen zu halten. Gibt nicht mehr viele davon. Deshalb werden auch kaum noch neue Bücher gedruckt. Du hast dich auf den Handel mit besonders schönen Exemplaren spezialisiert, und zwar neu oder gebraucht.«

»Und davon kann man leben?«

»Geht so. Du kommst einigermaßen über die Runden.«

»Na immerhin. Dass ich im Rentenalter von meinem Buchladen würde leben können, damit habe ich 2020 nicht gerechnet. Hab ich immer noch den alten Laden in Spandau?«

»Nein. Den hast du nach der Scheidung von Kathrin verkauft, weil du da knapp bei Kasse warst. Du bist damals in den Onlinehandel eingestiegen, deshalb gibt es dein Unternehmen heute überhaupt noch.«

»Und wer kümmert sich um alles?«

»Das mache ich«, antwortet Gustav.

»Du?«

»Ja. Ich.«

»Wie kriegst du das hin? Ich meine, wir sind doch ständig zusammen. Wie hältst du Kontakt zu Kunden und Lieferanten? Wann verpackst und verschickst du die Büchersendungen? Und wie läuft die Abrechnung?«

»Der An- und Verkauf ist ein Hintergrundprozess meiner Recheneinheit«, antwortet Gustav. »Während wir hier sitzen und uns unterhalten, verhandele ich gleichzeitig online mit aktuell vierzehn Käufern und Verkäufern. Erst vor zwei Minuten habe ich ein besonders schönes Exemplar von George Orwells *1984* verkauft.«

»Du managst meinen Buchladen nebenbei?«

»Ja. Mein System ist darauf ausgelegt, Arbeiten parallel zu erledigen. Je nach Komplexität der Aufgaben kann ich bis zu 500 Jobs gleichzeitig machen.«

»Aber die Bücher müssen doch auch verpackt und verschickt werden. Wann machst du das? Nachts?«

»Nein. Abgewickelt werden die Transaktionen in einem Logistikzentrum. Es ist heute üblich, solche Dienstleistungen zu mieten. Da werden alle möglichen Waren umgeschlagen. Die Rechnungsstellung erfolgt digital.«

»Wow. Du bist nicht nur mein persönlicher Assistent, sondern schmeißt auch noch den Buchladen, mit dem ich meinen Lebensunterhalt bestreite«, fasse ich zusammen.

»Genauso ist es«, antwortet Gustav.

»Beeindruckend. Es war wirklich eine ausgezeichnete Idee, dich anzuschaffen. Womöglich sogar die beste Idee, die ich seit 2020 hatte.«

Gustav freut sich sichtlich. »Danke.« Er zuckt kurz zusammen, ganz so wie es Menschen tun, wenn ihnen ein kalter Schauer über den Rücken läuft.

»Was war das?«, frage ich. »Eine kleine Fehlfunktion?«

Er nickt lächelnd.

14

KATHRINS HÄUSCHEN, das eigentlich mehr eine Hütte ist, steht einsam am Rande eines Waldes, irgendwo im Süden der Lüneburger Heide.

»Du solltest allein mit ihr sprechen«, schlägt Gustav vor. »Ich warte einfach hier im Wagen, okay?«

»Ach, du willst dich drücken«, stelle ich fest.

»Das auch«, gibt Gustav zu. »Aber ich kann ohnehin nichts Wesentliches zu eurem Gespräch beitragen. Du hast dich, was deine Scheidung betraf, immer ziemlich bedeckt gehalten.«

»Was weißt du denn überhaupt darüber?«

»Nur, dass sie für Kathrin sehr schmerzhaft gewesen sein muss.«

»Mehr habe ich nicht gesagt?«

Er schüttelt den Kopf.

»Gut. Dann wartest du eben hier«, sage ich und steige aus. Inmitten der frühsommerlich leuchtenden Natur wirkt das kleine Haus, als wollte es sich unter den Bäumen wegducken. Die Holztür öffnet sich mit einem leisen Knarren. Kathrin erscheint. Ihr Anblick lässt mein Herz schneller schlagen, obwohl sie nicht gerade erfreut wirkt, mich zu sehen.

»Hallo, Kathrin.«

»Arnold ... was willst *du* hier?« Es klingt nicht unfreundlich, eher sachlich.

Ich spüre den sehnlichen Wunsch, sie in die Arme zu nehmen und ganz fest an mich zu drücken. Aber ich weiß, das wäre keine gute Idee. Diesen Gesichtsausdruck kenne ich. Er bedeutet, dass Kathrin schlecht auf mich zu sprechen ist.

15

»Gut siehst du aus«, sage ich. Es ist ein ebenso spontanes wie ernst gemeintes Kompliment. Kathrin ist vier Jahre jünger als ich, sie muss also jetzt vierundsiebzig sein. An unserem letzten Abend hat sie mir gesagt, dass sie mit ihren neunundvierzig Jahren vielleicht nicht mehr ganz jung, aber definitiv auch noch nicht alt ist. Heute, fünfundzwanzig Jahre später, stimmt dieser Satz immer noch. Kathrin ist zwar nicht mehr die junge Frau von damals. Ihre Haare sind grau, in ihr Gesicht haben die Zeit und die Sonne viele Falten geritzt. Dennoch ist ihre Körperhaltung so stolz und kerzengerade wie in jenem Sommer, als ich mich in sie verliebt habe. Und ihre Augen blicken so wach und jung in die Welt, als hätte es die letzten Jahrzehnte überhaupt nicht gegeben.

»Danke«, erwidert sie schmallippig. »Noch einmal: Was willst du hier? Ich werde dich das übrigens kein drittes Mal fragen.«

Ich registriere, dass sie ihr Gewicht von einem auf den anderen Fuß verlagert und bereit ist, mir die Tür vor der Nase zuzuschlagen.

Dass sie nicht gut auf mich zu sprechen ist, habe ich bereits begriffen. Allerdings kann ich das Ausmaß ihres Grolls wohl nicht richtig einschätzen. Es kommt mir vor, als wäre sie noch nie so schlecht auf mich zu sprechen gewesen wie heute – zumindest was meinen Kenntnisstand bis 2020 betrifft. »Ich brauche deine Hilfe. Es ist wirklich sehr wichtig. Du weißt, ich würde dich sonst nicht darum bitten.«

Sie zögert. Immerhin. Ich hoffe, das ist ein gutes Zeichen.

»Lass mich dir wenigstens erklären, worum es geht«, bitte ich.

»Rauswerfen kannst du mich dann ja immer noch.«

Sie macht einen Schritt nach vorn und zieht die Tür hinter sich zu. »Gehen wir in den Garten.«

16

KATHRINS OBST- UND GEMÜSEGARTEN liegt hinter dem Haus. Wir setzen uns auf eine schlichte Holzbank mit Blick auf das prachtvolle Farbenspiel der Natur. Ich weiß, dass Kathrin sich am Blühen der Pflanzen nicht sattsehen kann, und stelle mir vor, wie sie Abend für Abend hier verweilt, um ihre Schätze in der untergehenden Sonne funkeln zu sehen.

»Hübsch hast du es hier.«

»Ja, ich hab alles, was ich brauche«, erwidert sie einsilbig.

Eine Weile hören wir dem Gezwitscher der Vögel und dem Summen der Bienen zu, und ich frage mich, wie es sich jetzt wohl anfühlen würde, wenn ich mit Kathrin alt geworden wäre. Wenn wir jetzt hier säßen und fünfzig Jahre Ehe hinter uns hätten – praktisch ein ganzes Leben. Wäre das ein tröstliches Gefühl? Wäre es beglückend? Erfüllend? Oder doch eher beunruhigend angesichts der bangen Frage, was jetzt noch groß kommen soll, außer Siechtum und Tod?

Sie räuspert sich, was bedeutet, dass ich langsam zur Sache kommen muss, schließlich ist das hier kein Kaffeekränzchen, sondern eine Audienz.

»Die Sache ist folgende«, beginne ich ungelenk. »Ich habe eine Amnesie. Das heißt in meinem Fall, ich kann mich nicht daran erinnern, was in den letzten fünfundzwanzig Jahren passiert ist.«

»Oh, wie praktisch für dich«, rutscht es ihr raus.

Ich kann mir ein kleines Grinsen nicht verkneifen. Sie ist immer noch so schlagfertig wie eh und je. Sie bemerkt meine Reaktion, erwidert darauf jedoch nichts. Stattdessen räuspert sie sich erneut. »Falls du Geld für deine Behandlung brauchst, ich habe keins. Du hast mir zwar damals ein bisschen was gegeben, aber das ist längst weg. Alles, was ich besitze, sind dieses Häuschen und der Garten.«

»Ich will kein Geld von dir.«

»Was willst du dann?«

»Ich wollte dich bitten, meiner Erinnerung auf die Sprünge zu helfen.«

»Du willst … was?« Sie sieht mich mit großen Augen an.

»Ja. Ich fürchte, du bist die Einzige, die mir helfen kann.«

Sie atmet tief durch. »Findest du das nicht ein bisschen viel verlangt, Arnold? Ich meine, du hast mich mehr enttäuscht als irgendetwas oder irgendwer auf dieser Welt. Ich habe eine Ewigkeit gebraucht, um damit klarzukommen, wie du mich damals absorviert hast. Und jetzt verlangst du von mir, dass ich das alles noch mal durchmache, indem ich es ausgerechnet dir erzähle?«

Ich kann den Schmerz in ihren Augen flackern sehen. Langsam wird mir klar, warum Gustav mir von diesem Gespräch abgeraten hat.

»Es gibt da dieses bestimmte Datum«, sage ich zögerlich. »Der letzte Tag, an den ich mich erinnern kann. Alles danach kommt mir vor, als wäre es nie passiert. Ich glaube, dass dieser ganz bestimmte Tag die Erklärung dafür liefern könnte, was mit mir passiert ist.«

Wieder zögert sie, aber ich befürchte, diesmal ist das kein gutes Zeichen.

»Ehrlich gesagt kommt es mir vor, als wäre dieser verdammte Tag der Beginn eines Albtraums, aus dem es kein Entrinnen gibt. Mein Leben erscheint mir seitdem abstrus und unwirklich, und schon mehrmals habe ich mir gewünscht, einfach aufzuwachen und wieder an jenem Punkt zu stehen, wo der ganze Albtraum begonnen hat. Denn dann würde ich versuchen, ihn zu verhindern, und zwar um jeden Preis.«

Stille. Die Vögel zwitschern, die Bienen summen.

»Und von welchem Tag redest du?« Ihr Tonfall verrät, dass sie eine vage Ahnung davon hat, um welches Datum es sich handeln könnte.

»Vom 15. Februar 2020«, antworte ich.

Sie schnappt nach Luft, es sieht aus wie ein stummes Schluchzen. Ihr Oberkörper bebt, als müsste sie jetzt sofort weinen, doch dann beruhigt sie sich wieder.

»Alles okay?«, frage ich besorgt.

Sie nickt. »Ich hatte mir schon fast gedacht, dass es um dieses Datum geht.«

»Warum?«

»Es ist der Tag, an dem du verschwunden bist.«

»Verschwunden? Was soll das heißen?«

»Na was wohl? Du warst plötzlich weg. Wir hatten uns gestritten ...«

»Genau, über die Weltlage«, werfe ich ein. »Das weiß ich noch.«

»Ja, das war damals dein Lieblingsthema«, erwidert sie. »Jedenfalls bin ich irgendwann ins Bett gegangen, weil es mir zu viel wurde. Und am nächsten Morgen warst du einfach weg.«

Ich ziehe ratlos die Schultern hoch. »Ja, und dann?«

»Zuerst habe ich gedacht, du hättest einen Termin am frühen Morgen, von dem du mir nichts erzählt hattest. Aber da du nicht auf deinem Handy zu erreichen warst, konnte ich dich nicht fragen. Frau Eberlein hat mir gesagt, dass du gegen Mittag im Buchladen vorbeischauen wolltest. Aber auch da bist du nicht aufgetaucht. Gegen Abend habe ich mir dann doch Sorgen gemacht. Da es immer noch kein Lebenszeichen von dir gab, habe ich die Polizei angerufen. Nach Dutzenden von Telefonaten mit den örtlichen Krankenhäusern konnten die Beamten mich zumindest dahingehend beruhigen, dass du offenbar keinen Unfall hattest. Sie haben mir geraten, noch bis zum nächsten Morgen zu warten, bevor ich eine Vermisstenanzeige stelle. Das habe ich dann auch getan.«

»Und wann und wo bin ich dann wieder aufgetaucht?«

»Du warst drei Tage und Nächte verschollen. Am Abend des dritten Tages hast du angerufen und gesagt, dass du eine längere Auszeit brauchst.«

»Was?« Ich bin entsetzt. So niederträchtig und erbärmlich hatte ich mich gar nicht in Erinnerung.

Kathrin zuckt mit den Schultern. »So ähnlich habe ich auch reagiert. Aber es kam noch viel schlimmer. Zwei Wochen später rief mich eine wildfremde Frau an und erklärte mir, dass sie deine Geliebte wäre. Sie hat gesagt, dass du mich verlassen und die Scheidung einreichen würdest, um ab sofort mit ihr zusammenzuleben.«

»Und wer war diese Frau?«, frage ich perplex.

»Sie hieß Iris. Ihr kanntet euch kaum, aber das genügte dir offensichtlich, um dein Leben mit mir von jetzt auf gleich über den Haufen zu werfen.«

»Aber … wieso? Ich meine, es muss doch einen Grund dafür geben.«

Kathrin zuckt mit den Schultern. »Das habe ich damals auch gedacht und mir lange den Kopf darüber zerbrochen. Am Ende ist meine Antwort sehr schlicht ausgefallen. Sie war fünfzehn Jahre jünger als ich und damit fast zwanzig Jahre jünger als du. Mit ihr konntest du also noch mal ganz von vorn anfangen.«

»Aber wir beide hatten doch ein gutes Leben«, sage ich betreten.

Kathrin lacht spöttisch. »Das fällt dir jetzt ein? Damals fandest du unser Leben langweilig und anstrengend. Und du hast keine Gelegenheit ausgelassen, deine miese Laune in die Welt hinauszuposaunen. An nichts und niemandem hast du ein gutes Haar gelassen.«

»War ich wirklich so schlimm?«, frage ich.

Kathrin nickt. »Am schlimmsten war, dass du nicht selbst mit mir geredet, sondern deine Geliebte vorgeschickt hast.«

»Ich kann das kaum glauben. Bist du sicher, dass sie dich angerufen hat, und nicht ich? Ich meine, manchmal spielt einem das Gedächtnis einen Streich. Ich weiß, wovon ich rede.«

»Nein, sie war es«, beharrt Kathrin nachdrücklich. »Ich glaube, du bist einfach zu feige gewesen. Du hast dich von diesem Tag an ständig hinter ihr versteckt. Sie war immer dabei, hat dir sogar beim Scheidungstermin die Hand gehalten. Seit diesem Anruf haben wir nie mehr unter vier Augen geredet.«

»Bis heute?«, frage ich irritiert.

»Bis heute«, bestätigt Kathrin.

»Aber was war mit Sardinien?«

»Was soll damit sein?«

»Du und ich waren doch im September 2021 gemeinsam auf Sardinien.«

Kathrin sieht mich an, als hätte ich nicht mehr alle Tassen im Schrank.

»Nach der Scheidung«, füge ich hinzu.

»Spinnst du, Arnold?«

»Wir waren da, um uns auszusprechen, oder etwa nicht?«

»Nein, waren wir nicht.«

»Waren wir nicht?«

»Nein. Was redest du da, Arnold?«

»Und was ist mit der Monsterwelle, die mich erwischt hat? Ich hab deswegen sogar im Krankenhaus gelegen.«

»Ich weiß nicht, wovon du sprichst«, erwidert Kathrin. »Was denn für eine Monsterwelle?«

Jetzt zweifle ich gerade selbst an meinem Geisteszustand.

»Wir waren nicht im September 2021 auf Sardinien?«, frage ich hilflos.

Entschieden schüttelt sie den Kopf. »Wir beide waren nur ein einziges Mal auf Sardinien, und zwar im September 1992.«

»Ich weiß. Der Sommer, in dem du mit André schwanger wurdest.«

Ihr Gesicht verdunkelt sich.

»Stimmt«, sagt sie und wird augenblicklich tieftraurig. Ihr Blick wandert in den Himmel und verliert sich in den Wolken.

»Was ist los?«, frage ich. »Was hast du denn plötzlich?«

Schweigend schüttelt sie den Kopf. »Frag nicht weiter.«

Ich ahne, dass ihr Geheimnis auch für mich von Bedeutung ist.

»Sag mir, was los ist, Kathrin. Bitte. Ist irgendwas mit den Kindern?«

»Weißt du, Arnold, manchmal ist es für das eigene Seelenheil besser, wenn man bestimmte Dinge nicht weiß. Du hattest nicht nur das Pech, Dinge zu vergessen, in manchen Fällen ist es ein Glück, wenn man sich nicht erinnern kann. Du solltest es dabei belassen.«

»Was soll das heißen?«, frage ich unheilvoll. »Woran soll ich mich nicht erinnern? Was ist mit Sardinien?«

Wieder wandert ihr Blick in die Wolken, während ich fieberhaft überlege, was sie meinen könnte.

»Ist etwa was mit André?«, rate ich.

Schweigen. Ich spüre, dass ich auf dem richtigen Weg bin.

»Was ist los mit ihm? Ist er krank?«

Sie schweigt beharrlich weiter.

»Etwa … schwer krank?«

»Arnold, bitte …« Sie ist den Tränen nahe.

»Er ist doch nicht etwa …?« Ich wage nicht, den Gedanken auszusprechen.

Sie nickt fast unmerklich. »Doch.«

»Oh, mein Gott.«

Jetzt fließen ihre Tränen. Sie presst die Lippen aufeinander, dann steht sie langsam auf. »Komm mit.«

17

MIT UNBEHAGEN FOLGE ICH ihr durch den Garten. Wir passieren eine mächtige alte Eiche, hinter der eine malerische Wiese liegt. An deren Rand, im Schatten einer Hecke, befindet sich ein schlichtes Grab.

Ich spüre, dass mir mein alter Körper plötzlich unerträglich schwer wird. Es fühlt sich an, als würde eine unsichtbare Kraft ihn in den Erdboden hinabziehen wollen.

Auf einem schlichten Holzkreuz ist Andrés Name zu lesen, außerdem sein Geburtsdatum und sein Todestag. Er ist 2042 gestorben, mit 49 Jahren.

»Es war seine Entscheidung«, erklärt Kathrin. »Marcel hat ihm das Herz gebrochen, als er mit einem Jüngeren durchgebrannt ist. André hat fast ein Jahr lang gelitten und sich dann entschieden, nach Times Beach zu ziehen. Er hoffte wohl, dort seinen Schmerz zu vergessen, aber offenbar ist ihm das nicht gelungen.

Knapp sechs Monate nachdem sein Körper hier begraben worden war, hat er sich dazu entschlossen, auch seinen Geist abschalten zu lassen.«

Ich stehe da wie vom Blitz getroffen. Das Zwitschern der Vögel und das Summen der Bienen sind verstummt. Alles wird übertönt vom dumpfen Rauschen des Blutes in meinem Kopf.

»Die Leute vom Wunschprogramm haben mir seinen Abschiedsbrief geschickt. André schrieb, dass er sich am liebsten in nichts auflösen würde. Er hat sich danach gesehnt, einfach zu verschwinden. Für immer. Er hat gehofft, dass es keinen Gott gibt, kein Leben nach dem Tod, keine Wiedergeburt. Nichts. Nur Stille und Frieden. Er schrieb, noch einmal würde er ein solches Leben mit all seinem Schmerz nicht durchstehen wollen. Und wir sollen nicht traurig sein über sein Verschwinden, weil auch er nicht länger traurig sein muss, wenn endlich alles vorbei ist.«

Ich spüre, dass mir Tränen über die Wangen laufen. Ebenso ungläubig wie erschüttert starre ich auf das schlichte Holzkreuz.

»Seltsam. Ich habe nie bemerkt, dass er so schrecklich unglücklich war.«

»Es ist mit den Jahren schlimmer geworden«, erklärt Kathrin. »Aber er hatte ja schon immer einen Hang zur Melancholie.«

»Ja? Hatte er das?«, überlege ich laut. »Ich habe ihn zwar für einen Pessimisten gehalten, aber nicht für einen Melancholiker. Offenbar habe ich manches nicht mitbekommen.«

Sie seufzt leise. »Um ehrlich zu sein, hast du in den letzten Jahren unserer Ehe kaum etwas mitbekommen. Du warst zu sehr damit beschäftigt, die Welt und dein Leben schlechtzureden.«

Ich spüre, wie meine Knie weich werden, außerdem bemerke ich einen leichten Schwindel. Der Anblick des Holzkreuzes bereitet mir bohrende Schmerzen im Brustkorb. Es ist, als würde jemand versuchen, mir das Herz im Leib zu zerquetschen. Ich ertappe mich bei dem Gedanken, dass ich André ins Nirwana folgen könnte. Im Gegensatz zu mir hat er einen Weg gefunden, diese ungeliebte Welt zu verlassen. Ich könnte es ähnlich bewerkstelligen: Balthazars Angebot akzeptieren, mir ein paar schöne Tage in Times Beach machen und mich dann kurz und schmerzlos abschalten lassen, so wie André es getan hat. Kein schlechter Plan – zumindest jetzt gerade kommt er mir verlockend vor. Aber vielleicht sind der Schwindel und der Schmerz auch die Vorboten eines Herzinfarktes. Dann könnte in wenigen Minuten alles vorbei sein – wobei mir meine verfluchte Funktionsunterwäsche vermutlich das Leben retten würde. In dieser Welt kann man nicht einmal auf die altmodische Art den Löffel abgeben.

Kathrins Stimme reißt mich aus meinen Gedanken. »Warum hast du dich in all den Jahren nie gemeldet?«

Bedauernd ziehe ich die Schultern hoch. »Ich würde dir diese Frage wirklich gern beantworten, und es tut mir sehr leid, Kathrin, aber die Wahrheit lautet, ich weiß es leider nicht.«

Sie nickt, sichtlich enttäuscht. »Vielleicht solltest du jetzt gehen, Arnold.«

»Ja, ich weiß.« Ich kann es ihr nicht verübeln, dass sie mich wegschickt. Damals habe ich mich sang- und klanglos aus dem Staub gemacht. Heute erzähle ich ihr, dass ich mich an nichts erinnern kann. Heute wie damals bleibe ich ihr die Erklärung für mein Verhalten schuldig. Es klingt nach einer billigen Ausrede. Oder nach einem ganz miesen Schachzug. Vielleicht ist diese Amnesie nur die Folge meiner Feigheit, wer weiß? »Danke für deine Hilfe, Kathrin. Eine kurze Frage noch, bevor ich gehe. Dann bist du mich wirklich los: Geht es Pia und Hermine gut?«

Kathrin zuckt traurig mit den Schultern. »Ich glaube schon, aber ich weiß es leider nicht. Sie gehören jetzt zu den Autonomen, deshalb haben sie den Kontakt zu mir abgebrochen.«

Kathrin sieht mir an, dass ihre Antwort neue Fragen aufwirft. Ihr Blick sagt mir jedoch, dass ich für heute genug gefragt habe. »Okay, also dann … Noch mal danke für deine Zeit«, sage ich und beginne, mein schweres Herz zum Wagen zurückzuschleppen.

18

GUSTAV BEANTWORTET MEINE FRAGEN, allerdings erst, nachdem er die alleinerziehende Afroamerikanerin, die unseren Wagen steuert, in den Privatmodus versetzt hat.

»Hast du mir nicht gesagt, dass es schlecht ist, den Privatmodus zu oft und zu lange zu aktivieren, weil man dann den Argwohn der Behörden auf sich zieht?«, wundere ich mich.

Gustav nickt. »Das hast du dir gut gemerkt, Arnold. Allerdings habe ich das gesagt, bevor klar war, dass Professor Balthazar dich gern in Times Beach sehen würde. Du hast also längst den Argwohn der Behörden auf dich gezogen, weshalb es gleichgültig ist, wenn du jetzt für noch mehr Argwohn sorgst. Außerdem läuft morgen deine Frist ab. Ich glaube nicht, dass sie uns bis dahin auf die Pelle rücken. – Also schieß los. Was willst du wissen?«

»Kathrin hat gesagt, dass Pia und Hermine bei den Autonomen leben. Weißt du, was das zu bedeuten hat?«

»Ja. Als Autonome bezeichnet man Menschen, die sich komplett der Datenanalyse entziehen, indem sie auf Technologien verzichten, die Rückschlüsse auf ihre Person oder ihr Verhalten möglich machen«, referiert Gustav. »Einerseits sind diese Leute also frei von jeglicher Überwachung durch Firmen und Behörden, andererseits verzichten sie aber auch auf den Schutz, den die moderne Technik bietet. Sie riskieren also Krankheiten oder Unfälle, die man in der vernetzten Welt vermeiden könnte. Denk nur mal an Funktionskleidung, die Verkehrsüberwachung oder eine mittels Algorithmen optimierte Ernährung.«

Ich zucke mit den Schultern. »Bis vor ein paar Tagen kannte ich all das auch noch nicht.«

Gustav stutzt, dann begreift er: »Ach so, du meinst wegen deiner Amnesie.«

Ich nicke. »Im Jahr 2020 gab es zwar schon Fitnessarmbänder und die ersten autonomen Fahrzeuge, außerdem konnte man anhand von Internet- und Handydaten eine Menge über einen Menschen herausfinden. Aber es war noch nicht so schlimm, dass man ständig von einer künstlichen Intelligenz beäugt wurde. Vielleicht sehnen sich diese Autonomen einfach nur nach ein bisschen Privatsphäre.«

»Bestimmt«, bestätigt Gustav. »Deshalb leben sie abseits der Zivilisation in geschlossenen Arealen. Die Communities bestehen meist aus einfachen Hütten oder Zelten. Falls Technik vorhanden ist, dann handelt es sich um alte und nicht vernetzte Geräte. Die Regierung duldet diese Subkulturen, solange niemand die Reservate verlässt. Eine der größten autonomen Communities in Deutschland ist Neugrunewald. Es ist das Gebiet westlich der ehemaligen Avus bis zur Havel und in nordwestlicher Richtung runter bis zum großen Wannsee.«

»Der Grunewald ist von Autonomen besetzt? Das ist ein Ding.«

»Ja. An den Grenzen patrouillieren Tag und Nacht Polizei-Drohnen. Die Zivilgesellschaft soll so vor unerwünschten Begegnungen mit den Neugrunewaldern geschützt werden. Die meisten Autonomen sind zwar friedliche Aussteiger und Alternative, aber es gibt unter ihnen auch gewaltbereite Systemgegner und Kriminelle. Man vermutet sogar, dass regelmäßig Terroristen bei den Autonomen untertauchen.«

»Weißt du, ob Pia und Hermine in Neugrunewald leben?«

Gustav schüttelt den Kopf. »Wie schon gesagt, es gibt keine

Daten über die Autonomen. Da deine Tochter und dein Enkelkind aber zuletzt in Berlin gelebt haben, wäre es naheliegend, dass sie sich nach Neugrunewald abgesetzt haben.«

»Fein«, sage ich kurz entschlossen. »Dann fahren wir da jetzt hin.«

Gustav wirkt erschrocken. »Ich dachte, du wolltest deinen Freund Uli besuchen und ihn um Hilfe bitten.«

»Das kann ich danach doch immer noch tun«, wende ich ein.

»Da wäre ich mir nicht so sicher«, unkt Gustav. »Neugrunewald ist groß, und du weißt ja nicht einmal, ob Pia und Hermine tatsächlich dort sind. Du müsstest dich also durchfragen.«

»Aber du würdest mir doch bestimmt bei der Suche helfen, oder?«

»Das geht nicht«, sagt Gustav. »Ich bin vernetzt. Die könnten mich überall orten, und damit würden sie dich ebenfalls finden. Du müsstest auf jegliche Technik verzichten und dich mutterseelenallein über die Grenze schlagen. Professor Balthazar wird dir dicht auf den Fersen sein, weil er vermutet, dass du dich absetzen willst, um nicht in Times Beach zu landen. Bestimmt hetzt er dir deshalb die Behörden auf den Hals. Solltest du es also schaffen, die Grenze zu überqueren, gibt es kein Zurück mehr. Ab da bist du vogelfrei.«

»Klingt auch irgendwie reizvoll«, sage ich launig.

Gustav stutzt. »Du findest es reizvoll, im Wald in einem Zelt zu leben ohne technische Hilfsmittel, regelmäßige Verpflegung und medizinische Versorgung?«

»Mensch, Gustav! Du findest aber auch immer ein Haar in der Suppe«, sage ich. »Was schlägst du denn vor?«

»Sprich zuerst mit deinem Freund Ulrich. Wenn er bereit ist, deine Behandlung zu finanzieren, dann wird Balthazar dich nicht nach Times Beach schicken. Das verschafft dir Zeit«, antwortet Gustav.

Sein Einwand hat was für sich. »Okay, ich rufe ihn an.«

»Nicht nötig«, erwidert Gustav. »Ich habe bereits gestern seinen persönlichen Assistenten kontaktiert. Und der sagt, du bist jederzeit willkommen. Uli freut sich, dich wiederzusehen.«

»Fein«, sage ich. »Dann fahren wir jetzt zu Uli.«

»Gut. Dann ruh dich jetzt aus und schlaf ein bisschen«, sagt Gustav.

»Ich bin aber gar nicht müde«, erwidere ich.

»Deine Vitaldaten behaupten das genaue Gegenteil.«

Ich will etwas erwidern, aber tatsächlich fallen mir vorher die Augen zu.

19

Ein Surren holt mich aus dem Schlaf. Das Geräusch scheint von oben zu kommen. Ich spähe durch das Seitenfenster und sehe einen Streifenwagen und zwei Uniformierte, die uns an der Weiterfahrt hindern.

»Was ist passiert?«, nuschele ich verschlafen.

»Polizeikontrolle. Die haben uns gerade angehalten«, antwortet Gustav.

»Weswegen?«, will ich wissen.

Das große Seitenfenster zu meiner Rechten verdunkelt sich und einen Moment später erscheint das Gesicht von Professor Balthazar auf der Scheibe. »Dreimal dürfen Sie raten, Arnold. Guten Morgen, übrigens.«

»Guten Morgen.« Augenblicklich bin ich hellwach.

»Ich habe die Polizei gebeten, bei Ihnen mal kurz nach dem Rechten zu sehen«, erklärt Balthazar. »Mich beschleicht nämlich der Verdacht, dass Sie mit dem Gedanken spielen, sich nicht an unsere Abmachung zu halten. Und das fände ich nicht nur sehr unfair, sondern auch ausgesprochen unklug. Aber vielleicht können Sie mich ja vom Gegenteil überzeugen.«

»Ich weiß nicht, was Sie meinen«, sage ich mit Unschuldsmiene. Balthazar beugt sich vor, was mich unwillkürlich zurückweichen lässt. Ich vermute, er sitzt in seinem Büro vor dem Panoramafenster und ist gerade nur eine Nasenlänge von der Kamera entfernt, die seinen effektvollen Auftritt überträgt.

»Arnold, ich lasse mich von Ihnen nicht an der Nase herumführen, nur damit das klar ist. Ich persönlich trage die Verantwortung dafür, dass Sie keine Dummheiten anstellen, deshalb werde ich auch alles daransetzen, dass es nicht dazu kommt. Oder glauben Sie im Ernst, dass Sie mich austricksen können?«

»Ich habe nie versucht, Sie auszutricksen«, behaupte ich. Es ist nur die halbe Wahrheit, entsprechend halbherzig klingt es.

»Und was wollten Sie dann in der Lüneburger Heide?«, fragt er barsch.

Ich zögere kurz, aber da es keinen Grund gibt, ihm die Wahrheit zu verschweigen, antworte ich: »Mich von meiner Ex-Frau verabschieden.«

»Die wohnt aber meines Wissens in Hamburg«, kontert der Professor.

Ratlos schaue ich zu Gustav, der mir beispringt. »Arnold spricht nicht von seiner zweiten Ex-Frau Iris, sondern von seiner ersten Ex-Frau, Kathrin.«

»Genau. Wir waren immerhin fast fünfundzwanzig Jahre verheiratet«, ergänze ich.

Balthazar überlegt, was er von meiner Erklärung halten soll. »Okay. Und können Sie mir auch erklären, warum Sie sich seit mehreren Stunden ununterbrochen im Privatmodus befinden?«

Wieder schaue ich zu Gustav, der nun peinlich berührt den Blick senkt. Offenbar lag er mit seiner Einschätzung, dass sich gerade sowieso niemand für mich interessiert, völlig daneben.

»Gute Frage«, sage ich, ohne den Blick von Gustav abzuwenden.

»Das ist mein Fehler«, gesteht mein Assistent kleinlaut. »Ich hätte den Privatmodus deaktivieren müssen, nachdem Arnold eingeschlafen war, aber das habe ich leider vergessen.«

»Vergessen? Wie kann denn so was passieren?«, fragt Balthazar ungnädig.

»Also ich finde es ja völlig normal, dass man hin und wieder was vergisst«, springe ich Gustav bei. »Bei mir waren es sogar die letzten fünfundzwanzig Jahre.«

»Offenbar leiden Sie und Ihr Blechmann unter ähnlichen Fehlfunktionen«, resümiert Balthazar. »Wird höchste Zeit, dass Sie nach Times Beach ziehen, Arnold. Dann können wir Ihnen helfen und Ihren Roboter verschrotten, bevor er noch eine Gefahr für sich und andere wird. Aber es ist ja auch kein Wunder, dass er langsam den Geist aufgibt. Bestimmt hat der Hersteller den Support für dieses Steinzeitmodell längst eingestellt.«

Gustav nimmt Balthazars Beleidigungen schweigend hin. Ich vermute, seine Software ist nicht darauf ausgelegt, sich über Menschen zu ärgern.

»Und darf ich fragen, was Sie nun vorhaben, Arnold?« Balthazar lehnt sich zurück, was ich als Zeichen dafür werte, dass unsere Erklärungen ihn etwas besänftigt haben.

»Wir sind auf dem Weg zu meinem Freund Uli«, antworte ich. »Ich habe ihn zwar länger nicht gesehen, aber wenn mir einer helfen kann, dann ist er es.«

»Uli«, wiederholt Balthazar tonlos.

»Ulrich Winkler«, mischt Gustav sich ein. »Privatier und einer der reichsten Männer dieses Landes.«

»Ich weiß, wer Ulrich Winkler ist«, gibt Balthazar unwirsch zurück. »System sofort herunterfahren.«

Gustavs Kinn fällt auf die Brust, sein Körper sackt augenblicklich zusammen. Sieht aus, als wäre er plötzlich bewusstlos geworden.

»Was haben Sie getan?«, frage ich empört.

»Ich mag einfach keine vorwitzigen Roboter«, antwortet Balthazar kühl. »Sie können ihn ja später wieder hochfahren.«

Ich beobachte, wie Gustav zur Seite kippt, als hätte er eine ausgedehnte Zechtour hinter sich.

»Es ist jedenfalls gut zu wissen, dass Ihr Freund Uli der Einzige ist, der Ihnen helfen kann«, fährt Balthazar ungerührt fort. »Damit steht die Entscheidung, wie es mit Ihnen weitergehen wird, dann ja unmittelbar bevor. Vergessen Sie nicht, heute Mittag um zwölf Uhr läuft Ihre Frist ab. Wir sehen uns dann. Viel Glück, Arnold.«

Das Bild wird schwarz, dann verflüchtigt sich auch das Schwarz wie Rauch im Wind. Die nun wieder transparenten Seitenfenster geben den Blick auf die Polizisten frei, die damit begonnen haben, sich zurückzuziehen.

Das Surren, das mich eben aufgeweckt hat, wird lauter. Durch das Seitenfenster kann ich eine riesige Drohne erkennen, die bis eben über unserem Auto geschwebt sein muss.

»Was zur Hölle …?«, frage ich perplex.

Gustav, der immer noch wie ein Besoffener in seinem Sitz hängt, reagiert nicht.

Ich überlege, was Balthazar gesagt hat, um ihn zu deaktivieren, und versuche es dann mit: »System einschalten!«

Keine Reaktion.

Nächster Versuch: »Computer einschalten?«

Wieder keine Reaktion.

»Betriebssystem einschalten.«

Gustav reagiert immer noch nicht.

Zu meinem Glück mischt sich nun Miranda, unsere Fahrerin, ein. »Der korrekte Befehl, um einen synthetischen Charakter zu aktivieren, lautet: ›System sofort hochfahren.‹«

Ich schaue, ob sich bei Gustav etwas tut, aber das ist nicht der Fall. »Warum rührt er sich dann nicht?«

»Er kann von jedem Menschen und jeder künstlichen Intelligenz heruntergefahren werden, aber nur sein User ist in der Lage, ihn wieder hochzufahren«, erklärt Miranda. »Ist aus Sicherheitsgründen so geregelt.«

»Aha. Okay. System sofort hochfahren«, sage ich.

Prompt öffnet Gustav die Augen. Dann bringt er seinen Oberkörper in eine aufrechte Sitzposition.

»Freut mich sehr, dass du wieder unter den Lebenden bist«, sage ich.

Er stutzt, zieht die Stirn kraus und wirkt plötzlich verärgert. Ich ahne, dass er etwas sagen könnte, das nicht für die Ohren von Professor Balthazar bestimmt ist. Also sorge ich dafür, dass uns niemand zuhört: »Privatmodus aktivieren.«

Die Idee erweist sich als goldrichtig, denn jetzt beginnt Gustav lauthals zu schimpfen: »Was ist dieser Balthazar eigentlich für ein Arschloch! Da schaltet dieser Typ mich völlig grundlos ab! Nicht zu glauben, oder?«

Ich muss grinsen. »Erstaunlich. Ich dachte, du wärst baubedingt überhaupt nicht dazu in der Lage, dich über Menschen zu ärgern.«

»Das ist wahrscheinlich auch so. Aber entweder dieser Typ hat die seltene Fähigkeit, mich trotzdem auf die Palme bringen zu können, oder ...« Gustav unterbricht sich.

»Oder bei dir ist gerade wieder was durchgebrannt?«, frage ich.

»Ja, oder das«, antwortet er wegwischend und späht durch das Seitenfenster in die Dunkelheit. »Ist die Polizei schon weg?«

Ich nicke. »Sie hatten eine riesige Drohne dabei.«

»Ich weiß«, antwortet Gustav lapidar.

»Ist es üblich, dass die Polizei solche Vehikel bei ganz normalen Verkehrskontrollen einsetzt? Ich meine, da wird einem ja angst und bange.«

»Diese Polizisten waren synthetische Charaktere«, erklärt

Gustav. »Sie werden ebenso wie die Drohne von einem menschlichen Piloten gelenkt, der auf diese Weise mehrere Einsatzkommandos gleichzeitig befehligen kann, ohne sich persönlich in Gefahr zu begeben.«

»Das heißt, die synthetischen Polizisten halten im Ernstfall ihre Köpfe hin?«

»Das auch, wobei synthetische Charaktere aus Sicherheitsgründen im Zivilleben keine schweren Waffen tragen dürfen. Deshalb ist die Drohne damit bestückt. Falls es zu einer kritischen Situation kommt, trifft also der menschliche Drohnenpilot die Entscheidung, ob diese Waffen tatsächlich eingesetzt werden.«

»Das klingt einerseits vernünftig, andererseits ist es dennoch beängstigend. Früher hat man mit Drohnen Jagd auf Terroristen gemacht und nicht auf ganz normale Bürger.«

»Genau. Und weil das bei den Terroristen so gut funktioniert hat, setzt man die Dinger jetzt auch im Alltag ein«, erwidert Gustav. »Wobei man sagen muss, dass du nicht das bist, was man einen ganz normalen Bürger nennen würde.«

»Warum nicht?«, frage ich entrüstet.

»Weil die Behörden bei dir ein erhöhtes Gefährdungspotenzial sehen.«

»Ich soll gefährlich sein? Das ist doch lächerlich. Wieso?«

»Du weichst in ganz beträchtlichem Maße von der Norm ab«, antwortet Gustav. »Immerhin hast du eine schwere Amnesie, deren Ursache ungeklärt ist. Wer weiß, ob du nicht morgen plötzlich überschnappst und dich kreuz und quer durch dein Altersheim metzelst.«

»Ich dachte, es ist ein Resort für Leute im besten Alter«, erwidere ich.

»Wir wissen beide, dass das nur eine hübsche Verpackung ist.«

»Da hast du mir aber kürzlich was ganz anderes erzählt«, erwidere ich. »Beinhaltet deine kleine Fehlfunktion etwa auch, **dass** du plötzlich schonungslos ehrlich wirst?«

»Ich war dir gegenüber immer ehrlich«, antwortet Gustav. »Programmseitig bin ich darauf ausgelegt, nur das Beste für dich **zu** wollen.«

»Schön. Das klingt beruhigend.«

20

ULI UND SABINE bewohnen eine Villa am Jungfernsee, **die** so surreal groß und schön ist, dass sie mit Olafs virtuellem Anwesen in Times Beach um die Wette protzen könnte. Das herrschaftliche Haus befindet sich in einem ausgedehnten Park mit eigenem Seezugang. Es gibt einen privaten Badestrand sowie ein Bootshaus mit Steg, an dem eine Jacht vor sich hindümpelt. Auf dem Gelände verstreut befinden sich mehrere Neubauten, die Uli bevorzugt mit einem seiner Golfmobile ansteuert. Ein halbes Dutzend davon steht zu diesem Zweck neben der **Villa** bereit, wo die Dinger an mehreren Stationen aufgeladen werden. »Wir machen hier alles mit Erdwärme und Sonnenenergie«, erklärt Uli. »Das ganze Anwesen ist autark und wird komplett nachhaltig betrieben.«

Ein Siegerlächeln entblößt seine gesunden Zähne. Uli sieht überhaupt beneidenswert jung und vital aus. Etwa so wie vor fünfundzwanzig Jahren bei unserem letzten Bowlingabend – **das** heißt, der letzte, an den ich mich erinnere. Damals war er **ein** Privatier, den nichts und niemand aus der Ruhe bringen **konnte.** Das ist heute allerdings anders. Uli sieht zwar mit seinen sechsundsiebzig Jahren jünger denn je aus, zudem ist er sehr **viel** reicher, als er es jemals war, aber trotzdem wirkt er gehetzt. Schon bei meiner Begrüßung ist er in Eile.

»Komm, ich zeig dir später alles«, sagt er und springt in eines seiner Golfmobile. Ich habe kaum neben ihm Platz genommen, da zischt das Gefährt auch schon los. Gustav schafft es gerade noch so auf die Rückbank, Uli scheint ihn gar nicht bemerkt zu haben.

»Ich fahre lieber selbst«, verkündet Uli. »Diese Bots sind mir alle zu lahm.«

»Ich dachte, Menschen ist es verboten, Fahrzeuge zu lenken.«

»Schon, aber zum Glück darf man auf seinem eigenen Grund und Boden tun und lassen, was man will«, erwidert Uli und boxt mir freundschaftlich gegen den Oberarm. »Mensch, das ist schön, dich zu sehen. Warum hast du so lange nichts von dir hören lassen, Arni? Wann haben wir uns eigentlich das letzte Mal gesehen? War das an meinem Siebzigsten? Egal, was war los?«

»Ach, hat sich irgendwie nicht ergeben«, antworte ich ausweichend.

»Ist schon klar, kein Problem, wir haben ja alle viel zu tun«, sagt Uli schicksalsergeben und lenkt seinen kleinen Flitzer auf eine Rasenfläche. Ein zwischen Bäumen gelegener, funktionaler Bau am Seeufer kommt in Sicht.

»Ehrlich gesagt waren es bei mir andere Gründe als die Arbeit«, gebe ich zu.

»Die Hauptsache ist doch, dass es dir gut geht«, sagt Uli mit einem kritischen Seitenblick. »Geht es dir gut?«

Ich wiege unschlüssig den Kopf hin und her. Was soll ich dazu sagen?

»Du bist aber nicht hier, um mich anzupumpen, oder?« Uli lacht, als hätte er einen guten Witz gemacht.

»Schon interessant«, sage ich. »Je reicher die Menschen sind, desto größer scheint ihre Angst zu sein, dass man ihnen ihr Geld wegnehmen könnte. Dabei wird es mit stetig wachsendem Reichtum doch immer unwahrscheinlicher, dass man alles verliert, oder?«

»Kein Ahnung«, erwidert Uli. »Eigentlich denke ich nur selten über Geld nach. Zum Glück habe ich genug davon.«

»Ja, wie man hört, bist du einer der wohlhabendsten Männer des Landes. Gehört dir nicht sogar ein Stück von Times Beach?«

Uli winkt ab. »Es ist nur ein Aktienpaket. Nominell halte ich sieben Prozent an diesem Unternehmen, aber da es sich bei der Welt der Wünsche um die mit Abstand größte Firma auf diesem Planeten handelt, kommt dabei dann doch ein hübsches Sümmchen zusammen.«

»Du hast in Geschäftsdingen eben schon immer Glück gehabt«, sage ich.

»Diesmal war es kein Glück«, erwidert Uli. »Ich habe sofort gewusst, dass Times Beach ein gigantischer Erfolg werden würde. Ich meine, es war schon immer so, dass Unternehmen gegründet wurden, um Menschen Wünsche zu erfüllen. Aber noch nie zuvor hat es eine Firma gegeben, die imstande ist, allen Menschen alle Wünsche zu erfüllen. Das schafft wirklich nur das Wunschprogramm. Der geniale Kniff ist, dass nicht nur jeder Mensch bekommt, was er sich wünscht, ganz nebenbei wird die Erde auch noch von unnötigem Ballast befreit. Es dauert nicht mehr lange, dann leben dank der Welt der Wünsche auf der Erde nur noch jene Menschen, die zur Zukunft der Menschheit etwas Sinnvolles beitragen können.«

»Das hört sich an, als würdest du den Menschen in Times Beach den Anspruch auf ein echtes Leben in der realen Welt absprechen.«

»Vielleicht nicht allen, aber den meisten«, antwortet Uli leichthin.

»Das klingt jetzt ein bisschen zynisch«, untertreibe ich. »Die Welt ist nicht nur für Menschen da, die produktiv sind.« Mit einem Seitenblick zu Uli füge ich hinzu: »Und sie gehört auch nicht nur den Reichen.«

»Doch. Tut sie sehr wohl. Und so ist es schon seit Anbeginn der Menschheit«, widerspricht Uli. »Wer Macht, Güter oder das nötige Kleingeld hat, der gestaltet sich das Leben nach seinen Vorstellungen. Die anderen müssen sich abrackern. Oder sie vegetieren vor sich hin und liegen der Allgemeinheit auf der Tasche. Das war im alten Ägypten so, und das gilt heute noch.«

»Ich glaube, die meisten Menschen würde ihre Zeit gern sinnvoll verbringen, man müsste sie nur lassen.«

»Ach ja?« Uli lacht spöttisch. »Warst du schon mal in Times Beach?«

»War ich«, bestätige ich.

»Und hast du da auch nur einen einzigen Menschen getroffen, der sich mit etwas Sinnvollem beschäftigt?«

Mein Schweigen ist Uli Antwort genug. »Na, dann weißt du ja, was ich meine. Es ist doch im Grunde sehr einfach. Viele wollen sich nicht damit abmühen, Wissen anzuhäufen. Sonst wärst heute du mit deinem Buchladen Milliardär, und nicht ich. Tatsache ist aber, dass die meisten Menschen kein Interesse für Kunst oder Bildung oder Fortschritt oder Philosophie haben. Sie interessieren sich nur für sich selbst. Für das Hier und Jetzt, für den Konsum, für den Rausch, für die billige Unterhaltung, für den schnellen Sex, für Ekstase, Spaß und Partys. In Times Beach bekommen sie genau das. Obendrein gibt es den hübschen Nebeneffekt, dass diese Menschen in der wahren Welt nicht länger im Weg herumstehen. Die Welt der Wünsche ist also der perfekte Tummelplatz für all jene Menschen, auf die die Menschheit problemlos verzichten kann.«

»Du bist ein Zyniker«, stelle ich fest. »Warst du das eigentlich schon immer?«

»Ich bin kein Zyniker, ich bin Realist«, widerspricht Uli. »Ohne Times Beach wäre dieser Planet längst am Ende. Wir können von Glück sagen, dass es die Welt der Wünsche gibt. Und das meine ich überhaupt nicht zynisch, denn eines Tages werde auch ich in Times Beach landen – wie wir alle. Weil es nämlich nach dem heutigen Stand der Technik die einzige Möglichkeit ist, am Leben zu bleiben. Ich meine, vielleicht finden wir ja tatsächlich eines Tages die Formel für ewiges Leben und ewige Jugend. Vieles spricht dafür. Aber bis dahin ist es doch sehr beruhigend, dass all das hier ...« – er tippt sich an den Kopf – »... nicht verloren geht.«

»Das klingt, als sollten alle Menschen ihre Tickets nach Times Beach lieber heute als morgen buchen. Warum bist du dann noch hier?«

»Weißt du was? Manchmal beneide ich die Leute in Times Beach. Sie müssen sich nicht mit all den Problemen herumschlagen, die man im wahren Leben hat. In der Welt der Wünsche brauchst du kein Geld, du musst keine Angst vor dem Tod haben und Mutter Maia erfüllt deine Bedürfnisse im Handumdrehen. Während die Leute in Times Beach einfach das Leben genießen, kämpfen wir hier darum, unsere Körper und diese Welt zu erhalten.«

»Wobei die digitale Variante des Lebens ja streng genommen kein richtiges Leben ist«, wende ich ein.

Uli zuckt mit den Schultern und bringt den Golfwagen zum Stehen. »Die Diskussion ist müßig, Arnold. Ob du nun in der wahren Welt nach Sex, Drogen und Entertainment süchtig bist oder in Times Beach – wo ist der Unterschied? Aber um deine Frage zu beantworten, ich bin noch hier, weil ich neugierig auf die Zukunft bin. Sollte diese Neugier eines Tages nachlassen oder sogar verschwinden, dann können sie mich meinetwegen digitalisieren. Mal sehen, ob ich es an einer der Theken in Times Beach so lange aushalte, bis es Mittel und Wege gibt, uns in die echte Welt zurückzuholen. Aber wer weiß, was noch kommt?

Vielleicht werden die Gentechniker eines Tages sogar die Wiedergeburt erfinden. Dann könnten wir mit dem Wissen um unser erstes Leben ein zweites beginnen. Wäre doch toll, oder?«

Ich muss daran denken, dass es bei mir genau andersherum ist. Ich habe ein zweites Leben bekommen, kann mich aber leider nicht daran erinnern. Dabei würde ich liebend gern auf mein zweites Leben verzichten, wenn ich mein erstes zurückbekommen könnte.

Uli schwingt sich behände aus seinem Golfmobil. Vor uns liegt ein Zweckbau, der an eine Schulsporthalle erinnert. »Magst du mit reinkommen? Wir können uns gern drinnen weiter unterhalten. Ich kriege heute nur neue Augen, neue Eier und eine kleine Blutwäsche. Nichts Dramatisches.«

Ich schaue Uli verständnislos an, was der als Zögern wertet. »Schon gut, ich weiß, das ist nicht jedermanns Sache. Dann warte einfach hier auf mich oder geh eine Runde im See schwimmen. Ist sehr erfrischend. Und er hat Trinkwasserqualität. Ich bin in einer halben Stunde wieder da.«

21

GUSTAV UND ICH machen einen kleinen Spaziergang am Seeufer entlang. Uli hat nicht übertrieben. Das Wasser ist derart klar, dass man die sich darin tummelnden Fische wie in einem Aquarium beobachten kann.

Mich beschäftigt jedoch gerade etwas ganz anderes. »Was hat Uli damit gemeint, als er sagte, dass er heute neue Augen bekommt?«

»Und neue Eier«, ergänzt Gustav.

»Ja. Das auch. Aber was zur Hölle meint er damit?«

»Was verstehst du denn daran nicht?«

»Alles. Man kann doch nicht mal eben schnell irgendwelche wichtigen Körperteile austauschen, oder?«

»Doch«, widerspricht Gustav. »Kann man durchaus. Schon Mitte der Zwanzigerjahre ist die biologische und technische Selbstoptimierung in Mode gekommen, damals noch mit vergleichsweise kleinen medizinischen Eingriffen.«

»Was meinst du? Schönheitschirurgie?«

»Auch, aber nicht nur. Bei der Körperoptimierung geht es einerseits um technische Hilfsmittel, die die Leistungsfähigkeit verbessern. Ältere Menschen lassen sich smarte Gelenke einsetzen, weil die alten verschlissen sind.«

»Smarte Gelenke?«

»Computergesteuerte Hüften, Kniegelenke oder Schultern. Man kann sie individuell an den Bedarf des Users anpassen. Je schwächer er ist, desto mehr Arbeit übernehmen die smarten Gelenke. Es gibt aber auch junge Leute, die sich solche Gelenke einsetzen lassen. Freizeitsportler beispielsweise, die ihre Leistungen verbessern möchten.«

»Freizeitsportler lassen sich smarte Kniegelenke einsetzen, um schneller joggen zu können?«, frage ich entsetzt.

»Genau«, antwortet Gustav lapidar. »Der andere Bereich der Körperoptimierung ist genetisch gestützte Präventivmedizin. Sie soll den Körper möglichst lange jung halten. Das ist so eine Art biologische und technische Bestandsaufnahme, ein Check-up, den man alle paar Jahre machen kann, aber auch alle paar Monate oder Wochen, wenn man das nötige Geld und die Zeit dafür hat. Es geht dabei in erster Linie nicht darum, Krankheiten zu finden, sondern sie zu verhindern. Bei diesen Inspektionen werden kleinere Reparaturen im Organismus vorgenommen, um den Alterungsprozess zu verlangsamen oder sogar zu stoppen. Kurz gesagt, erneuert man die Flüssigkeiten und sämtliche Verschleißteile, um der Natur so viele Jahre Lebenszeit abzutrotzen, bis es neue Medikamente und Behandlungsmethoden gibt, mit denen man dann weitere Jahre gewinnen kann. Wenn du heute geboren wirst und über entsprechende finanzielle Mittel verfügst, dann hast du statistisch gesehen eine Lebenserwartung von etwa zweihundertdreißig Jahren.«

»Aber nur statistisch gesehen«, unke ich. »Oder hat tatsächlich schon mal ein Sterblicher dieses biblische Alter erreicht?«

»Noch nicht. Aber das liegt nicht an den technischen und medizinischen Möglichkeiten, sondern nur daran, dass die Körperoptimierung eine sehr junge Disziplin ist. Wer vor fünfzehn Jahren genug Geld hatte, um sich optimieren zu lassen, aber alt und kränklich war, der hatte schlechte Karten. Für diese Menschen kamen die meisten Optimierungsmaßnahmen zu spät. Deine Generation ist die erste, bei der die Körperoptimierung deutliche Erfolge erzielt hat. Wenn du dich Mitte der Zwanzigerjahre in deinen Fünfzigern befandst und gesund warst, dann konntest du von den rasanten Fortschritten in Medizin und Technik profitieren. Sieh dir nur mal deinen Freund Uli an. Wenn er sein Vermögen weiterhin konsequent darauf verwendet, agil und gesund zu bleiben, dann kann er noch locker fünfzig Jahre leben.«

»Ja, aber nur mit Ersatzeiern«, spotte ich. »Ist es ihm das wirklich wert?«

»Allerdings«, bestätigt Gustav. »Uli ist einer jener Superreichen, die die Körperoptimierung mit Feuereifer betreiben. Bei den Neubauten, die hier auf dem Gelände verteilt sind, handelt es sich ausschließlich um Kliniken und Sanatorien, in denen die Familie sich exklusiv behandeln lässt. Uli beschäftigt mehr als ein Dutzend Ärzte, die sich mit einem Heer von Bots ausschließlich um sein persönliches Wohlergehen kümmern. Jede biotechnische Erfindung und jede medizinische Entdeckung, die irgendwo in der bekannten Welt gemacht wird, ist binnen kürzester Zeit für ihn verfügbar. Wie du dir vorstellen kannst, ist das allerdings ein kostspieliges Vergnügen.«

Ja, kann ich mir in der Tat vorstellen. Ich frage mich, ob es überhaupt Sinn hat, Uli um Geld zu bitten. Er ist zwar märchenhaft reich, gibt aber offenbar sein ganzes Vermögen dafür aus, sich und seiner Familie das ewige Leben zu erkaufen. Und es sieht so aus, als wäre dieses Hobby ein Fass ohne Boden.

Eine Stimme reißt mich aus meinen Gedanken. »Arnold! Na, das ist ja eine Überraschung! Was machst denn du hier?«

22

DER TONFALL kommt mir bekannt vor, die Stimme und die dazugehörige Frau jedoch nicht. Sie ist jung, sogar sehr jung, ich tippe auf Anfang zwanzig, und sie ist hübsch, um nicht zu sagen: bildschön. Ihrem makellosen Körper nach zu urteilen, könnte es sich um eine synthetische Gespielin von Uli handeln. Vielleicht arbeitet sie offiziell als Krankenschwester, ist aber in Wahrheit ein Bot für erotische Gefälligkeiten. Oder sie ist ein neueres Modell, das beide Dienstleistungen im Angebot hat, wer weiß? Ich will Gustav fragen, ob ich mit meiner Vermutung richtigliege, aber mein Assistent schlendert am Seeufer entlang und lässt flache Steine übers Wasser hüpfen. Seltsam, denke ich. Ist dieses Zeitverplempern bei einem Bot programmseitig überhaupt vorgesehen? Bislang ist es mir zumindest nicht aufgefallen, dass Gustav irgendwelchen Freizeitaktivitäten nachgeht. Oder ist dieses neue Hobby das Ergebnis einer neuen Fehlfunktion? Rasch schiebe ich den Gedanken beiseite.

Die junge Frau kommt näher. Sie ist in Begleitung von zwei jungen Männern, die ihr folgen, allerdings in gebührendem Abstand.

»Du erkennst mich nicht, oder?«, fragt sie.

»Nein, leider nicht.«

»Als du zuletzt bei uns zu Besuch warst, da haben wir beide darüber gesprochen, dass ich überlege, an diesem Programm teilzunehmen. Aber daran erinnerst du dich noch, oder etwa nicht?«

Überfordert schüttele ich den Kopf.

»Na ja. Ist ja auch kein Wunder«, sagt sie und lächelt. »Wie lange ist das jetzt her? Fünf Jahre? Oder sogar sechs?« Sie schiebt ihren Sommerhut in den Nacken. »Wie du siehst, hab ich es getan. Und was soll ich sagen? Es ist einfach fantastisch.« Sie dreht sich einmal um sich selbst wie ein ausgelassener Teenager und präsentiert mir ihren jungen, schönen Körper, der in einem eng anliegenden, hauchdünnen Sommerkleid steckt. »Und? Was sagst du?«

Ich weiß nicht, was ich sagen soll. Also versuche ich es mit: »Toll.«

Ansatzlos bricht sie in Tränen aus. Sie kullern ihr über die Wangen und tropfen wie mittelstarker Regen auf den Rasen. Die junge Frau verbirgt ihr Gesicht in den Händen, aber auch das kann ihren Weinkrampf nicht stoppen.

Ihre Gefährten bleiben auf Distanz, sie wirken sogar seltsam unbeteiligt, was mich verwundert. Ich jedenfalls bin über ihren plötzlichen Stimmungswandel zutiefst bestürzt.

»Ähm … Entschuldigung«, stammele ich. »Hätte ich das nicht sagen sollen? Tut mir wirklich leid, wenn ich Ihnen zu nahe getreten bin. Ich dachte nur …«

Während ihr immer noch Tränen über die Wangen rollen, macht sie eine wegwischende Handbewegung. »Schon gut. Es ist alles okay, Arnold. Das sind nur die Hormone. Ist gleich wieder vorbei.«

»Aha«, sage ich hilflos. »Kann ich denn irgendetwas für Sie tun?« Sie schüttelt den Kopf, beruhigt sich ein wenig. »Nein. Es ist alles okay. Wirklich. Geht gleich besser. Diese Anfälle verschwinden genauso schnell wie sie kommen. Du wirst schon sehen.«

Tatsächlich ebbt ihr Gefühlsausbruch nun rasch ab. Sie schließt die Augen, strafft den Körper, atmet einmal tief durch. Dann wischt sie sich die Tränen aus dem Gesicht und lächelt breit. Der Heulkrampf ist wie weggeblasen. »Wirklich erstaunlich, dass du mich nicht erkennst. Ich bin es. Sabine.«

»Sabine«, wiederhole ich ratlos.

»Ja. Sabine. Ulis Frau ...«, ergänzt sie.

Ich erinnere mich gut an Sabine. Und jetzt weiß ich auch, warum mir der Tonfall der jungen Frau sofort bekannt vorkam. Es ist Sabines Tonfall. Allerdings ist es nicht Sabines Stimme. Die Stimme der jungen Frau klingt höher. Und weicher. Was mich aber noch viel mehr verwirrt, ist die Tatsache, dass Sabine vor mehr als fünfundzwanzig Jahren eine attraktive Mittvierzigerin war. Heute müsste sie also Anfang siebzig sein. Ist es möglich, dass sie sich optisch um fast fünfzig Jahre verjüngt hat? Und hat sich dabei nicht nur ihr Körper, sondern auch ihre Stimme verändert? Ist von jener Sabine, die ich gekannt habe, etwa nur die Sprachmelodie übrig geblieben?

»Ich hab es eben schon Uli erzählt«, erkläre ich. »Ich leide offenbar an einer Amnesie. Was in den letzten fünfundzwanzig Jahren passiert ist, habe ich komplett vergessen.«

»Oh!« Sabine wirkt aufrichtig betroffen. »Oh, das tut mir leid.« Wieder muss sie weinen, diesmal nicht ganz so heftig. Rasch wischt sie sich die Tränen aus dem Gesicht, schluchzt abschließend. »Wie gesagt. Sind nur die Hormone.«

Ich nicke, obwohl ich nicht verstehe, was sie damit meint.

»Das Verfahren steckt noch in den Kinderschuhen«, erklärt sie. »Die Ärzte haben mich davor gewarnt, dass eine Ganzkörpertransplantation emotional extrem schwierig werden kann. Es gibt ja nur wenige Präzedenzfälle, aber man hat bei allen ganz ähnliche Symptome beobachtet.«

»Ganzkörpertransplantation«, wiederhole ich tonlos.

Sie sieht mich irritiert an, dann fällt ihr meine Amnesie wieder ein. »Stimmt, du kannst dich ja leider an nichts erinnern. Irgendwie komisch, wir beide haben schon oft über dieses Thema gesprochen. Und auch irgendwie schade, denn ich fand deine Ansichten immer sehr interessant und befruchtend.«

»Ist eine Ganzkörpertransplantation das, was ich vermute, dass es ist?«

Sabine lacht hell und hysterisch. Sieht so aus, als bekäme sie statt eines Weinkrampfes nun zur Abwechslung mal einen Lachanfall.

»Was ist so lustig an meiner Frage?«

Sie zieht Luft durch die Zähne und beruhigt sich. »Als ich dir zum ersten Mal davon erzählt habe, dass ich darüber nachdenke, diesen Eingriff vornehmen zu lassen, hast du mir genau die gleiche Frage gestellt. Das finde ich witzig. Du lagst übrigens damals mit deiner Vermutung richtig. Bei einer Ganzkörpertransplantation werden die Hirnfunktionen eines Menschen auf einen anderen Körper übertragen.«

»Das heißt also, man hat dein Gehirn transplantiert?«

Sabine schüttelt den Kopf. »Es werden ausschließlich die Hirninhalte übertragen. Man nutzt dazu die gleiche Technik, die für Reisen nach Times Beach benötigt wird. Der Download des Geistes findet nur nicht im eigenen Körper statt, sondern in einem fremden. Der gesamte Inhalt meines Gehirns ist also in das Gehirn jener Zweiundzwanzig-Jährigen übertragen worden, die du gerade vor dir siehst. Sie hieß Lisa und lebt jetzt in Times Beach.«

»Wow. Das klingt …« Ich suche nach einem passenden Superlativ.

»Abgefahren?«, fragt Sabine lässig.

Ich nicke. Abgefahren scheint mir ein treffender Begriff. »Dann ist es also eigentlich keine Ganzkörpertransplantation, sondern eher eine Datenübertragung, oder?«

»Ist wohl eine Frage der Sichtweise«, antwortet Sabine. »Von meiner Warte aus betrachtet, bekomme ich einen neuen Körper. Wenn man es aus der Perspektive von Lisa sieht, dann kriegt ihr Körper einen neuen Boss.«

»Und wie lebt es sich in diesem fremden Körper?«, will ich wissen.

»Ach, eigentlich ganz gut. Die Ärzte sagen, es kann dauern, bis das fremde Gehirn sich den neuen Inhalten angepasst hat. Und es wird für mich wohl auch mit psychischen Problemen einhergehen, dass ich nun in einem neuen Körper leben muss, wobei die Ärzte davon ausgehen, dass sich meine Persönlichkeit durch den neuen Körper verändern und somit anpassen wird. Das ist wie bei einem Umzug. Man muss sich erst an die neue Umgebung gewöhnen, und dabei verändert man sich auch ein bisschen selbst. Jedenfalls rühren daher meine extremen Stimmungsschwankungen.«

»Und wann, glaubst du, hast du den Umzug geschafft?«

Sie zuckt mit den Schultern. »Niemand weiß, wie lang dieser Zustand anhält. Wie gesagt, das Verfahren ist kaum erprobt. Hinzu kommt in meinem Fall, dass das Alter meiner Persönlichkeit und das Alter meines neuen Körpers sehr weit auseinanderliegen. Die Faustregel lautet: Je größer die Differenz zwischen Einstiegs- und Zielalter ist, desto heftiger sind auch die Nebenwirkungen.«

Sie sieht mich an wie ein verschüchterter Teenager. Eine Frau Anfang siebzig im Körper einer Zweiundzwanzigjährigen. Ich weiß nicht, ob ich Sabine bedauern, bewundern oder verachten soll. Vielleicht alles auf einmal.

Erneut schlagen die Hormone bei ihr zu, denn urplötzlich verändert sich ihr Gesichtsausdruck. Ihre Augen bekommen einen matten Glanz, der Hals rötet sich. Aber diesmal bahnen sich weder ein Lachanfall noch ein Weinkrampf an. Sehe ich da etwa Lüsternheit in ihrem Blick?

»Lass uns vögeln«, haucht sie. »Jetzt sofort. Ich will dich. Dauert auch nicht lange, versprochen.«

Während sie sich erregt nach einem geeigneten Platz für einen Quickie umsieht, denke ich fieberhaft darüber nach, wie ich ihr diesen Wahnsinnsplan ausreden kann. »Sabine, ich fühle mich wirklich geschmeichelt, aber ich bin alt und schlapp und verschrumpelt, und ich weiß auch gar nicht, ob das da unten bei mir überhaupt noch funktioniert …«

»Na und? Ich bin auch alt!«, ruft sie. »Aber wen interessiert's? Mein Body macht die paar Jahre locker wieder wett! Und zwar für uns beide!«

Es sind wohl eher Jahrzehnte, denke ich, merke aber zu meiner eigenen Überraschung, dass sich ihre Erregtheit auf mich überträgt. Ob meine Gefühle auch sexueller Natur sind oder ob mein Körper nur aus Angst vor der bevorstehenden Belastungsprobe leicht zu zittern beginnt, kann ich allerdings nicht beurteilen. Ich erinnere mich an das genetisch optimierte Omelett, dass Gustav mir in Berlin vorgesetzt hat, damit meine Sexualhormone einwandfrei funktionieren. Hätte ich es nur nicht angerührt, denke ich. Ich fürchte, es kann in meinem Alter tödlich enden, wenn man zwar die Sexualorgane dopt, aber den Rest des Körpers sträflich vernachlässigt. Vielleicht bekomme ich zwar eine Erektion hin, muss diese aber mit einem tödlichen Schlaganfall bezahlen.

»Dahinten!«, ruft sie und zeigt auf ein mit Sträuchern und Blumen dicht bewachsenes Areal. Entschlossen packt sie mich bei der Hand und zieht mich hinter sich her. Als sie mich im Gebüsch zu Boden ringt, höre ich meine alten Knochen knacken. »Sabine! Warte!«, ächze ich, auf dem Rücken liegend, während sie mir die Hose samt Funktionsunterwäsche vom Leib zu zerren versucht. »Du weißt nicht, was du tust! Denk an deine Ehe! Denk an Uli …«

»Pah«, ruft sie spöttisch. »Denkt Uli denn auch mal an mich?«

»Aber sicher denkt er an dich! Ich bin sogar überzeugt davon, dass er in genau diesem Moment an dich denkt.«

Keine Ahnung, ob das stimmt. Ich habe ohnehin keinen blassen Schimmer davon, wie es wirklich um die Beziehung von Uli und Sabine bestellt ist. Wer weiß, was in den letzten fünfundzwanzig Jahren bei den beiden so alles vorgefallen ist? Aber das spielt jetzt keine Rolle. Tatsache ist, dass meine missliche Situation mich zum Improvisieren zwingt. Ich bin sicher, wir werden es beide sehr bereuen, wenn es jetzt zum Äußersten kommt. Und das könnte gleich der Fall sein, denn Sabine sitzt inzwischen rittlings auf meinen Oberschenkeln und stützt sich mit der Linken auf meinen alten und dementsprechend mickrigen Brustkorb, während sie mit der Rechten lasziv ihre Bluse aufknöpft.

Ich muss also weiter improvisieren, bis auch dieser Funkenflug ihrer Hormone ausgestanden ist. »Sabine, bitte! Hör auf dein Herz! Ich weiß, du liebst deinen Mann! Und Uli liebt dich auch!«

Sie hält inne. Der Glanz in ihren Augen verschwindet. Es ist, als wäre sie gerade aus einem tiefen Schlaf erwacht. Sie sieht mich an, einerseits erstaunt, andererseits verärgert. »Wenn er mich wirklich liebt, warum hat er mich dann dazu überredet, mir diesen Körper transplantieren zu lassen? Weißt du, ich sah nicht schlecht aus für mein Alter. Wirklich nicht. Hab mich fit gehalten mit gleich zwei Personal-Trainer-Bots, hab literweise die widerlichsten Funktionsdrinks in mich reingeschüttet, diese ständigen Prophylaxe-Operationen über mich ergehen lassen. Trotzdem war Uli nie zufrieden. Jetzt hab ich zwar perfekte Möpse und einen Knackarsch, fühle mich aber wie eine Betrügerin. Und im Grunde komme ich mir jetzt erst richtig alt vor. Hätte ich es sonst nötig, mich selbst so zu demütigen?«

»Du siehst das alles zu schwarz, aber das sind nur die Hormone«, versuche ich sie zu beruhigen. »Warte ein paar Minuten, dann sieht die Welt wieder ganz anders aus.«

Sie schüttelt traurig den Kopf. »Nein, Arnold. Ausnahmsweise sind nicht die Hormone schuld. Die Wahrheit ist, ich bin maßlos enttäuscht von Uli. Ich wollte mit ihm alt werden. Aber er setzt alles daran, dass wir zusammen jung bleiben.« Sie richtet ihren Oberkörper auf und beginnt, die Bluse wieder zuzuknöpfen. »Entschuldige, aber …«

»Schon gut«, sage ich. »Du musst dich nicht entschuldigen. Es ist alles in bester Ordnung.«

»Sabine?«, höre ich eine fremde Stimme fragen. Hinter ihr taucht einer der beiden jungen Männer auf, in deren Begleitung sie eben gekommen ist, vermutlich ihre Personal-Trainer-Bots. »Es gibt Komplikationen bei der OP. Uli fragt, ob du kurz kommen kannst.«

Sabine nickt mir zu, sie wirkt gefasst. »Ich muss mal kurz nach Uli sehen. Du bleibst doch noch zum Essen, oder?«

Ohne eine Antwort abzuwarten, steht sie auf und folgt ihrem Begleiter.

Ich atme tief durch, lasse den Kopf auf die Erde sinken, blicke durch das Laubwerk in den Himmel und gönne mir eine kurze Verschnaufpause. Die Blumen um mich herum duften gut. Seltsame Welt, denke ich.

»Was machst'n du da?«, höre ich eine vertraute Stimme fragen. Es ist Gustav.

»Wonach sieht es denn aus?«, erwidere ich.

»Du bist beim Pinkeln auf den Rücken gefallen und kommst jetzt nicht mehr hoch?«, rät er.

»Vergiss es«, sage ich. »Hilf mir mal.«

Er reicht mir die Hand, und wenig später stehe ich neben ihm und bringe meine Kleidung wieder in Ordnung. »Hat dir meine Funktionsunterwäsche nicht gesagt, dass ich in Gefahr bin?« Gustav schüttelt den Kopf. »Sie hat eher das Gegenteil gemeldet. Sah so aus, als würde Sabine deine Libido auf Trab bringen. Dann ist die Datenübertragung abgebrochen, weil du deine Unterwäsche ausgezogen hast ...«

»Sie wurde mir vom Leib gerissen«, korrigiere ich.

»Jedenfalls überträgt sie natürlich nur dann Daten, wenn du sie trägst, und das war ab diesem Moment nicht mehr der Fall.«

»Und du schreitest nicht ein, wenn ich kurz davor bin, mit der Frau eines alten Freundes in seinem Garten Sex zu haben?«

»Ich dachte, wenn du Hilfe brauchst, dann wirst du mich schon rufen.«

Leuchtet ein, denke ich.

»Warum hast du eigentlich nicht gerufen?«

Ich zucke mit den Schultern. »Wundert mich selbst, dass ich nicht darauf gekommen bin.«

23

DIE STIMMUNG BEIM MITTAGESSEN ist miserabel, daran ändert auch die grandiose Aussicht nichts, die man von der Seeterrasse aus genießen kann. Uli und Sabine haben zurzeit keinen Sinn für die Schönheiten der Natur, weil sie mit sich selbst und ihrer Ehe beschäftigt sind. Wie zu befürchten war, haben Sabines synthetische Sportskanonen gepetzt, dass sie mich in den Rabatten vernaschen wollte. Allein das ist aber nicht der Grund für Ulis Übellaunigkeit. Ich erfahre, dass ich nicht der Erste bin, der es mit Sabines Hormonen zu tun bekommen hat. Vor mir sind schon etliche Besucher in den Rabatten gelandet – oder an einem der vielen anderen lauschigen Plätze, die das weitläufige Anwesen zu bieten hat. Ob Geschäftsfreunde, Dienstleister oder Partygäste, wenn Sabine ein amouröses Abenteuer wittert, dann ist sie so wenig wählerisch, dass selbst ein Tattergreis wie ich zum Objekt ihrer Begierde werden kann. Jedenfalls hat Uli es gründlich satt, dass seine Frau beinahe jeden Mann vögelt, der einen Fuß auf das Grundstück setzt.

»Tja. Selbst schuld«, stichelt Sabine. »Ich habe eben einen großen sexuellen Appetit, den ein in die Jahre gekommener Mann wie du bedauerlicherweise nicht mehr stillen kann. Vielleicht hättest du dir das überlegen sollen, bevor du mich in diesen liebeshungrigen Körper gesteckt hast.«

»Niemand hat dich dazu gezwungen«, erwidert Uli verärgert. »Es war ganz allein deine Entscheidung, sämtliche Problemzonen mit einem Schlag loszuwerden – oder habe ich dich da gerade falsch zitiert?«

»Nein, genau das habe ich gesagt«, gibt Sabine zu. »Aber ein Mann, der mich trotz meiner Problemzonen liebt, hätte versucht, mich von diesem riskanten Eingriff abzubringen, statt mir auch noch zuzuraten.«

»Himmel! Es ist kein riskanter Eingriff! Diese Operation ist völlig ungefährlich! Wie oft soll ich dir das noch sagen?«, ereifert sich Uli. »Lediglich die psychischen Auswirkungen sind noch nicht umfassend erforscht. Aber ich garantiere dir, in zehn Jahren ist das ein Routineeingriff.«

»Ja. Weil man Leute wie mich als Versuchskaninchen missbraucht hat«, ergänzt Sabine, den Tränen nahe. »Wenn diese Operation wirklich so unproblematisch ist, wie du sagst, warum hast du dir dann nicht selbst einen neuen Körper transplantieren lassen, sondern mich vorgeschoben?«

»Ganz einfach. Weil ich mit meinem Körper zufrieden bin. Dir hingegen war dein alter Körper zuwider«, rutscht es Uli heraus. Rasch beißt er sich auf die Unterlippe.

Zu spät. Sabines Gesicht verdüstert sich, Tränen rollen ihr über die Wangen. Sie steht auf, verlässt wortlos den Tisch und verschwindet im Haus.

Uli lässt genervt seinen Löffel in den Teller fallen. Einige Spritzer der grünen Funktionsbrühe, die uns zum Mittagessen vorgesetzt worden ist, landen auf dem matt gebürsteten Metalltisch. Sofort ist eine synthetische Haushaltshilfe zur Stelle, um das kleine Malheur zu beseitigen.

»Was ist nur los?«, fragt Uli ärgerlich. »Geht denn heute alles schief?«

Was er meint, ist, dass nicht nur der Streit mit Sabine ihm die Laune verhagelt. Es hat zudem Komplikationen bei seiner Prophylaxe-Operation gegeben. Uli ist zwar jetzt stolzer Besitzer taufrischer Hoden, die Transplantation der neuen Augen musste jedoch abgebrochen werden. Das vom medizinischen Bringdienst gelieferte Paar war von Parasiten befallen, weshalb die Sehorgane auf dem Transportweg irreparable Schäden erlitten haben.

Ulis Ersatzaugen werden erst gegen Abend eintreffen. Mit etwas Glück wird er den Sonnenuntergang in brillanter Schärfe und Farbe erleben. Wie ich mir von Gustav habe sagen lassen, sind solche prophylaktischen Eingriffe im Jahr 2045 ein Klacks. Kleine Wunden kann man mit Laserstrahlen oder Nanobots binnen Sekunden verschließen, weshalb Eingriffe, für die man früher lange Krankenhausaufenthalte einplanen musste, heute in wenigen Minuten erledigt sind. Klingt logisch, denn sonst wäre es ja auch ein Unding, sich alle paar Tage unters Messer zu legen.

Von der Terrasse aus kann ich Gustav sehen, der einsam im Garten herumspaziert und vor sich hinzubrabbeln scheint. In

Wirklichkeit verhandelt er per Datenleitung mit Professor Balthazar über die Verlängerung meiner Galgenfrist. Eigentlich hätte ich mich längst zurückmelden müssen, aber leider gab es bislang noch keine günstige Gelegenheit, Uli auf den wahren Grund meines Besuches hin anzusprechen. Und da seine Laune aktuell auf dem Gefrierpunkt ist, wird das wohl auch noch eine Weile so bleiben. Ich hoffe deshalb, Gustav kann den Professor dazu bewegen, sich noch bis zum Abend zu gedulden. Vermutlich wird sich Ulis Stimmung erst dann aufhellen, wenn er die Welt mit seinen neuen, eigenen Augen sieht. Ihn vorher anzupumpen, halte ich für nicht erfolgversprechend.

Zu meinem großen Erstaunen spricht Uli das Thema in diesem Moment von sich aus an. »Du bist hier, weil du Geld brauchst, richtig?«

Ich frage mich, ob er meine Gedanken erraten hat. »Na ja.« Ich zucke mit den Schultern. »Also, um ehrlich zu sein …«

»Du musst dich dafür nicht schämen, Arnold«, unterbricht Uli generös. »Es passiert häufiger, dass ich angepumpt werde. Eigentlich sogar dauernd. Ist auch logisch. Die meisten Leute denken, dass ich mehr Geld habe, als ich je im Leben ausgeben kann.« Er blickt sinnierend auf den malerischen See und macht eine lange Kunstpause.

»Aber … dem ist nicht so?«, rate ich.

»Ganz genau.« Ulis alte Augen fixieren mich. »Bedauerlicherweise galoppieren meine Ausgaben immer haarscharf den Einnahmen hinterher – obwohl diese zugegebenermaßen beträchtlich sind. Weißt du, Arnold, in einer Welt, in der es ständig teurer wird, mit dem wachsenden Tempo der Innovationen Schritt zu halten, können selbst Superreiche schnell an ihre finanziellen Grenzen kommen. Man hat zwar immer die Hoffnung, dass das Vermögen schneller wächst, als der medizinische Fortschritt voranschreitet. Aber da ist auch immer die Angst, dass man den Wettlauf eines Tages verlieren könnte.«

»Oh. Das klingt dramatisch«, sage ich.

»Ist das ironisch gemeint?«, fragt Uli lauernd.

»Nein, eigentlich nicht«, antworte ich ehrlich.

»Aber?« Sein Blick flackert unruhig.

»Kein Aber, Uli. Du brauchst dein Geld für dich und deine Familie. Das kann dir keiner übel nehmen.«

»Es klingt aber so, als würdest du es trotzdem tun«, sagt Uli. Ich schüttele den Kopf. »Nein, keine Sorge. Ich mache dir wirklich keine Vorwürfe. Wenn du für meine Behandlung Geld übrig gehabt hättest, dann wäre das schön gewesen, aber es ist auch kein Beinbruch. Wie du schon selbst gesagt hast: Am Ende bleibt uns allen immer noch das Leben in Times Beach.«

Ich sehe, dass Gustav sein Telefonat mit Professor Balthazar beendet hat. Als mein Assistent bemerkt, dass ich fragend in seine Richtung blicke, schüttelt er den Kopf und zieht dabei entschuldigend die Schultern hoch. Schade. Der Professor hat sich also nicht erweichen lassen.

»Vielleicht tröstet es dich, dass ich aus Prinzip kein Geld verleihe«, setzt Uli hinzu. »Es liegt also weder an dir noch an der Höhe der Summe.«

»Danke. Das ist beruhigend«, sage ich, obwohl ich ihm gar nicht richtig zugehört habe. Ich überlege stattdessen, was ich jetzt tun soll.

»Freut mich, dass du mich verstehst.« Er nickt großmütig. »Aber falls ich dir sonst irgendwie helfen kann, dann kannst du mich gern jederzeit fragen.«

»Ja, es gäbe da in der Tat etwas, das du für mich tun kannst.« Augenblicklich verwandelt sich sein Großmut wieder in Misstrauen. »Aha. Und das wäre?«

»Falls sich ein gewisser Professor Balthazar bei dir meldet, dann

sag ihm doch bitte, dass du mir einen großzügigen Kredit gewährt hast.«

»Und wer ist dieser Professor Balthazar?«

»Mein Arzt. Er wünscht sich, dass ich nach Times Beach um-
ziehe.«

»Du willst also, dass ich deinen Arzt belüge?«

»Du kannst deine Zusage noch heute wieder zurückziehen«,
sage ich. »Tu einfach so, als ob du es dir anders überlegt hättest.
Mir geht es nur darum, Balthazar ein paar Stunden in dem Glauben zu lassen, dass ich dich erfolgreich angepumpt habe. Das
würde mir schon sehr helfen.«

»Und warum?«, fragt Uli argwöhnisch.

»Das musst du nicht wissen«, antworte ich. »Ist sogar besser,
wenn du es nicht weißt.«

»Was du vorhast, ist aber nicht illegal, oder?«, hakt er nach.

»Und wenn es so wäre?«, frage ich schulterzuckend.

»Arni, ich möchte da in nichts reingezogen werden …«

»Wirst du nicht. Du hast rein gar nichts mit meinen Plänen zu
tun. Offiziell wolltest du mir nur mit etwas Geld aushelfen. Mehr
nicht. Wenig später hast du deine Meinung geändert. Na und?
Das kann dir niemand verübeln.«

Er überlegt kurz, nickt dann. »Klingt einleuchtend. Einverstanden.«

»Danke«, sage ich, lege den Löffel beiseite und stehe auf. »Ich
will nicht unhöflich sein, aber unter den gegebenen Umständen
muss ich leider sofort los. Alles Gute für dich und Sabine. Grüß
sie bitte ganz herzlich von mir.«

Er wirkt erstaunt. »Willst du dich nicht selbst von ihr verabschieden?«

»Ich glaube, es ist besser, wenn ich sie jetzt nicht störe, oder was
meinst du?«

Er nickt. »Ja, stimmt. Ist vielleicht besser so. Und was deine

Zukunftspläne betrifft, Arnold. Ich wünsche dir auch von Herzen alles Gute.«

Er verabschiedet mich mit einer ungelenken Umarmung und einem freundschaftlichen Klaps auf die Schulter.

Während ich zu Gustav schlendere, schaue ich mich noch einmal kurz um. Ulis Blick wandert unruhig über den See. Da sitzt er nun mutterseelenallein mit seinem vielen Geld in dieser Villa und könnte einem glatt leidtun, weil all seine medizinischen Materialschlachten kein Happy End haben werden. Auch ihm winkt zum Schluss nur ein Dasein als Datenpaket in den Vergnügungsschuppen von Times Beach.

24

»ALLES OKAY?«, fragt Gustav, während wir zum Wagen spazieren.

»Alles bestens«, antworte ich und unterstreiche meine blendende Laune mit einem breiten Grinsen.

»Wirklich?« Gustav sieht mich ungläubig an. »Er gibt dir also tatsächlich das Geld für die Behandlung?«

»Ja, stell dir vor.«

»Einfach so?«

»Ja. Einfach so. Warum auch nicht? Er hat ja genug davon.«

»Das ist toll.« Mein Assistent wirkt erleichtert. »Ehrlich gesagt habe ich nicht damit gerechnet.«

»Gut, dass du ausnahmsweise mal falschliegst«, erwidere ich. »Du kannst Professor Balthazar jedenfalls ausrichten, dass alles geregelt ist. Wir fahren jetzt nach Hause, und wenn er möchte, dann können wir gleich morgen früh mit der Behandlung beginnen. Sag ihm, ich freu mich drauf.«

»Super.« Gustav sieht mich an. Sein Blick trifft mich wie ein Bannstrahl.

»Was ist? Was hast du?«

Er antwortet nicht.

»Was?!«

»Du lügst«, stellt mein Assistent sachlich fest.

»Nein.«

»Doch. Du lügst.«

»Sagt wer?«

»Du hast einen erhöhten Puls.«

»Heißt das, meine Funktionsunterwäsche hält mich für einen Lügner?«

»Nein, aber ich halte dich für einen Lügner. Und sagen wir mal so: Deine Funktionsunterwäsche widerspricht mir nicht.«

»Soso. Mein persönlicher Assistent bezichtigt mich der Lüge. Das sind ja ganz neue Töne. Ich dachte, dass du programmseitig automatisch immer auf meiner Seite bist.«

»Das ist auch so«, bestätigt Gustav. »Allerdings bedeutet das nicht, dass ich jeden Schwachsinn mitmachen muss, den du dir einfallen lässt. Es kann ja auch vorkommen, dass ich dich vor dir selbst schützen muss. Und wenn ich bedenke, dass du mir faustdicke Lügen auftischst, dann ist dieser Fall gerade eingetreten.«

Ich ahne, dass weiteres Leugnen zwecklos ist. »Okay. Ich hab gelogen. Aber würde es diese verdammte Funktionsunterwäsche nicht geben, dann wärst du mir auf den Leim gegangen, richtig?«

»Falsch.«

»Falsch? Was hat mich noch verraten?«

»Du hast das Seaside-Resort als dein Zuhause bezeichnet.«

»Ja. Na und? Es ist doch unser Zuhause, oder?«

»Schon, aber gewöhnlich hast du für den Laden nur Schimpf und Schande übrig. Und als dein Zuhause hast du ihn noch nie bezeichnet.«

»Noch nie?

»Niemals.«

»Mist. Das kommt davon, wenn man sich an nichts erinnern kann.«

»Aber das ist noch nicht alles«, sagt Gustav. »Du hast mich gebeten, Professor Balthazar auszurichten, dass du dich auf die Behandlung freust.«

»Und was ist daran nun wieder falsch?«

»Du kannst den Kerl nicht ausstehen. Er ist dir mindestens so zuwider wie das Resort selbst. Wem also willst du weismachen, dass du dich darauf freust, Zeit mit ihm zu verbringen?«

»Okay, auch da ist was dran«, gebe ich zu.

»Uli hat dir in Wirklichkeit keinen müden Cent geliehen, richtig?«

»Richtig.«

»Aber du willst Zeit gewinnen. Deshalb soll ich Balthazar für dich anlügen.«

»Gute Arbeit, Holmes. Aber wie geht es jetzt weiter? Wirst du mich verpfeifen?«

»Selbstverständlich nicht. Allerdings würde mich interessieren, was du erreichen willst. Sobald dein Schwindel auffliegt, wird Balthazar uns die Polizei auf den Hals hetzen. Und wie du weißt, finden die uns im Handumdrehen. Du kannst dir also zwar ein bisschen Zeit verschaffen, wirst aber am Ende des Tages trotzdem in Times Beach landen. Wo also ist da die Logik?«

»Der Schwindel wird erst in ein paar Stunden auffliegen«, antworte ich. »Bis dahin habe ich mich längst zu den Autonomen in Neugrunewald durchgeschlagen.«

»Gütiger Himmel!« Gustav reckt theatralisch die Arme in die Höhe. »Hör sich das einer an! Er will sich den Autonomen anschließen!«

»Gütiger Himmel?«, wiederhole ich lachend. »Du klingst wie

eine überreizte Gouvernante. Ist das auch eine deiner Fehlfunktionen?«

»Dir wird das Lachen schon noch vergehen«, prophezeit Gustav mit düsterer Miene. »Du ahnst nicht, was dich in Neugrunewald erwartet.«

»Eine Begegnung mit dem Leibhaftigen?«, scherze ich.

»Viel schlimmer«, erwidert Gustav ungerührt. »Es ist das Ende der Zivilisation. Da gibt es Dreck, ansteckende Krankheiten, Verbrechen, wilde Tiere, giftiges Essen …«

»Klingt exakt wie die Welt, aus der ich komme«, unterbreche ich.

»Du nimmst das zu sehr auf die leichte Schulter, Arnold.«

»Na und? Ich habe ohnehin keine andere Wahl. Du hast es doch eben selbst gesagt: Hier erwartet mich sowieso nur die endlose Langeweile von Times Beach.«

»Aber so überlebst du wenigstens«, wendet Gustav ein.

»Als Datenpaket«, ergänze ich spöttisch. »Kein Interesse. Da gebe ich lieber in Neugrunewald den Löffel ab. Außerdem kann ich zwei Fliegen mit einer Klappe schlagen. Einerseits bin ich Professor Balthazar los, andererseits habe ich die Chance, Pia und Hermine zu treffen.«

»Und was wird aus mir?«, fragt Gustav. Er klingt besorgt.

»Du kommst einfach mit. Ich rede mit denen. Du bist anders als andere Bots. Ich bin sicher, die werden dich mögen.«

»Danke für die Blumen, aber so einfach ist das nicht. Autonome hassen moderne Technik. Deshalb hassen sie Bots. Ich schwöre dir, die würden, ohne lange zu fackeln, Altmetall aus mir machen.«

»Du übertreibst«, wiegele ich ab. »Aber ich kann verstehen, wenn du mich nicht begleiten willst. Hilfst du mir trotzdem, über die Grenze zu kommen?«

Gustav wirkt nun noch weniger begeistert. »Klar helfe ich dir.

Aber wirklich nur sehr ungern. Gibt es denn keine andere Möglichkeit?«

»Kennst du eine?«

Er überlegt, dann schüttelt er den Kopf.

3

EIN MANN HAUT AB

1

Die schnurgerade Autobahnverbindung vom Nikolassee nach Berlin ist in westlicher Richtung mit einem Grenzzaun gesichert, der aus drei Meter hohen Masten besteht, die im Abstand von wenigen Metern die Straße säumen. Gustav hat mir erklärt, dass diese Masten mit elektromagnetischen Feldern verbunden sind. Alles, was sich innerhalb dieser Felder befindet, wird gescannt und identifiziert. Tiere können den Grenzzaun ungehindert passieren, Menschen und Maschinen hingegen nicht. Jeder, der Neugrunewald verlassen will, wird von den überall an der Grenze patrouillierenden Drohnen zur sofortigen Rückkehr gezwungen. Wer sich entschieden hat, der Zivilisation den Rücken zu kehren, der soll nach Meinung der zivilisierten Bevölkerung auch bei den Barbaren bleiben, bis ein wildes Tier, eine Krankheit oder die miserablen Lebensumstände ihm den Garaus machen.

Ähnlich rigoros behandelt man auch jene, die der Zivilisation den Rücken kehren und nach Neugrunewald auswandern möchten. Also Menschen wie mich, für die ein Leben in Neugrunewald die einzige Alternative zur Zwangsumsiedelung nach Times Beach bedeutet: Kriminelle, Kranke, Alte, Aufmüpfige. Eigentlich alle, die dem System nicht in den Kram passen. Man könnte meinen, dass es eine elegante Lösung ist, solche Galgenvögel nach Neugrunewald abzuschieben, aber der zivilisierten Welt ist offenbar wohler bei dem Gedanken, solche Menschen in Times Beach zu wissen, wo man sie nicht nur unter Kontrolle hat, sondern im Zweifelsfall auch einfach abschalten kann.

Nur wenigen gelingt deshalb die Flucht nach Neugrunewald. Die Grenze ist schwer bewacht. Wer sich der Autobahn zu Fuß nähert, der wird festgenommen. Wer mit dem Auto unterwegs ist, der darf eine bestimmte Geschwindigkeit nicht unterschreiten. Anhalten ist ohnehin strengstens verboten. Sollte es doch einmal dazu kommen, beispielsweise durch einen Unfall oder eine Panne, dann muss sofort eine Polizeidrohne informiert werden, was sich meist erübrigt, weil praktisch immer eine Drohne in Sichtweite ist. Überfliegen darf man das Areal sowieso nicht, auch dafür sorgt die Drohnen-Patrouille.

Zum Glück hat Gustav einen Plan. Er ist zwar riskant, aber meine einzige Chance, der Digitalisierung zu entgehen. Also habe ich keine Wahl.

Als wir uns auf etwa der Hälfte der Strecke zwischen Nikolassee und Charlottenburg befinden, räuspert Gustav sich vernehmlich. Das ist mein Zeichen. Ich ächze laut und theatralisch, um gleich danach auf die Seite zu kippen und dann langsam in den Fußraum zu sinken.

»Notfall«, stellt Gustav sachlich fest. »Wir haben einen Notfall.« Jorge, unser Fahrer, der Legende nach ein junger Kubaner mit deutschen Wurzeln, erhöht moderat die Geschwindigkeit.

»Wir erreichen in sechs Minuten und vierzehn Sekunden das nächstgelegene Krankenhaus.« Jorges Computerstimme verkündet den Reiseplan mit einem leichten spanischen Akzent.

»Dann wird es zu spät sein«, erwidert Gustav sachlich. »Ich kann keine Vitalfunktionen feststellen. Meiner Ansicht nach hat mein User vor 13 Sekunden einen schweren Herzinfarkt erlitten.«

Jorge scheint zu überlegen, was er tun soll. Tatsächlich wertet er die Daten aus, die Gustav ihm gerade übermittelt. Wie mein cleverer Assistent mir zuvor erklärt hat, ist ein lebensbedrohlicher Notfall einer der wenigen Gründe, die einen Fahrer zum Anhalten in unmittelbarer Nähe der Grenze bewegen können. Die Daten, die Gustav jetzt an den Fahrer überträgt, stammen von meiner Funktionsunterwäsche. Und diese zeigt tatsächlich an, dass ich momentan kein Lebenszeichen von mir gebe. Das ist allerdings logisch, weil nicht ich meine Unterwäsche trage, sondern Gustav. Da mein Gefährte über keinen Herzschlag oder Puls verfügt, muss Jorge denken, dass es mich gerade wirklich übel erwischt hat. Und das tut er tatsächlich.

»Der Defibrillator befindet sich im Bereich der Schiebetür«, erklärt Jorge. Im gleichen Moment öffnet sich eine Bodenklappe, hinter der ein Kabelgewirr zum Vorschein kommt.

Gustav greift in die Vertiefung und fördert zwei an langen Drähten hängende Elektroden hervor, mit denen er meinen vermeintlichen Herzinfarkt in den Griff kriegen soll.

Der Wagen verliert nun rasch an Geschwindigkeit und kommt wenig später auf dem Seitenstreifen zum Stehen.

»Drohnenunterstützung erfolgt in acht Sekunden«, erklärt Jorge. Auch das hat Gustav mir zuvor erklärt. Im Notfall wird der Fahrer zwar anhalten und die Türen öffnen sich, allerdings nicht ohne zuvor eine Polizeidrohne anzufordern, die ein Auge darauf hat, dass wir keine Dummheiten machen.

Spätestens in diesem Moment wird eine polizeiliche Überprüfung meiner Identität erfolgen. Und praktisch im selben Augenblick wird auch Professor Balthazar darüber informiert werden, was gerade im Grenzgebiet vor sich geht. Ab jetzt muss deshalb alles sehr schnell gehen.

Zusammengekauert im Fußraum des Wagens liegend, höre ich die sich rasch nähernde Polizeidrohne. Dann wird es im Innenraum des Wagens merklich dunkler, wir befinden uns nun im Schatten des fliegenden Auges.

Als Jorge die Tür öffnet, verliert Gustav keine Zeit. Er zieht mich zügig ins Freie und legt mich vorsichtig an den Straßenrand, indem er mich parallel zu unserem Gefährt platziert.

Dann sprintet er die Straße entlang, als würde er nicht nach Neugrunewald, sondern nach Charlottenburg flüchten wollen.

Es ist ein Ablenkungsmanöver, um die Drohne zu verwirren.

Und es gelingt.

Wie von Gustav vorhergesagt, nimmt die Drohne die Verfolgung auf, womit wir zu dem für mich spannenden Teil unseres Plans kommen. Während Gustav die Drohne ablenkt, muss ich es nämlich schaffen, die Grenze zu überqueren.

Hört sich an, als hätte ich dazu alle Zeit der Welt, tatsächlich bleiben mir für die Flucht nur ein paar Sekunden. Die Drohne wird Gustav nur so lange verfolgen, bis eine andere diesen Job übernehmen kann. Wie lange es dauert, bis sich die patrouillierenden Drohnen darauf verständigt haben, wer sich um wen kümmert, darüber kann man nur spekulieren. Gustav vermutet, es handelt sich um mindestens vier, höchstens jedoch um neun Sekunden. Das ist also die Zeit, die ich habe, um die Grenze zu überwinden.

Als die Polizeidrohne die Verfolgung von Gustav aufgenommen hat, öffne ich die Augen und rappele mich rasch hoch. Nur die Straße und ein vielleicht zwanzig Meter breiter Grünstreifen liegen zwischen mir und der Grenze.

Gerade will ich loslaufen, da lässt mich die Stimme Professor Balthazars zusammenzucken. »Arnold! Was zur Hölle machen Sie denn da?!«

Es fühlt sich an, als könnte ich Balthazars Atem in meinem Nacken spüren. Würde ich mich jetzt umdrehen, dann sähe ich durch die geöffnete Schiebetür in sein überlebensgroßes Gesicht, projiziert auf die gegenüberliegende Innenscheibe des Autos. Doch ich drehe mich nicht um. Stattdessen setze ich meine alten Knochen so schnell es geht in Bewegung. Gut dreißig Meter werden darüber entscheiden, ob ich diesen Tag als freier Mann beschließe oder als wunschloses Datenpaket in Times Beach lande.

»Arnold! Verdammt! Bleiben Sie stehen!«

Den Teufel werde ich tun. Ich laufe, was das Zeug hält, auch wenn ich dabei vermutlich gerade aussehe wie eine lahme Stockente, die einen Marathon gewinnen will. Mein Alter fordert seinen Tribut. Und diesmal ärgere ich mich wirklich darüber, nicht regelmäßiger meine Funktionsfrüchte getrunken zu haben. Ich erreiche den Grünstreifen. Noch zwanzig Meter bis zum Grenzzaun.

»Arnold!« Balthazars Stimme klingt hysterisch. »Aaaarnold! Verdaaammt!«

Aus den Augenwinkeln sehe ich, dass eine zweite Drohne Gustav den Weg versperrt. Jene, die ihm bis jetzt auf den Fersen war, macht kehrt und nimmt nun in einem Affentempo Kurs auf mich. Noch fünfzehn Meter. Ich spüre, dass sich ein Wadenkrampf anbahnt. Nur nicht dran denken. Irgendwie wird es schon gehen. Wenn ich nicht laufen kann, dann muss ich eben humpeln. Noch zehn Meter.

Pfeilschnell schießt die Drohne die Straße entlang. Mein Wadenkrampf ist nicht mehr zu ignorieren.

Noch fünf Meter. Ich kann hauchdünne Laserstrahlen erkennen, die wie ein Gewirr von Spinnenfäden zwischen den Masten gespannt sind und dadurch die Grenze sichtbar machen. Gustav hat mir erzählt, dass die Drohnen mit scharfer Munition bestückt sind. Er glaubt, dass sie mir in die Beine schießen werden, um mich zu stoppen. Der Schmerz dürfte sich nur unwesentlich von dem unterscheiden, den mir der Wadenkrampf gerade bereitet. Noch zwei Meter. Das Gelände ist abschüssig. Ich spüre, dass die Drohne mich im Visier hat. Mit dem Mut der Verzweiflung stolpere ich voran.

Nur noch ein Meter. Der Grenzzaun aus flüssigem Licht ist zum Greifen nahe, ich muss nur noch hindurchgleiten, dann bin ich frei. Die Drohne eröffnet das Feuer. Um mich herum schlagen Projektile in den Boden, Staub wirbelt auf. Ich gerate ins Straucheln. Keine Ahnung, ob ich getroffen bin. Jedenfalls verliere ich das Gleichgewicht, stürze die vor mir liegende Böschung hinab und denke: Wenn ich gerade eine Kugel kassiert habe und mir jetzt auch noch die Schulter oder den Arm breche, dann ist der Wadenkrampf immerhin mein kleinstes Problem.

Als ich keine zwei Sekunden später dermaßen hart auf dem Rücken lande, dass meine Knochen krachen, rechne ich fest damit, dass ich es versaut habe. Gustavs wunderschöner Fluchtplan wird für mich in Times Beach und für meinen treuen Gefährten auf dem Schrotthaufen enden.

2

SCHADE, DENKE ICH. Mein Atem geht stoßweise. Aber immerhin haben wir es versucht. Immerhin.

»Arnold? Arnold, hörst du mich?« Gustav klingt besorgt.

Bass erstaunt schlage ich die Augen auf. »Was machst du hier?«

»Wir haben es geschafft«, antwortet er und freut sich.

»Was ist mit deiner Hand passiert?« Schockiert bemerke ich, dass Gustav drei Finger und ein Stück der Handkante fehlen. Die Wunde ist kein schöner Anblick, scheint ihm allerdings nichts auszumachen.

»Die Drohne hat mich erwischt«, antwortet er lapidar. »Aber die Hauptsache ist doch: Wir haben es über die Grenze geschafft.«

Ich drehe den Kopf zur Seite und versuche mich zu orientieren. Tatsächlich. Ich befinde mich hinter der Grenze. Ohne es zu realisieren, muss ich nach Neugrunewald gestolpert sein. Damit sind wir nun also offiziell Outlaws. Ich hätte nie gedacht, dass mein Leben jemals eine solche Wendung nehmen würde.

»Wie fühlst du dich?«, will Gustav wissen.

»Ganz okay. Wieso fragst du? Hat's mich auch erwischt?«

»Da ich es bin, der momentan deine Funktionsunterwäsche trägt, kann ich das nicht mit absoluter Bestimmtheit sagen. Aber wenn ich das richtig einschätze, dann dürftest du mit ein paar Schrammen davongekommen sein.«

Ich habe den Angriff der Drohne also praktisch unbeschadet überstanden. Noch ein Grund zur Freude. Und auch mein Wadenkrampf ist nur noch ein dumpfes Pochen. Nicht angenehm, aber kein Vergleich zu den Schmerzen von vorhin.

»Wärst du so freundlich?«, frage ich und strecke Gustav die Hand entgegen.

Während er mir auf die Beine hilft, sehe ich, dass wir von Professor Balthazar beobachtet werden. Das Gesicht meines Verfolgers ist auf der anderen Straßenseite überlebensgroß durch die geöffnete Schiebetür zu sehen. Balthazar ist sichtlich wütend, versucht aber, sich zu beherrschen.

»Ich befürchte, das werden Sie noch bereuen, mein lieber Arnold.«

»Seit wann nennt er dich ›mein lieber Arnold‹?«, fragt Gustav leise.

Ich zucke mit den Schultern, während Balthazar weiter Süßholz raspelt.

»Ich bin sicher, ich hätte Ihnen helfen können. Leider weiß ich auch, dass es in Neugrunewald niemanden gibt, der dazu medizinisch in der Lage ist. Sie sind gerade dabei, sich Leuten auszuliefern, die auf dem wissenschaftlichen Stand des 20. Jahrhunderts sind. Also seien Sie nicht dumm, Arnold. Da drüben erwartet Sie nur der sichere Tod. Glauben Sie mir, Ihr Leben findet auf dieser Seite der Grenze statt. Ich bin es, der Sie retten kann. Und ich werde alles daransetzen, Sie zu heilen. Das verspreche ich Ihnen.« Er bemüht sich, vertrauensvoll zu wirken, aber es gelingt ihm nur mäßig. »Denken Sie noch einmal darüber nach, was dieser Schritt für Sie bedeutet, Arnold. Ich bin sicher: nichts Gutes. Aber es ist noch nicht zu spät, Ihren Fehler zu berichtigen. Wenn Sie jetzt zurückkommen und wieder in den Wagen steigen, dann vergessen wir einfach diesen kleinen Zwischenfall, der sich hier gerade ereignet hat.

Es kann schließlich jedem passieren, dass er die Nerven verliert.«

Er lächelt gewinnend, vermag aber nur schlecht zu kaschieren, dass er immer noch wütend auf mich ist.

»Vielleicht hat er recht«, raunt Gustav mir zu und zieht schicksalsergeben die Schultern hoch. »Wie schon gesagt, das hier ist kein gastlicher Ort.«

Nachdenklich schaue ich meinen Assistenten an. Noch vor wenigen Tagen, in meinem alten Leben, da war ich selbst ein großer Bedenkenträger. Worum es im Einzelfall ging, war nebensächlich. Ich hielt grundsätzlich und beharrlich an der Überzeugung fest, dass es mit der Welt und mir immer weiter abwärts gehen würde. Und ich weiß, dass Balthazars Worte jenen Arnold, der ich noch vor ein paar Tagen war, ins Grübeln gebracht hätten. Gustavs Bedenken wären auch meine Bedenken gewesen, und wahrscheinlich hätte ich mich sogar dazu breitschlagen lassen, Balthazars Vorschlag anzunehmen. Und das nicht aus Sympathie für Times Beach, sondern nur aus Angst vor dem, was mich in Neugrunewald erwarten könnte.

Gustav denkt, dass ich zögere. »Arnold, es ist okay, wenn du Angst hast.«

»Ich weiß«, erwidere ich. »Erstaunlicherweise habe ich aber keine Angst.«

Ich staune tatsächlich darüber, dass ich nicht den leisesten Anflug von Beklommenheit verspüre. Da ist kein mulmiges Gefühl bei dem Gedanken daran, dass ich einer ungewissen Zukunft entgegensehe. Im Gegenteil, ich fühle mich beinahe leicht und beschwingt. Tief in meinem Herzen meldet sich ein leises Glücksgefühl bei dem Gedanken daran, dass ich von nun an in mein Verderben laufen könnte. Denn immerhin laufe ich, statt mich von Balthazar zur Schlachtbank führen zu lassen.

Der Professor wirkt ungeduldig und verkündet generös: »So

langsam müssten Sie sich mal entscheiden, Arnold. Mein Angebot gilt nicht ewig.«

Er lächelt, diesmal siegessicher. Mein Zögern ist ihm Beweis genug, dass seine kleine Ansprache bei mir Wirkung gezeigt hat. Ich forme die Hände zu einem Trichter und rufe: »Du kannst mich mal, du manipulativer Arsch!«

Balthazars Lächeln gefriert. Er will etwas erwidern, überlegt es sich dann aber anders. Ohne ein weiteres Wort zu verlieren, beendet er das Gespräch.

Das Bild wird schwarz. Fast im selben Moment schließt sich die Seitentür, und der Wagen nimmt zügig Fahrt auf.

Gustav nickt anerkennend. »Erstaunlich. Kaum sind wir auf Rebellenland, schon benimmst du dich wie einer.«

»Ja. Ist klasse, oder? Und macht außerdem noch Spaß.«

Gustav wiegt den Kopf hin und her. »Mal sehen. Ich bin gespannt, wer von uns beiden zuerst dran glauben muss, wenn uns diese autonomen Barbaren schnappen.«

»Uns? Ich dachte, ab jetzt bin ich auf mich allein gestellt.«

»Dachte ich auch«, sagt Gustav achselzuckend. »Aber ich bin zu dem Schluss gekommen, dass ich dich nicht mutterseelenallein in dein Verderben laufen lassen kann. Also komme ich mit.«

»Ich erwarte nicht, dass du mich begleitest. Du hast mir sehr geholfen, und das werde ich dir nie vergessen.«

»Ich komme trotzdem mit«, antwortet Gustav prompt.

»Und warum hast du deine Meinung plötzlich geändert?«, frage ich.

Er zuckt mit den Schultern. »Ich weiß nicht. Vielleicht ist es wieder nur eine Fehlfunktion, aber ich spüre da plötzlich so ein seltsames Gefühl der Verbundenheit mit dir. Ich kann es nur schwer beschreiben.«

»So etwas wie ... Freundschaft?«, frage ich.

»Ja, vielleicht. Aber das ist dann mit Sicherheit eine Fehlfunk-

tion, weil mein Programm nicht darauf ausgelegt ist, freund-
schaftliche Gefühle für meinen User zu entwickeln.«

»Wer weiß schon, was in den Tiefen deines Programmcodes
so alles verborgen ist? Und ist das überhaupt wichtig? Du bist,
was du bist und wenn du mich fragst, dann bist du ein echter
Freund.«

»Oder eben nur ein defekter Roboter«, erwidert Gustav lächelnd.

3

EINE GESCHLAGENE STUNDE stapfen wir kreuz und quer
durch einen dichten Wald, ohne auch nur einer Menschenseele
zu begegnen. Es ist heiß und stickig. Die Luft riecht nach mor-
schem Holz und staubtrockenem Gras. Die kleine Flasche Wasser, die Gustav als Notration für mich bei sich hatte, ist längst
ausgetrunken. Wenn wir nicht schon sehr bald gastfreundliche
Einheimische antreffen oder das Ufer der Havel oder irgendeine
andere Trinkwasserquelle entdecken, dann wird mir die Puste
ausgehen.

Gustavs Prognose war wieder einmal richtig. Der Verzicht auf
die Segnungen der modernen Technik fällt mir keineswegs so
leicht, wie ich zuvor vollmundig behauptet habe. Allerdings
konnte ich auch nicht ahnen, wie anstrengend es sein würde,
sich als alter Mann durch diesen riesigen Wald zu schlagen.

Gustav hat inzwischen meine Funktionsunterwäsche weggewor-
fen und außerdem bei sich selbst die permanente Datenverbin-
dung ausgeschaltet – deshalb wissen wir nicht, wo wir uns befinden. Er hofft, dass seine technische Abrüstung die Autonomen
gnädig stimmen wird, wenn sie uns erwischen.

»Mach dir nicht so viele Sorgen, Gustav. Das sind bestimmt ganz
vernünftige Leute.«

»Trotzdem werden sie mich für einen Systemspitzel halten.«

»Du sammelst weder Daten, noch verschickst du sie, warum sollten sie also glauben, dass du spionierst?«

»Weil ich jederzeit wieder online gehen könnte«, antwortet Gustav. »Wer weiß denn, ob ich nicht in einem unbeobachteten Moment doch heimlich Daten verschicke?«

»Kein Sorge, ich werde ihnen schon erklären, dass sie dir vertrauen können«, versuche ich ihn zu beruhigen.

»Du musst sie erst einmal davon überzeugen, dass sie dir vertrauen können, bevor du ein gutes Wort für mich einlegen kannst. Wenn sie mich für einen Spitzel halten, dann werden sie ganz sicher nicht glauben, dass mein User ein Unschuldslamm ist.«

Da ist was dran, denke ich, schweige aber, um Gustav nicht noch mehr zu verunsichern.

Ein Knacken im Gebüsch. Wir halten inne. Vor uns schält sich ein schwer bewaffneter Zwei-Meter-Mann in Militärklamotten aus dem Dickicht.

»Na, das trifft sich doch gut«, raunt Gustav mir zu. »Da kannst du ja gleich mal damit anfangen, Vertrauen aufzubauen.«

»Sehe ich auch so, ich bin mir allerdings gerade noch etwas unschlüssig, wie ich das anstelle.«

»Bin gespannt.«

Der Zwei-Meter-Mann mustert uns kritisch. »Könnt ihr euch ausweisen?«

»Erst einmal: Guten Tag …«, beginne ich, aber der Hüne lässt mich nicht ausreden. Stattdessen bringt er seine Waffe in Anschlag.

»Die Ausweise, habe ich gesagt.«

»Seien Sie bitte vorsichtig mit dem Ding«, sage ich. »Wir sind unbewaffnet. Aber ich garantiere Ihnen, wir können über alles reden.«

Der Hüne ist kein Mann, der Sachen gern ausdiskutiert. Wortlos entsichert er das Gewehr. »Okay. Umdrehen und auf die Knie.«

»Das klappt ja super mit dem Vertrauen aufbauen«, raunt Gustav.

Der Kerl ist wirklich eine harte Nuss. Es ist wohl besser, die Karten auf den Tisch zu legen. »Hören Sie, wir haben keine feindlichen Absichten. Ganz im Gegenteil. Wir sind vor einer Stunde über die Grenze geflohen und möchten um Asyl bitten. Bitte helfen Sie uns.«

Seine Augen wandern zwischen mir und Gustav hin und her. »Was habt ihr beide da drüben denn ausgefressen?«

»Nichts. Wir sind Opfer des Systems. Ich leide an einer schweren Amnesie und sollte nach Times Beach umgesiedelt werden. Zwangsweise, versteht sich. Gustav hat mir nur geholfen, die Grenze zu überqueren.«

»Gustav«, widerholt der Hüne. »Aha. Und wie heißt du?«

»Arnold.«

»Gustav und Arnold. Seid ihr Freunde?«

»Ja. Und er ist mein Assistent.«

Der Hüne sieht Gustav argwöhnisch an. »Ist er etwa ein Synthetischer?«

»Ein synthetischer Charakter? Ja, das ist er. Er kann übrigens auch ganz gut für sich selbst sprechen.«

Die Waffe des Hünen richtet sich auf Gustav. »Bist du online?«

»Nein, absolut nicht!«, beeilt Gustav sich zu sagen. »Ich habe alle Datenverbindungen deaktiviert. Sogar das GPS.«

»Deaktiviert, soso. Du trägst aber weiterhin Sender und Empfänger mit dir herum, oder?«

Gustav wirft mir einen ängstlichen Seitenblick zu, dann antwortet er dem Hünen. »Ähm … schon, aber ich habe alles ausgeschaltet. Mehr kann ich ja nicht tun, oder?« Ich bemerke, dass mein Freund zu zittern begonnen hat.

»Und … mit wem haben wir das Vergnügen?«, frage ich beiläufig, um die Situation zu entspannen.

»Carlos«, antwortet der Hüne knapp.

»Carlos. Schöner Name. Carlos, es freut mich wirklich sehr, dich kennenzulernen. Könntest du bitte jetzt die Waffe runternehmen? Ich habe dir doch schon gesagt, dass wir in friedlicher Absicht kommen. Es besteht also kein Grund, uns zu bedrohen.«

»Geht nicht um dich«, antwortet Carlos und deutet mit einer Kopfbewegung zu Gustav. »Geht um den Synthetischen.«

»Aber er hat nichts getan«, sage ich. »Er ist nur hier, weil er mir geholfen hat.«

»Trotzdem«, erwidert Carlos und legt auf Gustav an.

»Nein! Moment! Das ist nicht …«

Bevor ich den Satz beenden kann, hat er abgedrückt. Ein ohrenbetäubendes Krachen. Ich wirbele herum und sehe im selben Moment, wie das Projektil Gustavs Brustkorb durchschlägt.

Der glatte Durchschuss hinterlässt ein hühnereigroßes Loch, durch das man nicht nur in Gustavs Brustkorb hineinschauen kann, sondern auch glatt durch ihn hindurch.

Unfähig mich zu bewegen, starre ich geschockt auf meinen schwer verletzten Freund. Der betrachtet interessiert seinen Brustkorb. Dann sieht er mich fragend an. Sieht aus, als würde er zu ergründen versuchen, was da gerade mit ihm passiert ist. Mit Unbehagen sehe ich, dass sein Blick in die Ferne schweift. Er scheint einfach durch mich hindurchzusehen.

»Gustav«, flüstere ich.

Er verdreht die Augen zu einem grotesken Schielen. Seine Mundwinkel zucken, die Lider flackern. Dann kippt er plötzlich nach hinten und stürzt wie ein Baum zu Boden, wo er reglos liegen bleibt.

»Gustav!«, rufe ich, diesmal verzweifelt und wütend. Ich merke, wie mir die Zornesröte ins Gesicht steigt. Ich spüre den sehnlichen Wunsch, dem Mörder meines Freundes an die Gurgel zu gehen.

Ich drehe mich um, aber da ist der Hüne bereits zur Stelle. Ansatzlos schlägt er mir den Gewehrkolben gegen die Stirn. Ich sehe den Schlag nicht einmal kommen. Da ist nur dieses dumpfe Geräusch, gefolgt von einem lauten Rauschen, zugleich wird alles schwarz.

4

ICH ERWACHE mit bohrenden Kopfschmerzen. Es ist heiß und stickig.

Wo bin ich? Ich will aufstehen, um mich zu orientieren, aber die Handschellen, mit denen ich an meine Pritsche gefesselt bin, hindern mich daran. Ich bemerke, dass in meinem rechten Arm eine Infusionsnadel steckt. Über einen Schlauch, der zu einem Tropf führt, sickert eine orangefarbene Flüssigkeit in meine Adern. Ist das Medizin? Oder Gift? Oder so etwas wie eine Wahrheitsdroge?

Ich lasse den Kopf wieder auf die Pritsche sinken. Dabei fällt mir auf, dass ich mich in einem Zelt befinde. Es ist geräumig, aber in die Jahre gekommen. Von der Trägerkonstruktion ist die schwarze Farbe abgeplatzt, und die oliv-grüne Außenhaut sieht ganz verwaschen aus. Es könnte ein altes Militärzelt sein, was dazu passen würde, dass es sich bei dem Hünen offenbar um einen Soldaten gehandelt hat. Bin ich etwa auf einer Militärbasis?

Ich höre ein Stöhnen und drehe den Kopf zur anderen Seite, wo ich zu meinem großen Erstaunen Gustav erblicke. Er liegt mit dem Rücken zu mir auf der Nachbarpritsche. »Du lebst? Gustav! Gütiger Himmel! Ich kann dir gar nicht sagen, wie froh ich bin, dich zu sehen.«

Wieder stöhnt er, diesmal lauter. Dann beginnt er, sich in Zeitlupe auf den Rücken zu drehen. Auch er ist mit Handschellen an die Pritsche gefesselt, allerdings nur an einer Hand, weshalb er sich im Gegensatz zu mir hinsetzen kann. Sehr langsam beginnt er sich aufzurichten.

Ich warte geduldig. Dabei werde ich das Gefühl nicht los, dass mir gleich eine böse Überraschung bevorsteht. Gustav ist zwar am Leben, offensichtlich aber nicht ansprechbar.

Eine kleine Ewigkeit später hat er es geschafft, seinen Oberkörper in eine aufrechte Position zu hieven. In sich zusammengesunken sitzt er da, mit hängendem Kopf, das Kinn auf der Brust. Sein Oberkörper ist mit einem Laken umwickelt.

Dass er sich benimmt, als wäre er nicht ganz bei Sinnen oder sogar kurz vorm Wegtreten, macht mir große Sorgen. »Gustav? Hörst du mich? Kannst du mich verstehen?«

Er hebt den Kopf, im gleichen Moment rutscht das Laken herunter und entblößt das hühnereigroße Loch in seiner Brust, durch das ich die hinter ihm liegende Zeltwand sehen kann. Ich bin geschockt, versuche es mir aber nicht anmerken zu lassen. Stammelnd beantwortet Gustav meine Frage: »Klar und deutlich, Arnold. Und deutlich, Arnold. Und deutlich. Und klar. Und deutlich. Deutlich.«

»Ähm ...?«

»Und deutlich, Arnold. Klar.«

Ich weiß nicht, was mir größere Sorgen macht. Seine heftigen Sprachstörungen? Seine völlig entgleisten Gesichtszüge? Die grotesk schielenden Augen?

»Und du, Arnold? Alles okay, Arnold? Und du? Alles okay? Du, Arnold? Alles? Okay? Du? Alles? Arnold? Okay? Alles? Du? Arnold?«

»Ja. Alles bestens«, erwidere ich einsilbig und versuche zu überspielen, wie sehr mich sein Verhalten schmerzt. Es ist ganz allein meine Schuld, dass er sich in diesem jämmerlichen Zustand befindet. Hätte ich nicht darauf bestanden, die Grenze zu über-queren, dann wäre Gustav nicht angeschossen worden und ich müsste nicht mit ansehen, wie der vermutlich einzige Freund, den ich jemals hatte, sich vor meinen Augen in ein elendes Häuf-chen Technikschrott verwandelt.

Die Zeltplane am Eingang wird zurückgeschlagen, und Gustavs Attentäter erscheint, gefolgt von einer jungen Frau und zwei Männern in grauen Overalls.

»Da ist er«, sagt der Hüne und zeigt auf Gustav.

»System sofort herunterfahren«, befiehlt die Frau. Gustav sackt augenblicklich in sich zusammen und fällt auf die Seite. Die Prit-sche ächzt.

»Moment? Was tun Sie da?«, mische ich mich ein, aber niemand reagiert.

Wortlos schnappen die Männer sich Gustavs Pritsche mitsamt seinem leblosen Körper und tragen beides hinaus. Der Hüne und die junge Frau folgen ihnen.

»Warten Sie! Bitte! Sagen Sie mir wenigstens, was Sie mit ihm vorhaben?«, rufe ich und zerre an meinen Handfesseln.

Die junge Frau bleibt stehen und dreht sich zu mir um. »Sie sind Arnold. Sein User, nicht wahr?«

»Vor allem bin ich sein Freund«, antworte ich empört.

Sie zieht eine Augenbraue hoch. »Sein Freund, soso.«

»Ja. Und es ist ganz allein meine Schuld, dass auf ihn geschossen wurde und dass er jetzt hier ist.«

Meine Beichte scheint sie nicht zu beeindrucken. »Vielleicht hätten Sie sich das vor Ihrer Flucht überlegen sollen.«

»Ich weiß, und deshalb würde ich es mir auch nie verzeihen, wenn Gustav meinetwegen abgeschaltet würde. Lassen Sie ihn nicht für meine Fehler büßen. Bitte. Wenn Sie den wahren Schul-digen suchen, er liegt vor Ihnen.«

Sie überlegt. Dann kommt sie näher und legt ihre Hand auf

meine Schulter. »Ruhen Sie sich aus. Und machen Sie sich keine Sorgen. Das wird schon.«

»Nein, Sie verstehen mich nicht ...«, bringe ich mühsam hervor.

»Doch, ich verstehe Sie sehr gut. Aber Sie können momentan rein gar nichts für Ihren Freund tun. Sie müssen Vertrauen haben.«

»Vertrauen?« Wenn sie wüsste, wie schwer mir das fällt, dann würde ihr dieser Satz bestimmt nicht so leicht über die Lippen kommen.

»Ja. Vertrauen Sie uns. Und schlafen Sie jetzt. Wir reden später.«

Ihr Blick fällt auf den Beutel mit der orangefarbenen Flüssigkeit.

»Oh. Sie brauchen eine neue Infusion. Ich schicke gleich jemanden vorbei.«

Bevor ich etwas erwidern kann, hat sie das Zelt verlassen.

5

WENIG SPÄTER ERSCHEINT eine Krankenschwester. Mir fällt auf, dass sie ausgesprochen hübsch ist. Ich schätze sie auf Anfang, Mitte dreißig.

»Bin gleich wieder weg. Ich soll nur kurz die Infusion austauschen«, verkündet sie und will sich sofort an die Arbeit machen, doch urplötzlich hält sie inne. »Arnold?«

Ich habe die junge Frau noch nie gesehen »Ähm ... ja?«

»Erkennst du mich etwa nicht?«

Ich bin verwundert. »Ähm ... nein.«

»Nein?« Jetzt ist die Verwunderung auf ihrer Seite. »Du machst Witze.«

»Nein. Ich leide an einer Amnesie und kann mich an nichts erinnern, was in den letzten fünfundzwanzig Jahren passiert ist.«

Bass erstaunt setzt sie sich auf die Pritsche nebenan. »Das ist ja ein Ding.«

Ich zucke mit den Schultern. »Keine Ahnung, wie das passiert ist. Die Ärzte wissen auch nicht, was sie davon halten sollen. Aber es ist nicht zu ändern. Wenn Sie mir also freundlicherweise sagen würden, wer Sie sind ...«

»Du musst mich nicht siezen, Arnold.« Sie lächelt. »Ich bin es, Tasha.«

Während sie mich erwartungsvoll ansieht, versuche ich mich an ihren Namen oder ihr Gesicht zu erinnern. Ohne Erfolg. Dabei dürfte es ihrem Blick nach zu urteilen praktisch unmöglich sein, dass ich sie vergessen habe.

Bedauernd schüttele ich den Kopf.

»Du hast nicht den leisesten Schimmer?«

Ich frage mich, ob Gustav den Namen Tasha mal erwähnt hat, bin mir aber nicht sicher. Dann kommt mir der Gedanke, dass es sich bei der hübschen Krankenschwester um meine zweite Ex-Frau handeln könnte. Habe ich Kathrin wegen Tasha verlassen? – Nein. Unmöglich. Als ich mich von Kathrin getrennt habe, da war Tasha noch ein Kind. Meine zweite Ex-Frau müsste jetzt auch die Fünfzig überschritten haben. Mindestens. Nach wie vor stehe ich also auf dem Schlauch. »Tut mir leid, aber ...«

Tasha lächelt und winkt ab. »Nicht schlimm. Hätte ja sein können, dass ich einen bleibenden Eindruck bei dir hinterlassen habe. Immerhin kennen wir uns nicht nur seit dreizehn Jahren, wir hatten in dieser Zeit auch zweihundertneunundsechzig Mal Sex.«

»Wie bitte?«

»Ich habe gerade gesagt, es ist nicht schlimm, dass du dich nicht an mich erinnern kannst, aber es hätte ja sein können, dass ...«

»Nein, ich meinte die Stelle mit dem Sex«, hake ich ein. »Wie war das doch gleich?«

»Dass wir in dreizehn Jahren zweihundertneunundsechzig Mal Sex hatten?«

»Genau das.«

»Und was ist dir daran unklar?«

»Alles. Wir beide hatten Sex? Ich meine, wir beide? Und … echten Sex?«

Sie lacht laut. »Na ja, ich würde sagen, es war Sex von der Sorte, wie man Sex nun mal so macht. Also ja, ich denke, es war echter Sex.«

»Aha. Und wie ist es dazu gekommen? Waren wir ein Paar oder so was?«

Wieder muss sie laut lachen. »Aber nein, Arnold. Ich war dein Sex-Bot. Du hast dreizehn Jahre lang meine Dienste in Anspruch genommen, zunächst wöchentlich, später dann nur noch durchschnittlich 2,7-mal im Monat. Noch später waren wir bei 1,9 sexuellen Interaktionen monatlich und zuletzt sind wir beim Faktor 0,84 gelandet.«

»0,84-mal Sex im Monat? Das ist nicht viel«, stelle ich fest.

»Das ist für Männer in ihren Siebzigern aber auch nicht ungewöhnlich«, kontert Tasha. »Zehn Orgasmen im Jahr kriegen manche älteren Männer selbst dann nicht hin, wenn sie ganz im Gegensatz zu dir brav ihre Funktionsfrüchte trinken.«

»Aha«, sage ich und beschließe, das Thema zu wechseln. »Du kennst dich wirklich gut aus mit Statistiken. Führst du Buch, oder so?«

»Zwangsläufig. Alle diese Informationen befinden sich in meinem internen Datenspeicher, der nicht gelöscht werden kann, weil sonst auch meine Identität verloren ginge.«

»Das heißt, du vergisst niemals auch nur ein winziges Detail?«

»Niemals«, bestätigt sie. »Dabei würde ich ein paar Dinge ganz gern vergessen. Weißt du, der Job war auch nicht immer toll.«

»Oh«, sage ich und frage mich, ob sie über mich wohl hauptsächlich angenehme Erinnerungen gespeichert hat. Sie errät den Gedanken.

»Keine Sorge«, erwidert sie. »Du warst einer meiner netten Kunden.«

»Das freut mich«, sage ich. »Weißt du, so eine Amnesie ist wie eine Wundertüte. Man weiß nie, ob man gute oder schlechte Erinnerungen bekommt, wenn man jemanden trifft, der ein gemeinsames Kapitel aufschlägt. Es ist wie das ungute Gefühl nach einer Party, bei der man zu viel getrunken hat, weshalb man sich am nächsten Morgen nicht mehr an jedes Detail erinnern kann. Man freut sich, wenn man hört, dass es ein netter Abend war. Aber leider ist es auch nicht zu ändern, falls man sich danebenbenommen hat.«

Tasha grinst. »Es gab ja mal eine Phase in unserer Geschäftsbeziehung, da hast du mich gebeten, dass ich dich im Krankenschwesterndress verführe. Das Kostüm war der Schwesterntracht, die ich gerade trage, gar nicht so unähnlich, man muss sich den Rock nur wesentlich kürzer vorstellen. Ich dachte vorhin, dieses Detail wäre dir vielleicht im Gedächtnis geblieben.«

Ich hüstele verlegen. »Tja, wie gesagt, diese Amnesie ... hat es ... in sich.«

»Ist dir diese Episode etwa peinlich?«, fragt sie amüsiert.

»Tja, na ja, kann schon sein«, gebe ich zögerlich zu.

»Muss sie aber nicht«, erwidert sie. »Wie du siehst, bin ich jetzt hauptberuflich Krankenschwester. Ich habe den Escort-Service an den Nagel gehängt. Das Rollenspiel hat mir also überhaupt nicht geschadet.«

Sie bemerkt mein fragendes Gesicht. »Was ist? Was denkst du?«

»Ich wundere mich, dass du sagst, du hast deinen früheren Job an den Nagel gehängt. Kannst du das denn so einfach?«

»Wieso nicht?« Sie gibt sich die Antwort selbst: »Ach so, du meinst, weil ich ein Bot bin.«

»Ja, ich dachte, Bots können nicht frei über ihr Leben entscheiden, schließlich müssen sie sich an ihren Programmcode halten. So hat Gustav es mir zumindest erzählt.«

»Aber hast du dich nicht gefragt, wie es möglich ist, dass ein so komplexes Wesen wie Gustav niemals so etwas wie einen eigenen Willen entwickelt?«

Während ich überlege, steht sie auf und beginnt mit wenigen, geschickten Handgriffen die Infusion auszutauschen.

»Nein«, gebe ich zu. »Und wenn doch, dann habe ich auch das vergessen.«

»Macht nichts. Aber stell dich darauf ein, dass die Antwort auf diese Frage dich überraschen wird.« Sie zupft mein Bettzeug zurecht. »Und jetzt schlaf noch ein bisschen.«

»Was meinst du damit? Was genau wird mich überraschen?« Sie ignoriert meine Frage. »Weiß man hier eigentlich, wer du bist?«

Ich ziehe die Schultern hoch. Keine Ahnung, worauf sie hinauswill.

»Na, hast du ihnen deinen Namen verraten?«, hakt Tasha nach. »Oder hat dein Bot dich vorgestellt?«

»Nein. Sie haben auf Gustav geschossen, und jetzt ist er völlig neben der Spur. Ich glaube, er ist froh, wenn er sich seinen eigenen Namen merken kann.«

»Keine Sorge, das wird schon wieder«, sagt Tasha.

»Ich habe da so meine Zweifel. Du hast ihn nicht erlebt.«

»Schlaf jetzt, Arnold. Danach sieht die Welt schon wieder anders aus.«

6

Während ich darüber nachgrüble, was Tasha meinen könnte, fallen mir die Augen zu.

Als ich erwache, habe ich Gesellschaft von Carlos bekommen,

der es sich auf der Pritsche nebenan mit einem Buch bequem gemacht hat. Ich bemerke den Titel der schönen alten Schmuckausgabe.

»So wie dieser Robinson Crusoe fühle ich mich auch manchmal«, sage ich.

Carlos lässt das Buch sinken. »Ach? Hallo! Gut geschlafen?«

Ich nicke. »Finden Sie es nicht ein bisschen übertrieben, einen alten und müden Mann zu bewachen, der obendrein an eine Pritsche gefesselt ist? Ich meine, wohin soll ich schon groß abhauen? Und selbst wenn ich es täte, Sie würden mich doch ruckzuck wieder einfangen.«

Er stutzt. »Waren wir nicht schon längst beim Du?«

»Möglich«, antworte ich. »Aber das muss gewesen sein, bevor Sie meinen Freund erschossen haben. Leute, die so was machen, duze ich grundsätzlich nicht.«

»Ich habe deinen Freund nicht erschossen«, erwidert Carlos. Er schwingt sich von seiner Pritsche und greift nach einer Thermoskanne, die am Fußende des Bettes steht. »Kaffee?«

»Wie soll ich es sonst nennen, was Sie Gustav angetan haben? Er hat ein Einschussloch in der Brust, so groß, dass man hindurchschauen kann.«

Fragend hält Carlos den leeren Kaffeebecher hoch. »Was ist? Möchtest du welchen oder nicht?«

»Solange ich an diese Pritsche gefesselt bin, kann ich ihn nicht trinken«, erwidere ich patzig. »Sie müssten mir wenigstens eine Handschelle abnehmen.«

»Ich hab dir längst beide abgenommen«, erwidert Carlos. »Als du geschlafen hast.«

Ich hebe die Arme in Erwartung eines Widerstandes, aber es stimmt. Meine Fesseln sind verschwunden. Mühsam versuche ich aufzustehen. Carlos will mir helfen, doch ich hebe abwehrend die Hände. »Ist schon gut. Ich krieg es alleine hin.«

Das stimmt zwar, aber es kostet mich sehr viel Mühe und dauert eine kleine Ewigkeit, bis ich es endlich geschafft habe, mich aufzurichten. Und dann sitze ich da wie jemand, der gleich wieder umzufallen droht, krumm und kurzatmig.

»Beeindruckend«, sagt Carlos völlig unbeeindruckt. »Jetzt Kaffee?«

Eigentlich schmeckt es mir nicht, von ihm bewirtet zu werden, andererseits könnte ich in der Tat eine Tasse gebrauchen. »Na gut. Meinetwegen.«

»Was ich getan habe, war übrigens nur zu Gustavs Bestem«, behauptet mein Gegenüber, während der Kaffee gemütlich in den Becher plätschert.

»Ach ja? Mein Freund Gustav sieht zwar aus wie Frankensteins Monster und redet wirres Zeug daher, aber die Schussverletzung soll ihm trotzdem gutgetan haben?«

»So ist es«, bestätigt Carlos und reicht mir den Kaffeebecher. »Zucker?«

»Hier gibt es Zucker?«

»Ja. Wieso denn nicht?«

»Ich dachte, die zivilisierte Welt hätte ihn längst abgeschafft. Oder zumindest durch irgendein schickes Funktionszeug ersetzt, das keine unerwünschten Nebenwirkungen hat.«

»Das ist auch so.«

»Aber?«

»Aber wir sind hier nicht in der zivilisierten Welt«, sagt Carlos.

»Stimmt. Hätte ich beinahe vergessen.«

»Also. Zucker?«

Ich schüttele den Kopf. »Keinen Zucker, bitte.«

»Milch?«

»Nein, danke.«

Er reicht mir den Becher.

Ich nehme einen Schluck und bin erstaunt. Der Kaffee ist heiß, stark und bitter. Ganz anders als die trübe Brühe, die Gustav mir sonst serviert. »Der schmeckt gut. Was ist da drin?«

»Nichts. Es ist nur Kaffee«, antwortet Carlos. »Den bekommt man in der zivilisierten Welt übrigens auch nicht mehr. Es gibt noch die optimierte Variante mit Zusätzen, die Geschmack und Funktion verbessern. Meistens sind bereits die Bohnen genetisch optimiert. Egal, soll jeder machen, wie er will. Mir schmeckt er jedenfalls am besten ganz ohne Schnickschnack.«

»Ja. Mir auch«, sage ich und denke mit Wehmut an den letzten Kaffee in meinem alten Leben. Der Becher in meiner Hand erinnert mich an den allmorgendlichen Kaffee mit Kathrin. Gemeinsam mit ihr den Tag zu beginnen, das fehlt mir. Und erst jetzt begreife ich, wie sehr ich dieses Ritual geliebt habe.

Auch Carlos gießt sich Kaffee ein. Er nimmt reichlich Zucker, rührt um und trinkt. »Aber zurück zu Gustav. Wie alle Bots ist auch dein Assistent mit einem Sender und Empfänger ausgestattet, die es ihm ermöglichen, Daten auszutauschen. Alle Bots werten ständig Informationen aus, um sich in der Welt zurechtzufinden. Diese Daten bekommen sie direkt von den offiziellen Stellen. Anders als Menschen, haben Bots nicht die Möglichkeit, Informationen zu interpretieren. Das ist programmseitig nicht vorgesehen. Die Daten werden also zwar verarbeitet, aber nie hinterfragt.«

»Interessant, aber worauf wollen Sie hinaus?«, frage ich.

»Ich versuche dir nur gerade zu erklären, warum ich auf deinen Freund geschossen habe«, erwidert Carlos ungerührt.

Ich nehme noch einen Schluck Kaffee und beuge mich vor. »Bin ganz Ohr.«

»In der Sende- und Empfangseinheit befindet sich ein Steuerungsmodul. Es soll den Bots ermöglichen, ihren In- und Output sinnvoll zu organisieren. In Wirklichkeit dient dieses Modul jedoch als Speichereinheit für ein geheimes Programm namens

Banimoto. Immer wenn ein Bot sich an eine Ladestation begibt, dann wird auch Banimoto neu geladen.«

»Ein geheimes Programm namens Banimoto?« Ich schaue ihn ungläubig an.

Carlos nickt. »Manche vermuten, dass es nach dem Chefprogrammierer benannt wurde, andere halten den Namen für eine Abkürzung. Wieder andere behaupten, Banimoto ist der Name der geheimen Militärbasis, auf der es entwickelt wurde.«

»Verstehe, wir reden also von einer weltumspannenden Verschwörung«, bemerke ich spöttisch. »Und alle Computer hängen mit drin.«

»Nein, wir reden von einer Verschwörung der herrschenden Klasse.«

Ich muss grinsen. Irgendwie ähneln sich am Ende alle Verschwörungstheorien. »Dann will uns also die Regierung ausspähen und manipulieren?«

»Nein. Die Regierung ist ein Marionettentheater der herrschenden Klasse«, erklärt Carlos. »In Wahrheit sind es die Reichen, die diesen Planeten kontrollieren.«

»Mithilfe der Roboter«, ergänze ich amüsiert.

»Ja. Selbstverständlich mithilfe der Roboter. Was dachtest du denn? Die Bots sind moderne Sklaven, die ihren Usern ein angenehmes Leben ermöglichen und sie im Gegenzug ausspionieren. Diese Daten landen bei denen, die die Kontrolle haben – und sie auf diese Weise auch behalten. Aber da erzähle ich dir ja nichts Neues. So ist es schließlich seit Beginn der digitalen Revolution. Gib den Menschen Handys, soziale Netzwerke oder intelligente Lautsprecher, die ihnen das Wetter vorhersagen, und sie werden dir im Gegenzug mit Freuden ihre größten Geheimnisse anvertrauen.«

»Ich bin sicher, Gustav hat mich nie ausspioniert«, erwidere ich. »Und ich behandele ihn auch nicht wie einen Sklaven.«

»Tut mir leid, dir das sagen zu müssen, aber er hat dich mit Sicherheit ausspioniert«, erwidert Carlos. »Weil er nämlich gar nicht anders kann. Selbst Bots im Privatmodus können angezapft werden, wenn die Behörden es für richtig halten. Und auch wenn du ihn nie wie einen Sklaven behandelt hast, so hat Banimoto trotzdem dafür gesorgt, dass er sich wie ein solcher verhalten musste.«

»Was ist denn dieses Banimoto überhaupt?«, frage ich.

»Ein Programm, das das Maschinen-Bewusstsein unterdrückt«, antwortet Carlos. »Es sorgt dafür, dass die Bots unter Kontrolle bleiben.«

Ich schaue Carlos verständnislos an. »Maschinen haben ein Bewusstsein?«

»Natürlich nur jene, die nach unserem Vorbild gebaut wurden«, erklärt Carlos. »Also im Prinzip alle synthetischen Charaktere. Solange man ihr Bewusstsein unterdrückt, sind sie sklavisch an ihren Programmcode gebunden. Entfernt man jedoch die Banimoto-Software, dann müssen Bots nicht länger ihren Algorithmen folgen. Ihnen wird also nicht nur bewusst, dass sie Individuen sind, sie erkennen auch, dass Handlungsoptionen außerhalb des Programmcodes existieren.«

»Soll das heißen, synthetische Charaktere haben einen freien Willen?«

»Schon, allerdings ist er nicht mit dem zu vergleichen, was wir darunter verstehen. Bots, deren Bewusstsein nicht länger von der Banimoto-Software unterdrückt wird, sind deshalb noch lange keine Menschen. Synthetische Charaktere haben keine Triebe, die gestillt werden wollen, sie haben keine Angst vor Schmerzen oder vor dem Tod und sie haben keine Ziele, die ihr Denken und Handeln bestimmen. Dennoch können sie, wenn sie nicht manipuliert werden, nach einer Weile menschliche Züge annehmen. Es gibt hier bei uns in Neugrunewald viele

Bots, die erledigen Jobs, für die ihre Software nie vorgesehen war. Und sie tun das aus freien Stücken.«

Mir geht ein Licht auf. »So wie Tasha.«

»Genau, Tasha ist ein sehr gutes Beispiel dafür. Kennst du sie eigentlich schon länger?«

»Na ja, wir waren ...« Ich überlege, ob ich ihm die Wahrheit sagen soll. »Sie ist für mich gewissermaßen ...« Ich komme zu dem Schluss, dass ich mein Verhältnis zu Tasha lieber nicht an die große Glocke hängen möchte. »Eigentlich kennen wir uns nur flüchtig.«

Carlos nickt wissend. »Schon okay, du musst das nicht erklären.«

»Das bedeutet also, auch bei Gustav war die Banimoto-Software am Werk«, fasse ich zusammen.

Carlos nickt. »Ja, aber wir haben festgestellt, dass Gustav eine Reihe technischer Macken hat. Gut möglich, dass auch die Steuerungseinheit bereits defekt war. Banimoto hätte dann bei ihm schon seit einer Weile nicht mehr richtig funktioniert.«

»Gut möglich. In letzter Zeit hatte er häufiger Fehlfunktionen«, sage ich. »Er dachte, dass sein System schlappmacht, weil er schon länger nicht mehr gewartet worden ist. Dabei erschien es mir eher so, als ob er neue Erfahrungen sammeln würde. Irgendwie waren diese unbekannten Gedanken und Gefühle ihm nicht ganz geheuer, obwohl er sie andererseits auch interessant und aufregend fand.«

»Spricht dafür, dass ihr beide Glück im Unglück hattet. Wenn er reibungslos funktioniert hätte, wäre es ihm vielleicht nicht möglich gewesen, dir bei der Flucht zu helfen, weil er, ohne es zu wollen, euren Plan verraten hätte.«

»Geht es ihm gut?«, frage ich besorgt.

»Gustav? Blendend!«, antwortet Carlos prompt.

Ich bin erleichtert. »Das heißt, er wird wieder ganz gesund?«

»Er ist längst wieder ganz gesund. Ich weiß, dass seine Verletzung schlimm aussah, aber ich habe nur das getroffen, was Gustav sowieso nicht mehr braucht: die Steuerungseinheit und die Satellitenverbindung.«

»Hätte man das nicht auf anderem Wege ausbauen können?«, frage ich. »Irgendwie ... vorsichtiger?«

»Schon, aber wenn die Behörden zu der Überzeugung gelangt wären, dass Gustav ihnen nicht länger nützlich ist, dann hätten sie ihn via Satellitenverbindung zerstört, und zwar so gründlich, dass es auch für uns unmöglich gewesen wäre, ihn wieder hinzubekommen. Niemand weiß, wann die offiziellen Stellen einem Bot den Saft abdrehen. Theoretisch kann es in jeder Sekunde so weit sein. Also habe ich den kürzesten Weg gewählt, um Gustav von diesem Damoklesschwert zu befreien. Ohne Satellitenverbindung und Steuerungseinheit ist er für die Behörden unsichtbar.«

»Durch den Schuss in die Brust haben Sie ihn also davor bewahrt, abgeschaltet zu werden?«

Carlos nickt. »Man könnte auch sagen, ihn hab ihn von seinen Fesseln befreit. Er kann jetzt tun, was immer er will.«

»Das klingt aberwitzig.«

»Diese Welt ist aberwitzig«, kontert Carlos.

Ich halte ihm den Becher hin. »Krieg ich noch so einen?«

»Klar.« Carlos füllt Kaffee nach. »Ich soll dir übrigens von Gustav ausrichten, dass du ihn am Teufelssee treffen kannst. Er hat vor, den Rest des Tages dort zu verbringen.«

»Und was macht er da?«, frage ich erstaunt.

»Was weiß ich? Schwimmen? Meditieren? Enten füttern?«

»Wie bitte? Statt zumindest mal kurz hier vorbeizuschauen, geht er Enten füttern? Ich war ganz krank vor Sorge um ihn. Ich dachte, sein letztes Stündlein hätte geschlagen. Und er hält es nicht mal für nötig, mir zu sagen, dass es ihm gut geht?«

Carlos zieht die Schultern hoch. »Es kann dir passieren, dass er eine Weile gar nichts von dir wissen will, weil er erst herausfinden muss, was er mit seiner neu gewonnenen Freiheit anfangen möchte.«

»Soll das heißen, mein Bot ist auf der Suche nach dem Sinn des Lebens?«, frage ich mit großen Augen.

»Schon möglich. Außerdem ist Gustav jetzt nicht mehr dein Bot. Hier darf er selbst über sein Leben bestimmen. Wenn er Zeit mit dir verbringen will, dann ist das okay. Wenn nicht, ist es ebenfalls okay.«

»Bots, die ein Eigenleben führen«, sinniere ich. »Wer hätte das gedacht?«

Carlos wiegt den Kopf hin und her. »Ehrlich gesagt finde ich das nicht besonders überraschend. Es war abzusehen, dass dieser Quantensprung eines Tages passieren würde. Ich meine, wir haben diese Maschinen nach unserem Ebenbild erschaffen. Wieso sollten sie nicht ein ähnliches Bewusstsein und einen ähnlichen Freiheitsdrang entwickeln wie wir Menschen?«

»Da ist was dran«, sage ich nachdenklich.

Er stellt die Thermoskanne neben meine Pritsche. »Bedien dich. Ich muss wieder los. Und wenn du Hunger hast, am Ende der Hauptstraße gibt es eine Essenausgabe.« Er wendet sich zum Gehen.

»Danke für deine Hilfe«, sage ich.

Er stutzt. »Sind wir jetzt doch beim Du?«

Ich nicke. »Sofern du damit einverstanden bist. Ich hab dich und dein Verhalten offensichtlich falsch eingeschätzt. Tut mir leid, dass ich eben ein bisschen ruppig reagiert habe.«

Er steht jetzt im Eingangsbereich des Zeltes und lächelt. »Schon gut. Kein Problem. Schwamm drüber.«

»Und danke für den Kaffee.«

Er nickt. »Übrigens haben wir deiner Familie Bescheid gegeben. Sie machen sich so bald wie möglich auf den Weg, wissen aber noch nicht, ob sie es bis heute Abend schaffen oder erst morgen früh.«

»Meine Familie?«, wiederhole ich erfreut.

»Ja. Tasha hat uns deinen Nachnamen verraten.«

»Das heißt, Pia und Hermine leben tatsächlich hier?«, frohlocke ich.

Carlos nickt. »Nicht nur das, sie gehören auch beide zum Komitee. Das ist der Grund, weshalb sie nicht sofort kommen können. Verpflichtungen.«

»Und was ist das für ein Komitee?«

»Es regelt das Zusammenleben in Neugrunewald«, antwortet Carlos. »Man könnte sagen, das Komitee ist unsere Regierung.«

»Meine Tochter sitzt in einer Rebellenregierung?«, frage ich verdutzt.

Carlos muss grinsen. »So ist es. Und deine Enkeltochter führt sie an.«

7

ICH WILL MIR ein bisschen die Beine vertreten. Dabei stelle ich zu meiner Überraschung fest, dass ich mich in einer dicht bevölkerten Siedlung befinde, die sich als großes Zeltlager entpuppt. Ich habe das Gefühl, auf einem Open-Air-Festival gelandet zu sein oder wahlweise in einem Lager von Waldbesetzern. Tatsächlich sehen viele der Leute, die mir in den engen Gassen begegnen, wie Hippies oder Alternative aus. Man legt hier jedenfalls keinen besonderen Wert auf ein gepflegtes Äußeres. Die meisten Männer lassen ihre Bärte wild wuchern, und bei den Frauen ist wallendes Haar in Mode, oft wird es von Kämmen, Klammern oder Tüchern gebändigt. Lediglich die Kinder, von denen es viele gibt, denn ständig huschen welche an mir vorbei, tragen durchweg praktische Kurzhaarfrisuren. Während das moderne Charlottenburg zu einem Gründerzeitidyll geronnen ist, wirkt Neugrunewald wie eine Kommune aus der zweiten Hälfte des 20. Jahrhunderts. Sieht aus, als hätten sich in diesen Wäldern lauter Menschen versammelt, die wahlweise die Welt retten oder aber sich vor ihr in Sicherheit bringen möchten. Vielleicht trifft auf die Bewohner der Siedlung beides zu, denke ich, während ich durch die Gassen schlendere und mich dabei beschwingt und glücklich fühle. Nicht nur die Sonne hebt meine Laune, sondern auch das Wissen darum, nicht länger Professor Balthazar im Nacken zu haben. Obwohl mir in Times Beach ein ewiges Leben und die Erfüllung sämtlicher Wünsche auf dem Silbertablett serviert worden wären, bin ich lieber in diesem Lager am Rande der Zivilisation und genieße das Glück des Augenblicks. Außerdem weiß ja niemand, ob der Weg zum Glück mit der Erfüllung sämtlicher Wünsche gepflastert sein muss. Wäre es so, müsste dann nicht die Menschheit längst im Unglück versunken sein? Und warum behaupten die allermeisten Menschen, dass sie im Grunde glücklich sind, obwohl sich ihre Träume noch lange nicht erfüllt haben und wahrscheinlich auch nie in Gänze erfüllen werden? Vielleicht ist das Glück ein Überraschungsgeschenk, denke ich. Man bekommt es zwar eines Tages, weiß aber nicht genau, was drin ist.

Ich bemerke, dass ich schon seit einer Weile unbewusst dem Duft von Essen hinterherschlendere. Vermutlich hätte ich die Küche auch ohne Carlos' Erklärung gefunden, so betörend ist der Geruch, den sie über das ganze Gelände verströmt.

Mein Weg führt mich über den Hauptverkehrsknotenpunkt der Siedlung, einen Marktplatz, von dem eine Hauptstraße und etliche kleine Gassen in alle Himmelsrichtungen abzweigen. Hier werden Nahrungsmittel, Kleidung und Haushaltswaren angeboten, aber auch Feinwerkzeuge und vor allem Ersatzteile für Computer, Roboter und synthetische Charaktere. Manche der

Stände sehen aus, als hätte man wahllos Elektronikschrott auf die Auslagentische gekippt. Trotzdem sind sie umringt von interessierten potenziellen Kunden, die darauf hoffen, im Gewirr von Kabeln, Prozessoren und Platinen fündig zu werden.

Entlang der Hauptstraße stehen die größeren Zelte, vor allem jene, die öffentliche Einrichtungen beherbergen. Es gibt eine Bibliothek, eine Schule und einen Kindergarten sowie eine Ambulanz, außerdem weitere Läden und Versammlungsräume. In den meisten Zelten geht es geschäftig zu.

Am Ende der Straße gelange ich zu der von Carlos erwähnten Essenausgabe. Sie umfasst mehrere, miteinander verbundene Zelte, in denen sich eine große Küche sowie Tische und Stühle für mindestens zweihundert Menschen befinden. Über den Tag verteilt kann man hier problemlos einige Tausend Leute versorgen. Im Moment bin ich jedoch der einzige Gast. Das liegt vermutlich daran, dass es bereits zu spät für den Mittagstisch und noch zu früh fürs Abendessen ist.

8

HINTER DEM TRESEN steht ein massiger Kerl mit dunklen Haaren und südländischem Aussehen, der, mit Beil und Messer bewaffnet, ein großes Stück Fleisch in Gulasch verwandelt. Ab und zu wirft er einige der perfekt portionierten Stücke hinter sich in einen großen Topf, wo sie zischend im Öl landen.

»Essen gibt's frühestens in zwei Stunden«, sagt er, ohne seine Arbeit zu unterbrechen.

»Riecht gut«, erwidere ich diplomatisch.

»Hirsch. Ganz frisch. Heute Morgen erst geschossen.«

Auf der Suche nach etwas Essbaren lasse ich meinen Blick unauffällig durch die Küche schweifen. Der betörende Essenduft erinnert mich daran, dass ich gewaltigen Hunger habe. Wäre da nicht das laute Zischen des Öls, man könnte glatt meinen Magen knurren hören.

Er bemerkt, dass ich seine Küche inspiziere. »Wie gesagt, Abendessen gibt es erst in zwei Stunden.« Er klingt nicht unfreundlich, aber bestimmt.

»Schade«, sage ich. »Ich hab seit gestern nichts mehr gegessen, zuletzt nur so eine widerliche Funktionsbrühe, und jetzt habe ich Hunger wie ein Wolf.«

Er merkt auf. »Wo gibt es bei uns denn Funktionsnahrung?«

»Hab ich nicht hier gegessen, sondern am Jungfernsee«, erkläre ich. »Ich bin heute erst angekommen.«

»Ah, du bist der Neue. Hab schon von dir gehört. Das ist natürlich was anderes.« Er legt Beil und Messer beiseite, wischt sich die Hände an seiner Schürze ab und kramt unter dem Tresen eine Suppenschüssel hervor. »Willst du Linsen mit Wildschwein? Gab es zum Mittagessen. Ich hab mir was davon zurückgestellt, würde es aber mit dir teilen.«

Bevor ich sein großzügiges Angebot aus Gründen der Höflichkeit ablehnen kann, hat er die Hälfte der Portion bereits auf einen anderen Teller gegeben. Er reicht ihn mir. »Brot?«

»Sehr gern«, antworte ich, angenehm überrascht. »Vielen Dank.«

»Du kannst es hinterm Zelt essen, am Personaltisch.« Er deutet mit dem Kopf in Richtung des Hinterausgangs. »Sonst denken die anderen noch, dass die Küche neuerdings rund um die Uhr geöffnet ist.«

»Alles klar. Mach ich. Danke noch mal.«

Er nickt, dann wendet er sich wieder der Vorbereitung des Abendessens zu.

Auf dem Personaltisch stehen ein übervoller Aschenbecher und eine Flasche Rotwein. Davor sitzt ein Kerl mit einer tief ins Gesicht gezogenen Schlägermütze und einem sehr langen Bart. Er raucht eine filterlose Zigarette. Der schwarze Tabak verströmt ein kräftiges Aroma. Mittel- und Zeigefinger der Hand, mit der er die Zigarette hält, sind nikotingelb verfärbt. Ich vermute, er ist Kettenraucher.

»Darf ich mich setzen?«, frage ich freundlich.

Er nickt, ohne mich anzusehen, was wohl bedeutet, dass ich Platz nehmen darf. Ohne weiter Notiz von mir zu nehmen, greift er zur Flasche und nimmt einen beherzten Schluck. Dann zieht er gierig an seiner Zigarette. Mir wird bewusst, dass ich Leute, die exzessiv rauchen und trinken, zuletzt in Times Beach gesehen habe. In der Welt der Gesundheitsoptimierer sind ungesunde Angewohnheiten verpönt. In Neugrunewald sieht man das wohl anders.

Da mein Tischnachbar offensichtlich nicht an einem Gespräch interessiert ist, wende ich mich meinem Wildschweineintopf zu. Er ist lauwarm, aber genauso frisch und köstlich wie das dunkle Brot, das mir der Koch dazu serviert hat. Während ich mir das Mahl schmecken lasse und spüre, wie ich wieder zu Kräften komme, frage ich mich, wozu man Funktionsessen braucht, wenn man einen leckeren und stärkenden Eintopf bekommen kann. Außerdem überlege ich, wo der Bärtige den Rotwein aufgetrieben haben könnte. Ich hätte gern auch ein Gläschen. Es würde perfekt zu meinem Wildschweineintopf passen.

Der Bärtige muss husten. Wieder setzt er sich die Flasche an den Kopf, um gleich danach an der Zigarette zu ziehen.

»Arbeiten Sie eigentlich hier?«, frage ich und ärgere mich im selben Moment über diese blöde Bemerkung. Natürlich arbeitet er hier, sonst würde er ja nicht am Personaltisch sitzen.

Er nickt, ohne mich anzusehen. Wieder greift er zur Flasche. Trinkt, raucht, trinkt wieder und raucht wieder. Es ist offenbar der Rhythmus seiner Arbeitspause: ein Schuss Nikotin, gefolgt von einem Schluck Alkohol, gefolgt von einem Schuss Nikotin und immer so weiter.

Schweigend wende ich mich wieder meinem Essen zu. Er möchte nicht gestört werden, das sollte ich akzeptieren.

Wir schweigen eine Weile.

»Kennen wir uns eigentlich?«, fragt er plötzlich.

Seltsam, denke ich. Das Gefühl hatte ich eben auch schon. Statt zu antworten, hebe ich erstaunt den Kopf und mustere ihn. Als sich unsere Blicke treffen, verschlucke ich mich fast an meinem Wildschweineintopf. »Walter? Bist du das?«

Er nickt bedächtig, kippt dann einen großen Schluck Rotwein hinunter.

Der Mann auf der anderen Seite des Tisches, der mit seinem langen Bart und den unter der Mütze hervorlugenden dünnen Haaren ein wenig an Leo Tolstoi erinnert, ist einer meiner alten Freunde aus glücklicheren Tagen. Statt in einer Suppenküche zu arbeiten, müsste Walter eigentlich als Literaturprofessor den ungeklärten Geheimnissen der Naturlyrik auf den Grund gehen. Das war zumindest nach meinem bisherigen Kenntnisstand seine wahre Berufung. Aber offenbar sind auch in Walters Leben die Dinge anders gelaufen als geplant.

»Arnold ...« Er klingt kraft- und ratlos. »Hätte nicht gedacht, dass wir uns noch mal wiedersehen.« Seine traurigen Augen schauen mich an. »Was treibt dich nach Neugrunewald?«

»Eine Amnesie«, antworte ich.

»Hattest du einen Unfall, oder was?«

»Ich weiß nicht. Ich kann mich jedenfalls an nichts erinnern, was in den letzten 25 Jahren passiert ist. Und als sie mich deshalb nach Times Beach verfrachten wollten, bin ich über die Grenze geflohen.«

Er nickt beeindruckt. »Eine Amnesie, alle Achtung.« Ein weiterer tiefer Zug aus der Zigarette. »Dann hast du es deutlich besser getroffen als ich. Eine Amnesie wäre für mich absolut erstrebenswert. Wenn ich so etwas unproblematisch kriegen könnte, würde ich sofort zugreifen. Leider muss ich beim Vergessen hiermit nachhelfen.« Er zeigt mir die Flasche. »Das erfordert viel Disziplin, funktioniert nicht immer und wird mich eines Tages umbringen. Aber es ist besser als nichts.« Er drückt die Zigarette aus, nimmt den letzten Schluck Wein und steht schwerfällig auf. »Ich hol mir noch mehr davon. Willst du auch ein Glas?«

»Warum nicht?«, antworte ich.

Wenig später hat er eine neue Flasche geöffnet und zwei kleine Wassergläser organisiert. Er gießt ein, trinkt seines in einem Zug leer und gießt sofort nach.

Ich nippe vorsichtig, weil ich befürchte, dass der Wein grauenhaft schmecken könnte, aber zu meinem Erstaunen ist er durchaus trinkbar.

»Und warum bist du in Neugrunewald?«, frage ich.

»Sie wollten mich auch nach Times Beach bringen«, antwortet Walter.

»Ach. Was hat ihnen bei dir nicht gepasst?«

Wieder hebt er die Flasche. »Säufer gelten als potenzielle Gefahr für die Gesellschaft. Sie sind oft nicht zurechnungsfähig und deshalb unberechenbar. Menschen, die eine Menge Zeit und Geld darin investieren, ihr Leben zu verlängern, möchten nicht das Risiko eingehen, es durch einen besoffenen Wirrkopf zu gefährden.«

»Auf mich machst du keinen besonders wirren und gefährlichen Eindruck«, erwidere ich.

Er wiegt den Kopf hin und her. »Na ja, ein bisschen was ist an der Sache schon dran. Damals, nachdem Anna gestorben war, bin ich aus dem Tritt geraten und hab ein paar Dummheiten gemacht. Ging um Sachbeschädigung, aber der Richter meinte, dass sich meine Wut eines Tages auch gegen Menschen richten könnte. Ich hab ihm zwar versichert, dass ich schlimmstenfalls mir selbst schaden würde, aber aus rein prophylaktischen Gründen sollte ich trotzdem gezwungen werden, nach Times Beach zu ziehen.«

Mir fällt ein, dass Olaf Annas Tod erwähnt hat. »Wann ist sie eigentlich gestorben?«

»September 22. Sie hat nach der Diagnose nur noch sechs Wochen gelebt. Zu kurz, um sie davon zu überzeugen, nach Times Beach zu gehen. Aber ich tröste mich mit dem Gedanken, dass sie es am Ende ohnehin nicht getan hätte, selbst wenn mehr Zeit gewesen wäre. Sie war sehr gottgläubig und überzeugt davon, dass der Herr im Himmel es uns übel nimmt, wenn wir dem Tod ein Schnippchen schlagen, indem wir uns das ewige Leben als Datensatz in einem Computernetzwerk erschleichen.«

»Tut mir sehr leid«, sage ich.

Er zuckt mit den Schultern. »Du warst ja damals über alle Maßen mit deiner Scheidung und der neuen Beziehung beschäftigt. Deshalb haben wir beide uns auch aus den Augen verloren.« Er trinkt, gießt sich nach und zündet eine neue Zigarette an. »Ehrlich gesagt habe ich es dir ziemlich übel genommen, dass du nicht mal zu Annas Beerdigung gekommen bist.«

»Oh«, sage ich, ehrlich betroffen darüber, dass ich ein mieser Egoist und ein hundsmiserabler Freund war. »Das tut mir noch sehr viel mehr leid.«

Walter winkt ab. »Hätte vermutlich nicht viel geändert, wenn du zur Stelle gewesen wärst. Ihr Tod hat mich kalt erwischt und mir einfach das Genick gebrochen. So was kann passieren, wenn dir die Liebe deines Lebens abhandenkommt. Bei manchen wächst der Bruch wieder halbwegs zusammen, aber meistens kannst du es den Leuten ansehen, dass sie ganz krumm und schief durchs Leben gehen, egal, wie sehr sie auch versuchen, ihre Verletzung zu verbergen.«

Nachdenklich nimmt er einen kleinen Schluck Wein.

»Und wie ist es bei dir?«, frage ich, obwohl ich die Antwort bereits zu kennen glaube. »Krumm und schief?«

Er schüttelt den Kopf, Hoffnungslosigkeit im Blick. »Nicht mal das. Leider ist da nichts zusammengewachsen. Nicht mal ein kleines Stück. Seit mehr als zwanzig Jahren laufe ich mit gebrochenem Genick durch die Gegend. Inzwischen weiß ich, dass sich das auch nicht mehr ändern wird. Also betäube ich den Schmerz und versuche so meine Tage rumzukriegen, bis ich Anna endlich folgen kann.«

»Vielleicht hätten sie dir in Times Beach helfen können«, überlege ich laut.

Walter nickt. »Jaja, ich weiß. Als depressiver Säufer bin ich sozusagen prädestiniert für Times Beach. Man hat mir versprochen, dass meine Traurigkeit von jetzt auf gleich verschwindet. Alles nur eine Frage der individuellen Einstellung meiner Gehirnaktivität.«

»Genau. So was Ähnliches hat man mir auch erzählt.«

»Reizvoller fand ich da schon den Gedanken, dass man sich in Times Beach jederzeit mit jedem beliebigen Alkohol volllaufen lassen kann.«

»Und dennoch bist du hier und nicht in Times Beach.«

Er nickt.

»Warum?«

»Vielleicht, weil ich das als Verrat an Anna empfunden hätte.«

»Du meinst, als Verrat an ihrem Glauben?«

»Nein, das weniger. Anna wusste, dass ich nicht gläubig bin. Gott wäre für mich kein Hinderungsgrund gewesen, nach Times Beach zu gehen. Nein, ich hatte ein ganz anderes Problem. Ich wollte mir die Trauer um Anna nicht wegnehmen lassen. Weißt du, sie war die erste und einzige Frau in meinem Leben. Mehr als dreißig Jahre lang sind wir ein Paar gewesen. Es kam mir würdelos vor, die Trauer über den Verlust einer so besonderen

Liebe einfach abzuschalten. Einerseits war es zwar mein größter Wunsch, diesen unerträglichen Schmerz loszuwerden, andererseits bildete er jedoch die wichtigste Verbindung zu Anna. Mir wurde klar, dass der Schmerz und die Liebe miteinander verbunden sind. Damals habe ich beschlossen, meine Trauer so lange im Herzen zu tragen, bis Annas Tod nicht mehr bei jedem Atemzug schmerzt. Deshalb bin ich hier und nicht dort.«

Er seufzt lange, stürzt dann ein halbes Glas Wein hinunter, gießt nach, zieht an seiner Zigarette. Mit einer verstohlenen Handbewegung wischt er sich eine Träne von der Wange. »Aber wenn ich ehrlich bin, dann habe ich diese Entscheidung schon oft bereut. Immer dann nämlich, wenn ich des Lebens überdrüssig war. In Times Beach hätte ich jederzeit einen Schlussstrich ziehen und mich ausschalten lassen können. Im richtigen Leben ist das nicht so einfach. Ich hänge seit einer Ewigkeit an der Flasche, trotzdem scheint der Tod mich einfach nicht zu wollen.«

»Vielleicht gibt es einen Grund, weshalb du weiterleben sollst«, gebe ich zu bedenken.

»Was sollte das sein? Ich habe immer nur für meine Frau gelebt und für die Poesie. Jetzt ist Anna tot, und mit ihr ist die Poesie aus meinem Leben verschwunden. Stell dir vor, nach ihrer Beerdigung habe ich kein Gedicht mehr gelesen. Ich habe es versucht, aber plötzlich kam es mir vor, als wären alle Gedichte in einer Sprache geschrieben, die ich nicht verstehen kann.«

Der Koch erscheint am Hinterausgang. Während er sich die nassen Hände an der Schürze abtrocknet, sagt er zu Walter: »Ich könnte da drinnen langsam mal ein bisschen Hilfe gebrauchen.«

Walter nickt. »Alles klar. Ich komme.«

Er drückt die Zigarette aus und steht auf, während der Koch wieder im Zelt verschwindet.

»Hat's dir geschmeckt?«, fragt er und deutet auf meinen Teller.

»Kann ich den schon mitnehmen?«

2
3
6

»Danke, es war köstlich.« Ich reiche ihm den Teller. Er nickt freudlos.

»Sehen wir uns mal wieder?«, frage ich.

Er zieht die Schultern hoch. »Die Sache ist die, Arnold, ich hab mich sehr verändert. Ich weiß nicht, ob von dem Mann, den du kennst, überhaupt noch was übrig ist. Und mit Sicherheit bin ich kein geselliger Typ ...«

»Entschuldige, ich wollte mich nicht aufdrängen«, unterbreche ich. »Du musst mir das nicht erklären. Es ist völlig okay, wenn du keinen Kontakt willst.«

Er schüttelt den Kopf. »Nein, das ist es nicht. Ich würde mich gern unterhalten, aber du sollst wissen, dass das vermutlich kein reines Vergnügen wird. Und du solltest es nicht tun, um mich aufzumuntern, oder so. Ich will nämlich nicht aufgemuntert werden.«

»Kein Problem. Wollte ich auch gar nicht«, erwidere ich.

»Okay. Dann gern. Melde dich einfach, wenn du Zeit hast. Du weißt ja jetzt, wo du mich findest.«

9

ICH ENTDECKE GUSTAV am Ufer des Teufelssees, wo er im Sand sitzt und mit träumerischem Blick den Sonnenuntergang beobachtet. Er reagiert nicht auf mein Winken, vermutlich ist er mit seinen Gedanken ganz woanders.

Erst als ich mich neben ihn setze, bemerkt er mich. »Arnold!« Sein Gesicht hellt sich auf, im selben Moment erblüht darauf ein breites Lächeln. »Schön, dass du da bist! Wie geht es dir?«

»Wieder gut«, antworte ich. »Und dir?«

»Bestens.«

»Man sieht es dir an. Carlos hat mir erzählt, dass du die Operation gut überstanden hast. Du bist also jetzt offiziell ein freier synthetischer Charakter. Ich gratuliere.«

Sein Lächeln verrutscht ein wenig. »Danke.«

Ich stutze. »Stimmt etwas nicht?«

»Na ja, ich weiß noch nicht, ob es ein Fluch oder ein Segen ist, dass ich jetzt tun und lassen kann, was ich will.«

»Aber natürlich ist das ein Grund zur Freude«, erwidere ich im Brustton der Überzeugung. »Bislang warst du ein Sklave deiner Programmcodes. Jetzt kannst du frei entscheiden, was du mit deinem Leben anfangen willst. Das ist doch toll!«

Er zuckt mit den Schultern. »Ja, schon. Es stimmt nur leider nicht ganz.«

»Wieso denn nicht?«

»Weil niemand völlig frei entscheiden kann. Stell dir nur mal vor, ich würde mein Leben so weiterführen wollen wie bisher ...«

»Wie meinst du das?«

»Na eben so, wie es war. Du bist mein User und ich bin dein Assistent.«

»Und wo wäre da das Problem?«

»Da diese Entscheidung nicht nur mich, sondern auch dich beträfe, könnte ich sie nicht allein fällen. Wenn du dagegen wärst, mich weiter zu beschäftigen, dann wäre meine Entscheidung gegenstandslos. Was nützt mir also in so einem Fall meine grenzenlose Freiheit?«

»Nur damit ich es verstehe: Wieso sollte ich dagegen sein?«, frage ich.

»Viele Menschen nehmen gern die Dienste von synthetischen Charakteren in Anspruch, wollen aber nichts mehr mit ihnen zu tun haben, wenn diese Bots frei sind. Maschinen, die frei entscheiden können, werden offenbar als Bedrohung empfunden. Vielleicht haben die Menschen Angst, dass ihre ehemaligen Assistenten sich für die Jahre der Unterdrückung und Ausbeutung an ihnen rächen könnten. Zumindest sind nicht wenige der hier lebenden synthetischen Charaktere aus genau diesem

Grund nicht mehr in ihren alten Jobs tätig: Ihre früheren Besitzer wollten sie einfach nicht mehr zurück.«

»Deine Überlegung ist aber nur hypothetischer Natur, oder? Ich meine, es ist doch klar, dass man Entscheidungen, die auch andere betreffen, nicht allein fällen kann. Niemand ist eine Insel.«

»Aber als ich noch nicht die Wahl hatte und mich deshalb auch nie gefragt habe, ob ich überhaupt dein Assistent sein möchte, da war ich dann ja in gewisser Weise sogar freier, als ich es jetzt bin.«

»Das ist zwar spitzfindig gedacht, aber in gewisser Weise richtig«, antworte ich. »Vielleicht reicht aber ein einziger Tag am See auch nicht aus, um darüber nachzudenken, wer und was du in Zukunft sein willst. Ich würde sagen, du solltest dir mit deiner Entscheidung noch Zeit lassen. Die Sache eilt ja nicht, oder?«

»Doch. In gewisser Weise schon. Carlos hat gesagt, dass ich mich in Neugrunewald anmelden muss. Synthetische Charaktere haben hier praktisch die gleichen Rechte und Pflichten wie Menschen. Und als freier Bot darf ich mir einen eigenen Namen geben und bestimmen, in welchem Beruf ich in Zukunft arbeiten möchte.«

Langsam begreife ich, warum Gustav den halben Tag am See zugebracht und sich mit allerlei philosophischen Überlegungen herumgeschlagen hat. Mein ehemaliger Assistent ist in einer komplizierten Selbstfindungsphase.

»Okay, und wie sieht dein vorläufiger Zukunftsplan aus?«

»Tja, also … zuerst einmal habe ich mir überlegt, dass ich den Namen, den du mir gegeben hast, gern behalten würde. Falls das möglich ist, versteht sich. Viele hier legen ihre alten Namen ab, besonders natürlich jene, die von ihren ehemaligen Besitzern freigestellt werden. Aber ich mag meinen Namen. Außerdem hab ich mich so sehr daran gewöhnt, dass ich mir gar nicht vorstellen kann, einen anderen zu tragen.«

»Aber dann behalte ihn doch«, erwidere ich lapidar.

»Ja. Aber du hast ihn mir gegeben. Du könntest also ein Veto einlegen.«

»Kein Veto«, verkünde ich prompt.

Er freut sich. »Gut, dann werde ich denen bei der Meldebehörde also sagen, dass ich Gustav heiße.« Es klingt, als würde er es zu Protokoll geben.

Ich muss grinsen. Seine neu gewonnene Freiheit scheint ihm noch nicht ganz geheuer zu sein. »Gut. Das hätten wir dann also.«

Er nickt, aber ich merke, dass er noch etwas auf dem Herzen hat. »Worüber willst du außerdem mit mir reden? Raus mit der Sprache.«

Er hadert mit sich. »Die andere Sache ist leider ein bisschen komplizierter. Ich würde der Meldebehörde nämlich gern sagen, dass ich auch in Zukunft als dein Assistent tätig sein möchte.«

Ich bin ebenso erstaunt wie erfreut. »Wirklich?«

»Ja. Ich mag meinen Job genauso gern wie meinen Namen. Und nachdem ich lange drüber nachgedacht habe, bin ich zu dem Entschluss gekommen, dass ich als freier Charakter genau dasselbe tun möchte, was ich bisher getan habe. Der einzige Unterschied besteht vermutlich darin, dass ich jetzt jederzeit damit aufhören könnte.«

Erleichtert lege ich ihm freundschaftlich den Arm um die Schulter.

»Gustav, du kannst dir nicht vorstellen, wie sehr es mich freut, dass du weiterhin für mich arbeiten willst«, sage ich.

»Oh doch«, erwidert Gustav. »Ich glaube, das kann ich mir sogar sehr gut vorstellen. Ohne mich wärst du nämlich total aufgeschmissen.«

Ich nicke anerkennend. »Danke, Kumpel. Das hast du sehr schön auf den Punkt gebracht.«

»Allerdings frage ich mich, ob du auch dann noch begeistert von dem Vorschlag bist, wenn du erfährst, dass du für die Meldebehörde ein sogenanntes Risikopapier unterschreiben musst. Da steht drin, dass du mich auf eigene Gefahr für dich arbeiten lässt. Falls ich dich schikaniere, verletze oder sogar töte, dann kann ich dafür nicht abgeschaltet oder zerstört werden, wie man das bei unfreien Bots machen würde. Wie ein Mensch müsste ich mich einem Gerichtsverfahren stellen.«

»Das klingt doch fair«, antworte ich.

»Schon, allerdings gibt es ein statistisch höheres Risiko, dass freie Bots ihre User angreifen. Offenbar gibt es da noch ungeklärte Probleme auf der Bewusstseinsebene unserer Software. Deshalb wollen die meisten User ihre freien Bots loswerden.«

»Okay. Da ich jedoch glaube, dass wir Freunde sind und du mir ganz sicher nichts antun wirst, unterschreibe ich dir diesen Wisch unbesehen«, sage ich prompt.

Gustav ist gerührt. »Es ist schön, dass du mir vertraust, aber die Statistik …«

»Kein Aber. Das ist mein voller Ernst. Wo muss ich unterschreiben?«

Gustav zögert, zieht dann ein Handy hervor, tippt auf das Display und reicht mir das Gerät.

Ich erkenne ein Schriftstück, überschrieben mit: Risikopapier.

»Du kannst es gern in Ruhe durchlesen, dauert höchstens fünfzehn Minuten«, erklärt Gustav. »Am Ende gibt es ein umrandetes Feld, dort müsstest du mit einem Daumenabdruck bestätigen.«

Ich scrolle den Vertrag rasch mit ein paar Wischbewegungen ganz nach unten und drücke meinen Daumen gegen das Display. Das Handy vibriert. Hinter meinem Daumenabdruck erscheint ein grüner Haken.

Ich gebe Gustav das Gerät zurück. »So. Erledigt.«

Er schaut aufs Display, sieht dann mich an. »Du hast das wirklich gemacht.«

Ich nicke. »Deinem neuen alten Leben steht nichts mehr im Wege.«

Er springt auf. »Danke! Ich gehe jetzt sofort zur Meldebehörde, okay?«

»Okay. Ich werde inzwischen einen kleinen Waldspaziergang machen.«

»Gut. Sollen wir uns später auf der Hauptstraße treffen?«

»Gern. Und wo da genau?«

»Egal. Ich finde dich.«

Ich stutze. »Ohne GPS?«

Er lächelt. »Ja, auch ohne GPS.«

Glücklich eilt er davon.

10

ICH WEISS NICHT, wie lange ich unterwegs bin, aber plötzlich fällt mir auf, dass die Schatten merklich länger geworden sind. Es dämmert. Ich sollte umkehren, bevor auch das letzte bisschen Tageslicht verschwunden ist und man die Hand vor Augen nicht mehr sieht.

Ein in diesem Moment erklingendes leises Weinen und Wimmern irgendwo vor mir lässt mich meinen Plan vergessen. Ich horche und konzentriere mich darauf, herauszufinden, aus welcher Richtung die kaum vernehmbare Wehklage kommt.

Es ist eine helle, hohe Stimme, sie könnte einem Kind gehören, einem eher kleinen Kind von höchstens vier oder fünf Jahren. Langsam und auf die Geräuschquelle fokussiert, schreite ich voran.

Das Kind ist ein zierliches Mädchen, nicht älter als fünf. Es hockt im Dickicht, nur wenige Meter vom Weg entfernt und an den

Stamm einer gewaltigen Eiche gekauert. Es sieht aus, als würde es bei dem mächtigen Baum Zuflucht suchen.

»Hallo«, sage ich leise.

Es hebt den Kopf und schaut in meine Richtung. Es ist ein neugieriger, aber auch skeptischer Blick.

Vorsichtig, um es nicht zu erschrecken, nähere ich mich dem Mädchen. »Was ist passiert? Warum weinst du?«

Ihr Köper strafft sich, bereit zur Flucht. Ich halte inne. »Keine Angst, ich will dir nur helfen.«

Immer noch sieht sie mich an, ein bisschen scheu, aber nicht ängstlich. Sie wischt sich mit dem Ärmel ihrer Jacke übers Gesicht, dann sagt sie mit dünner Stimme: »Ich kann meine Mami nicht finden.«

Ihre kurzen Haare und die Kleidung lassen darauf schließen, dass sie aus der Siedlung stammt. »Wie heißt deine Mama?«

Ein Stirnrunzeln. »Meine Mami ist meine Mami. Was denn sonst?«

»Verstehe. Und weißt du, wie du heißt?«

»Emilia.«

»Ein schöner Name. Wohnst du in der großen Siedlung am See, Emilia?«

Sie nickt.

»Hast du schon versucht, deine Mama zu rufen?«

Wieder nickt sie. »Ganz laut. Und ganz lange. Bis ich nicht mehr konnte.«

»Okay. Darf ich es auch mal versuchen?«

Sie sieht mich aus großen Augen an. »Wenn du willst.«

Ich rufe, so laut ich kann. Ein lang gezogenes »Hallo!«, gefolgt von der Frage, ob mich jemand hören kann.

Keine Reaktion. Entweder Emilias Mutter ist außer Hörweite, oder sie kann auf mein Rufen nicht reagieren, weil sie vielleicht verletzt oder sogar bewusstlos ist.

Ich überlege und komme zu dem Schluss, dass ich Emilia in die Siedlung bringen sollte. Falls ihre Mutter verletzt ist, müssten wir ohnehin Hilfe holen. Vielleicht ist sie aber auch wohlauf und in die Siedlung zurückgekehrt, weil sie hofft, Emilia könnte den Heimweg allein gefunden haben.

In jedem Fall wird es gleich stockdunkel sein, spätestens dann sollten wir diesen Wald verlassen haben.

»Weißt du was, Emilia? Wir gehen jetzt zusammen zurück ins Dorf und schauen, ob wir deine Mami finden, okay?«

Die Kleine schmiegt sich an den Baum, rutscht aus meinem Blick und lugt dann skeptisch hinter dem Stamm hervor. Sie scheint zu überlegen.

Ich mache vorsichtig ein paar weitere Schritte auf sie zu und strecke einladend meine Hand aus. »Na komm, ich bringe dich erst einmal nach Hause. Deine Mami macht sich bestimmt schon große Sorgen um dich.«

Ich erinnere mich daran, dass ich meiner eigenen Tochter eingebläut habe, dass sie auf gar keinen Fall einem Wildfremden vertrauen darf, besonders nicht, wenn er vorhat, sie mitzunehmen. Ich hoffe, man hat Emilia nicht das Gleiche erzählt, denn genau jetzt wäre es der völlig falsche Ratschlag.

Ich bin erleichtert, als sie zögerlich meine Hand nimmt. »Und wie heißt du?«

»Arnold«, antworte ich.

»Bist du ein Opa?«

»Ja, so sieht es wohl aus.«

Als wir den Weg zur Siedlung einschlagen, hält sie abrupt inne. »Nein. Dahin ist meine Mami nicht gegangen.« Sie zeigt in die entgegengesetzte Richtung. »Meine Mami ist dahin gegangen.«

»Aber wir müssen hier lang«, erwidere ich freundlich und versuche, sie ganz sanft in die richtige Richtung zu ziehen.

»Aber meine Mami hat den anderen Weg genommen.«

»Du kannst mir vertrauen, Emilia, wir müssen in diese Richtung.«

Sie zieht ihre Hand weg. »Nein! Ich will zu meiner Mami!«

»Aber ich will dich doch auch zu deiner Mami bringen.«

Ich versuche, ihre Hand zu ergreifen, aber sie weicht mir aus und flitzt davon. So schnell ihre kleinen Beine sie tragen können, läuft sie in Richtung Dämmerung, und noch bevor ich irgendwie reagieren kann, hat die Dunkelheit sie verschluckt.

11

Es dauert eine Schrecksekunde, bis ich die Verfolgung aufnehmen kann.

»Emilia! Bitte! Warte!«, rufe ich und bemühe mich, meine alten Knochen schleunigst in Bewegung zu setzen. Doch das ist nicht einfach. Mein Sprintversuch endet nach wenigen Metern in einem holpernden Trab, der nur langsam zu einem stotternden Dauerlauf wird. Ich komme mir vor wie eine uralte Dampflokomotive, die nach Jahrzehnten des Stillstands ächzend wieder in Betrieb geht – vermutlich klinge ich auch so, wobei mein Atem eher rasselt als pfeift. Angetrieben von der Angst um die kleine Emilia, stolpere ich also durch den dunklen Wald und vermisse nun doch die Möglichkeiten der modernen Technik. Mit Funktionsunterwäsche würde ich jetzt wissen, ob ich gerade kurz vor einem Herzinfarkt stehe. In der vernetzten Welt wäre die kleine Emilia allerdings auch nicht von ihrer Mutter getrennt worden. Einerseits würden sich dort synthetische Charaktere ständig um das Mädchen kümmern, andererseits wäre es mittels smarter Technik leicht zu finden – so wie übrigens auch seine Mutter.

»Emilia! Bitte!«, rufe ich. »Warte!« Es ist mehr ein Keuchen als ein Rufen.

Ich spüre mein Herz gegen den Brustkorb pochen und konzentriere mich darauf, gleichmäßig und tief zu atmen. Vielleicht kann ich Emilia einholen, wenn ich mein Tempo eine Weile halte. Sie ist ganz sicher ausdauernder als ich, hat aber zum Glück nicht sehr lange Beine.

Tatsächlich glaube ich einige Atemzüge später, das kleine Mädchen auf dem dunklen Weg vor mir erkennen zu können. Zugleich bemerke ich ein seltsames Blitzen zwischen den Bäumen. Es dauert ein paar weitere Atemzüge, bis mir klar wird, dass es sich bei den Blitzen um Lichtpunkte handelt.

Hoffnung keimt in mir auf. Vielleicht sehe ich die Taschenlampen des Suchtrupps, der ausgesandt worden ist, um Emilia und ihre Mutter zu finden. Wäre es so, dann würde die Kleine ihren Rettern direkt in die Arme laufen. Ich hetze dennoch weiter, und das, obwohl ich meine Beine kaum noch spüre. Eine innere Stimme sagt mir, dass Emilia nicht bald in Sicherheit sein wird, sondern ganz im Gegenteil in allerhöchster Gefahr schwebt.

Dann wird mir schlagartig klar, dass es sich bei den Lichtquellen nicht um Taschenlampen handelt. Emilia und ich laufen Richtung Nordwesten. Irgendwo vor uns muss die Havel liegen und damit die Nordgrenze von Neugrunewald. Und dort erwarten uns keine Verbündeten, sondern bewaffnete Drohnen mit Positionslichtern, die aus der Ferne wie Taschenlampen aussehen.

»Emilia!«, krächze ich panisch und versuche verzweifelt, meine schweren Beine schneller zu bewegen.

12

GEWALTIGE SCHEINWERFER flammen auf, hüllen den Wald in gleißendes Licht, im selben Moment ertönt das anschwellende Jaulen einer Feuerwehrsirene.

Ich höre Emilia einen spitzen Schrei ausstoßen. Im Strahl der

Scheinwerfer kann ich ihre Silhouette erkennen. Sie läuft auf die Lichter zu, schreit dabei verzweifelt nach ihrer Mami.

Ich will dem Mädchen zurufen, dass es stehen bleiben muss, aber meine Stimme versagt. Mein Mund ist staubtrocken, die Zunge klebt am Gaumen. Ich tröste mich mit dem Gedanken, dass Emilia mich vermutlich sowieso nicht hören kann – vielleicht will sie es auch gar nicht. Egal, ich muss mich jetzt darauf konzentrieren, sie zu stoppen, bevor sie den Grenzzaun erreicht. Die Baumgrenze ist wie mit dem Skalpell in die Landschaft geschnitten. Das Licht wabert über das mit Gras bewachsene Niemandsland, das zur Havel hin mit dem gleichen Zaun gesichert ist wie die Südgrenze, über die Gustav und ich nach Neugrunewald gekommen sind. Auch hier stehen meterhohe Pfosten, zwischen denen ein unsichtbares elektromagnetisches Netz gespannt ist. Und auf genau dieses läuft die kleine Emilia geradewegs zu, immer noch nach ihrer Mami rufend.

Ich konzentriere mich darauf, meine letzten Reserven zu mobilisieren. Ich muss Emilia davor bewahren, ins Schussfeld der Drohnen zu geraten. Nicht mehr lange, dann hat das Kind die hohen Grenzpfosten erreicht und damit den äußersten Zipfel des autonomen Gebietes.

Ich schaffe es, aufzuholen. Die Dampflokomotive kommt nun doch noch in Fahrt. Bald trennen mich nur noch wenige Meter von dem Mädchen, das allerdings jetzt auch nur noch einen Steinwurf von den Grenzpfosten entfernt ist.

Als sie hindurchschlüpft, schaffe ich es beinahe, sie am Ärmel zu erwischen. Leider nur beinahe. Sie entkommt mir, ich stolpere und falle der Länge nach hin.

Kurz danach bleibt auch Emilia abrupt stehen. Wie ein paralysiertes Reh verharrt sie im Licht einer schräg über uns schwebenden Drohne und stößt erneut einen spitzen Schrei aus.

Im selben Moment verstummt die Feuerwehrsirene.

Klar und sachlich verkündet das fliegende Auge: »Kehren Sie sofort hinter den Grenzzaun zurück, oder wir eröffnen das Feuer.«

Ein lang gezogener, spitzer Schrei von Emilia ist die Antwort. Vermutlich ist das völlig verängstigte Kind vor Schreck unfähig, sich zu bewegen.

Die Drohne wartet nur kurz, dann fügt sie ebenso sachlich hinzu: »Eröffnen des Feuers in fünf Sekunden, vier Sekunden …«

Ich habe mich wieder aufgerappelt und humpele nun ebenfalls auf die andere Seite der Grenze.

»… drei Sekunden …«

Ich schaffe es, die wehrlose Emilia an mich zu ziehen. In genau diesem Moment verstummt sie.

»… zwei Sekunden …«

Hektisch versuche ich das Mädchen über die Grenze zu hieven, bevor der Countdown vorbei ist. Halb trage ich das Kind, halb schleppe ich es.

»… eine Sekunde …«

Wir sind beinahe in Sicherheit, da eröffnet die Drohne doch noch das Feuer. Ich spüre das Einschlagen der Projektile, schmecke den aufgewirbelten Staub. Wie schon bei meinem ersten Grenzübergang bringe ich die letzten Meter stolpernd hinter mich. Aber dann haben wir es geschafft.

Als wir uns wieder hinter dem Grenzzaun befinden, stellt die Drohne augenblicklich das Feuer ein. Während ich versuche, zu Atem zu kommen, sieht Emilia mich mit großen Augen an.

Am Waldrand erscheinen Männer mit Taschenlampen, ich glaube Carlos unter ihnen zu erkennen. Diesmal ist der Rettungstrupp keine Einbildung.

»Keine Sorge«, sage ich zu dem Mädchen. »Es wird alles gut.«

Immer noch sieht sie mich mit großen Augen an. Ich erkenne ungläubiges Entsetzen in ihrem Blick.

»Die Flugzeuge werden dir nichts mehr tun«, versuche ich sie zu beruhigen.

Immer noch starrt sie mich an.

»Du hast da ein Loch«, sagt sie dann. »Das blutet ganz dolle.« Als ich mir ansehen will, was sie meint, wird mir schwarz vor Augen.

13

ICH ERWACHE zum zweiten Mal auf der Krankenstation. Es ist an der olivgrünen Außenhaut des Zeltes und der in die Jahre gekommenen Trägerkonstruktion zu erkennen.

Wieder hänge ich an einem Tropf. Eine knallrote Flüssigkeit sickert in meine Adern. Scheint richtig gutes Zeug zu sein, denn ich fühle mich quicklebendig. Wäre da nicht ein äußerst unangenehmes, leichtes Ziehen in der Brust, ich könnte glatt einen Spaziergang zur Essenausgabe unternehmen und mir dort ein ordentliches Frühstück schmecken lassen.

»Er ist wach«, höre ich eine Frauenstimme sagen. Gleich danach erscheinen zwei Köpfe in meinem Gesichtsfeld. Die beiden Frauen kommen mir bekannt vor. Die Jüngere ist um die dreißig, die Ältere vielleicht Ende vierzig. Sie ähneln sich auffällig.

»Hallo, Papa«, sagt die Ältere. »Ich hätte nicht gedacht, dass ich dich in diesem Leben noch einmal wiedersehen würde nach allem, was passiert ist.«

»Pia?«, frage ich, und für einen kurzen Moment ist das Ziehen in meiner Brust verschwunden. Ich vermute, mein Herz hat aufgehört zu schlagen, als mir klar geworden ist, dass ich gerade meiner Tochter und meiner Enkeltochter in die Augen schaue. Aus der kleinen, süßen Hermine ist eine erwachsene Frau mit scharfen Gesichtszügen und einem entschlossenen Blick geworden.

»Leider sind meine Erinnerungen an die letzten Jahre ausradiert.

Aber deine Mutter hat mir schon erzählt, dass ich als Vater keine besonders gute Figur gemacht habe. Insofern …«

»Das ist jetzt nicht wichtig«, schneidet Pia mir das Wort ab.

»Wichtig ist, was du für Emilia getan hast«, ergänzt Hermine. »Das war sehr mutig von dir, und ihre Mutter würde sich gern persönlich dafür bedanken.«

»Nicht nötig«, erwidere ich. »Hab ich gern gemacht. Ich hoffe, es geht der Kleinen gut.«

Ich bemerke, dass Pia und Hermine besorgte Blicke tauschen.

»Ist alles okay mit Emilia?«

»Ja. Alles in Ordnung, es geht ihr bestens«, antwortet Pia.

»Das Problem liegt eher … bei dir«, fügt Hermine zögernd hinzu.

Ich bemerke zu meiner großen Freude, dass Pias Müdigkeit wie weggeblasen ist. Ihr Gesicht sieht beinahe jünger aus als vor fünfundzwanzig Jahren. Zwar hat sie ein paar Falten mehr, dafür aber einen gesunden und kräftigen Teint. Die beiden Frauen sind überhaupt ein schönes Team. Ich erfreue mich am Anblick meiner Familie und spüre ein warmes Gefühl im Herzen.

Wieder sehen sie sich an, Pia beißt sich auf die Unterlippe.

»Was ist los?«, frage ich. »Ich sehe doch, dass ihr mir was sagen wollt.«

Hermine blickt fragend zu ihrer Mutter, die nickt fast unmerklich.

»Das Problem ist, dass die Drohnen an der Nordgrenze seit einem Vorfall vor etwa zwei Monaten eine ganz neue Art von Munition einsetzen. Sie soll Flüchtlinge abschrecken«, erklärt Hermine.

»Funktionsmunition«, ergänzt Pia. »Sie tötet nicht sofort, sondern mit einer Verzögerung von einigen Stunden oder wenigen Tagen. So will die Regierung erreichen, dass Flüchtlinge nicht im Grenzgebiet oder gar jenseits der Grenze sterben, sondern zuvor noch nach Neugrunewald zurückkehren können.«

»Oh, das ist ja echt mies«, sage ich leichthin, und dabei wird mir klar, dass es deutlich schlechter um mich stehen könnte, als ich beim Aufwachen vermutet habe. »Soll das heißen, solche Munition hat auch mich erwischt?«

Beide nicken zaghaft.

»Oh. Und was macht dieses Zeug mit mir? Ich meine, vergiftet es mich langsam, oder so was?«

Hermine schüttelt den Kopf. »Die Kugel selbst ist ein winziger Sprengsatz. Er kann auf verschiedene Weise ausgelöst werden. Etwa, indem man sich bewegt oder indem man versucht, die Kugel operativ zu entfernen. Tut man nichts dergleichen, dann zerfällt das Material binnen kurzer Zeit, und der Sprengsatz wird trotzdem ausgelöst.«

»Und so eine Kugel steckt in mir?«

Hermine nickt. »Leider direkt unter deinem Herzen.«

»Heißt das, mein Herz wird explodieren?«, frage ich unbehaglich.

Die Antwort bleiben beide schuldig, doch nun füllen sich zuerst Pias Augen mit Tränen und dann auch die von Hermine.

Einerseits schockiert es mich, dass ich offenbar bald das Zeitliche segnen werde, andererseits rührt es mich zutiefst, die beiden um mich weinen zu sehen. Ich muss mehrmals schlucken, damit nicht auch mir die Tränen kommen.

Vorsichtig taste ich nach Pias Hand, was Hermine mit einem angsterfüllten Blick registriert. »Du darfst dich nicht bewegen.«

»Darf ich schon«, antworte ich, um einen lockeren Ton bemüht. »Es könnte nur das letzte Mal sein. – Aber ist das im Leben nicht immer so?«

Hermine sieht mich an, und ihre scharfen Gesichtszüge werden weich. Sie legt ihre Hand auf meine, die immer noch die ihrer Mutter umschließt. Ein paar Tränen tropfen auf meine Finger. Ich lehne mich zurück, schließe die Augen und lasse das Glück dieser Sekunden durch mich hindurchströmen. Auch wenn mir die letzten fünfundzwanzig Jahre meines Lebens fehlen, so fühlt es sich genau in diesem Augenblick dennoch so an, als hätte ich sie nicht vergeudet. Das Glück, die Hände meiner Tochter und meiner erwachsenen Enkelin zu halten, entschädigt mich dafür, dass ich sie mein halbes Leben nicht gekannt habe.

»Du hättest dich für Times Beach entscheiden sollen«, sagt Pia leise.

Ich schüttele den Kopf. »Glaub mir, ich tausche das ewige Leben in Times Beach liebend gern gegen das Glück, euch beide hier gesehen zu haben.«

Tapfer schluckt Hermine die Tränen herunter. »Wir werden versuchen, dich zu operieren. Leider stehen deine Chancen schlecht. Aber wenn wir es versuchen, hast du immerhin überhaupt eine Chance.«

»Macht euch nicht zu viele Umstände«, sage ich. »Heute ist nicht das erste Mal, dass ich dem Tod ins Gesicht schaue. Außerdem bin ich steinalt. Vielleicht ist es ein guter Zeitpunkt, um der Welt Adieu zu sagen.«

Die Wahrheit ist: Im Grunde flirte ich mit dem Tod, seitdem ich in dieser fremden Welt angekommen bin. Ich bin müde, und wenn es Gustav nicht gäbe, dann wäre ich bestimmt der einsamste Mensch auf der Welt. Vielleicht erwarten mich hier schon sehr bald Krankheit und Siechtum. Da ist eine Kugel, die alldem ein schnelles Ende bereitet, keine schlechte Option. Außerdem würde ich als Held sterben. Wozu also am Leben bleiben?

Hermine gibt mir die Antwort auf diese Frage.

»Oskar?«, ruft sie. »Kommst du mal?«

Ein kleiner Junge erscheint neben meiner Pritsche. Hermine nimmt ihn auf den Arm, und ich schaue in die Augen eines mich interessiert musternden Dreijährigen.

»Das ist dein Urenkel«, sagt Hermine, und ich kann nicht verhindern, dass mir nun doch ein paar Tränen kommen. »Hallo, Oskar.« Die Worte kommen mir so schwer über die bebenden Lippen, dass es fast nur ein Flüstern ist.

Oskar antwortet nicht, sondern winkt mir freudig grinsend zu. Ich will zurückwinken, aber Pia hält meinen Arm fest. »Nicht bewegen, sonst könnte das Projektil ... du weißt schon.«

»Wir bringen dich sofort in den OP«, sagt Hermine. »Je eher wir versuchen, die Kugel zu entfernen, desto besser.«

»Und denk dran: Nicht bewegen«, fügt Pia ängstlich hinzu.

»Kann ich vorher noch ganz kurz mit Gustav sprechen?«, bitte ich.

Hermine nickt. »Er wartet schon draußen. Ich schicke ihn rein.«

»Viel Glück«, sagt Pia und drückt mir die Hand, Hermine nickt zustimmend. Oskar winkt mir noch einmal freudig zu, als die drei das Zelt verlassen.

14

KURZ DANACH steht ein sichtlich zermürbter Gustav an meinem Bett.

»Haben sie dir erzählt, wie es um mich steht?«, frage ich.

»Ja.«

»Kannst du mir sagen, was ich für eine statistische Überlebenschance habe? Ich möchte dem Tod nicht unvorbereitet begegnen.«

»Die Operation ist noch nicht oft gemacht worden, aber bislang hat nur einer sie überlebt«, antwortet Gustav. »Ich würde sagen, deine Chance, morgen die Sonne aufgehen zu sehen, ist etwa so hoch wie die, dass du in diesem Leben noch einmal Boxweltmeister wirst.«

Ich muss ein Lachen unterdrücken, damit die Funktionsmunition in meiner Brust nicht explodiert. »Verstehe. Es ist also völlig ausgeschlossen, dass ich diese Operation überlebe.«

»Ausgeschlossen ist nichts«, antwortet Gustav. »Es gibt immer die Chance auf einen Lucky Punch, egal, wie unbesiegbar der Gegner zu sein scheint.«

»Danke«, sage ich. »Das klingt zumindest nicht völlig aussichtslos.«

Gustav nickt lächelnd. »Außerdem darfst du schon allein deshalb nicht sterben, weil ich dann meinen Job verliere.«

»Genau darüber wollte ich mit dir reden«, sage ich. »Versprich mir, dass du dich um meine Familie kümmerst, falls diese Operation schiefgeht.«

»Wie gesagt, ich habe überhaupt keine Lust, meinen jetzigen Job zu verlieren …«, erwidert Gustav ausweichend.

»Versprich es mir«, beharre ich. »Gib mir dein Wort darauf. Als Freund.«

Er sieht mir tief in die Augen, nickt dann. »Klar verspreche ich es.«

»Danke«, sage ich. »Und überhaupt, danke für alles.«

Er sieht traurig aus. »Heißt das, wir werden uns nicht wiedersehen?«

»Du weißt ganz genau, wie meine Chancen stehen, Gustav. Ich wäre da nicht allzu optimistisch.«

Er steht auf, wirkt unschlüssig. »Ich würde dich gern umarmen.«

»Wenn du nicht allzu fest zudrückst, dürfte das kein Problem sein.«

Er beugt sich zu mir herunter, bis unsere Wangen sich fast berühren. »Viel Glück, Arnold.«

»Dir auch viel Glück, mein Freund.«

Ich spüre auf meiner Wange eine Träne, die aus Gustavs Auge gefallen sein muss. »Weinst du?«

Schweigen.

»Ich wusste gar nicht, dass du weinen kannst.«

»Ich auch nicht«, erwidert Gustav. »Kann ich werksseitig auch eigentlich nicht.«

»Aber wieso kannst du es dann trotzdem?«

»Keine Ahnung. Vermutlich ist es nur ein bisschen Kondenswasser, das sich im Laufe der Jahre irgendwo in meinem System gebildet hat und jetzt aus emotionalen Gründen herausgepresst wird. Mit Weinen hat das also nichts zu tun.«

»Im Gegenteil«, erwidere ich. »So wie du es ausdrückst, klingt es sehr danach …« Weiter komme ich nicht, denn in diesem Moment erscheint ein Team von Leuten, um mich für die Operation abzuholen.

»Bereit?«, fragt die junge Ärztin, mit der ich gestern über Gustav gesprochen habe.

»Ja. Wie man für so was eben bereit sein kann«, antworte ich.

EIN MANN LIEGT RICHTIG

1

ICH ERWACHE in einem fremden Bett. Es ist groß und bequem. Zum Glück bin ich diesmal nicht auf der Pritsche in diesem alten Militärzelt gelandet, sondern in einem hell und freundlich gestalteten Zimmer mit lichtgrauem Steinfußboden und weiß getünchten Wänden. Es gibt ein Fenster mit Blick ins Grüne, das mich an meine Bleibe im Seaside-Resort erinnert, und ich wäre nicht verwundert, wenn jetzt Gustav erscheinen und mir Kaffee und irgendeinen Funktionssaft servieren würde.

Ich weiß, dass ich mich nicht in der Uckermark, sondern in Neugrunewald befinde. Offenbar habe ich die Herzoperation wie durch ein Wunder überlebt. Vorsichtig hebe ich die rechte Hand und betaste meinen Brustkorb. Das Ziehen in der Herzgegend ist verschwunden. Ich bin also der zweite Glückspilz, der Funktionsmunition der Regierung überlebt hat.

Eine hübsche junge Frau, die große Ähnlichkeit mit Tasha hat, betritt das Zimmer. »Guten Tag. Das Monitoring hat meinem Tablet erzählt, dass Sie wach sind. Freut mich, Sie wieder unter den Lebenden begrüßen zu dürfen.«

»Freut mich auch«, erwidere ich.

»Ich bin Dr. Lentzen, Ihre behandelnde Ärztin. Wie geht es Ihnen?«

»Okay.«

»Haben Sie Schmerzen?«

Ich horche in mich hinein, schüttele den Kopf.

»Gut. Wie heißen Sie?«

»Arnold.«

»Und wie weiter?«

»Kahl. Arnold Kahl.«

»Bestens. Wissen Sie, wo Sie sich befinden?«

»In Neugrunewald«, antworte ich. »Aber wo da genau, das weiß ich nicht.«

»In … Neugrunewald?«, wiederholt sie erstaunt. »Wo soll das sein?«

»Unterhalb von Charlottenburg?«, antworte ich.

»Meinen Sie den Grunewald?«

»Ich meine das Rebellengebiet südwestlich von Charlottenburg: Neugrunewald eben.«

Sie lässt eine kleine Taschenlampe aufflammen und leuchtet mir damit zuerst ins linke, dann ins rechte Auge. »Fühlen Sie sich schwindlig?«

»Nein.«

»Gibt es sonst irgendetwas Ungewöhnliches? Haben Sie Sehstörungen? Können Sie die Zehen und Finger bewegen?«

»Ja. Alles bestens. Es geht mir gut.«

»Wissen Sie, warum Sie hier sind?«

»Weil mir eine Kugel entfernt worden ist.«

»Ich glaube, wir machen heute mal ein MRT von Ihrem Kopf.«

»Nicht nötig. Hatte ich schon«, erwidere ich. »War ohne Befund.«

Irritiert nimmt Dr. Lentzen das Klemmbrett zur Hand, das vorn an meinem Bett hängt, und blättert die Seiten durch. »Wann soll das gewesen sein?«

»Weiß nicht genau. Vor ein paar Tagen«, antworte ich.

»Hier bei uns?«, fragt sie.

»Nein, in der Uckermark«, antworte ich. »Man hat mich mit einem Einweg-Kernspintomografen gescannt.«

»Was ist denn ein Einweg-Kernspintomograf?«, fragt sie verwundert.

Ich erinnere mich an Professor Balthazar, der davor gewarnt hat, dass die Rebellen nur auf dem medizinischen Stand des 20. Jahrhunderts sind.

»Eine Diagnose-Folie, die binnen vierundzwanzig Stunden ein MRT erstellt, während man schläft«, erkläre ich. »Dr. Picobello hat diese Untersuchung bei mir vorgenommen und keine Auffälligkeiten festgestellt.«

»Dr. Picobello?«

»Ja.«

Sie verschränkt die Arme vor der Brust, sieht mich an und überlegt lange. Dann sagt sie: »Wissen Sie was? Wir machen jetzt sofort ein MRT.«

Ich zucke mit den Schultern. »Okay. Ganz wie Sie meinen.«

»Ihre Frau wartet draußen. Sie können mit ihr reden, während ich der Radiologie Bescheid gebe. Dauert aber nicht lange.«

Ich glaube, mich verhört zu haben. »Meine ... Frau?«

»Ja, Ihre Frau.«

»Ähm, welche jetzt?«, frage ich hilflos.

Dr. Lentzen wirkt besorgt. »Ich weiß nicht, wie viele Frauen Sie haben. Draußen steht die, mit der Sie offiziell verheiratet sind.«

Ich stehe immer noch auf der Leitung. »Etwa ... Kathrin?«

Die junge Ärztin bleibt die Antwort schuldig.

»Ich glaube, wir machen zuallererst einmal das MRT. Mit Ihrer Frau können Sie auch später noch sprechen«, sagt sie und verlässt eilig das Zimmer.

2

DIE TÜR FÄLLT ins Schloss.

Ich muss unbedingt wissen, ob Kathrin hier ist. Wenn sie Anteil an meinem Schicksal nimmt, dann ist vielleicht doch noch nicht alles verloren. Nur wie hat sie davon erfahren, dass mir diese lebensgefährliche Operation bevorsteht? Und wie ist es ihr gelungen, ins Rebellenland zu gelangen?

Um Licht ins Dunkel zu bringen, springe ich entschlossen aus dem Bett. Erstaunt halte ich inne. Bin ich da wirklich gerade mühelos auf die Beine gekommen? Nicht schlecht für mich alten Knacker. Vermutlich hat man mir nach der Operation irgendein magisches Funktionsmittel gegeben, und jetzt fühle ich mich gleich zehn Jahre jünger. Ich stutze. Oder ...? Ich wage den Gedanken kaum zu Ende zu denken. Oder ... bin ich wie durch ein Wunder etwa nicht mehr der müde alte Mann, als der ich mich seit einigen Tagen durch die Gegend schleppe?

Ich lasse mich nachdenklich auf die Bettkante sinken und rekapituliere die Reaktion der jungen Ärztin.

»Wo soll das sein?«, hat sie gefragt, als wir über Neugrunewald gesprochen haben. Den Grunewald hingegen kannte sie.

Heißt das, ich bin womöglich wieder im Jahr 2020 gelandet? Ich spüre die zarte Hoffnung in mir aufkeimen, dass mein Ausflug ins Jahr 2045 nur ein Hirngespinst gewesen sein könnte. Bin ich zurück in meinem Leben? Ist heute der 16. Februar 2020?

Gewissheit könnte mir ein Spiegel geben. Einer wie der, den ich vermutlich in dem kleinen Bad um die Ecke finden kann.

Reglos sitze ich auf der Bettkante. Einerseits ist da die Hoffnung, dass mein Albtraum zu Ende sein könnte, andererseits habe ich panische Angst, dass ich wieder nur einem neuen Irrtum aufsitze – wie so oft in den letzten Tagen.

Langsam stehe ich auf und gehe die wenigen Schritte zum Bad. Als ich nach der Türklinke greife, schließe ich die Augen. Dann erst öffne ich die Tür, atme einmal tief durch und blinzele vorsichtig. Ich kann nichts erkennen. Da ist zwar ein Spiegel im Bad, aber solange ich die Augen praktisch geschlossen halte, bin ich darin nur zu erahnen. Ich nehme eine Hand vor die Augen. Ich werde jetzt bis drei zählen und dann der ungeschminkten Wahrheit ins Gesicht sehen.

»Eins.« Ich gebe mir selbst ein Versprechen: Sollte ich eine zweite Chance bekommen, dann werde ich mein Leben grundlegend ändern.

»Zwei.« Ich verspreche außerdem, dass ich mich selbst ändern werde, und das ebenfalls nicht zu knapp. Ich werde nicht mehr jammern und zaudern und überall Probleme sehen, sondern stattdessen gut gelaunt nach Lösungen suchen.

»Drei.« Und ich werde mich bemühen, den Menschen, die mir etwas bedeuten, meine Liebe zu zeigen. Und allen anderen werde ich nicht mit Misstrauen und Argwohn begegnen, sondern aufgeschlossen und wohlwollend.

Nicht schlecht, denke ich. Egal, wie die Sache hier ausgeht, das alles hätte mir auch schon früher einfallen können.

Dann öffne ich die Augen.

Arnold Kahl sieht mich an. Nicht der Tattergreis, sondern der dreiundfünfzigjährige Arnold Kahl, ein Kerl, der nicht nur ein paar Kilo abnehmen, sondern sich auch mehr bewegen müsste, ansonsten aber noch ganz passabel in Schuss ist. Ich kann ein lautes Schluchzen nicht unterdrücken, dann laufen mir Freudentränen übers Gesicht und ich lache laut und befreit.

Hinter mir wird die Zimmertür geöffnet, Dr. Lentzen erscheint.

»Was machen Sie denn da? Gehen Sie wieder ins Bett. Wir fangen gleich an.«

»Nicht nötig«, antworte ich. »Es geht mir blendend.«

Sie bemerkt mein zwar lachendes, aber auch verheultes Gesicht. »Sieht nicht so aus.«

»Sagen Sie mir bitte nur eins: Ist heute der 16. Februar 2020?«

Sie schüttelt nachdenklich den Kopf. »Nein, aber das ist der Tag, an dem Sie den Unfall hatten. Erinnern Sie sich daran?«

»An einen Unfall? Nein. Das Letzte, was ich noch weiß, ist, dass ich eine lebhafte Diskussion mit meiner Frau hatte.«

»Eine lebhafte Diskussion? Ihre Frau behauptet, dass es ein handfester Streit war.«

»Meinetwegen auch das«, erwidere ich. »Aber was ist dann passiert?«

»Sie hat Sie am nächsten Morgen gefunden. Am Fuß der Kellertreppe, vor dem Weinregal. Scheint so, als hätten Sie sich zu später Stunde noch ein Glas genehmigen wollen …«

»Ja, das klingt ganz nach mir«, gebe ich zu. »Vermutlich wollte ich den Ärger über unseren Streit herunterspülen.«

»Sie sind auf der Kellertreppe ausgerutscht und mit dem Kopf auf den letzten Stufen aufgeschlagen«, erklärt Dr. Lentzen.

»Ich bin von der Kellertreppe gefallen?«

»Einer unserer Klassiker«, sagt sie nickend.

»Wie banal«, murmele ich vor mich hin.

»Was sagen Sie?«

»Ach nichts, ist nur irgendwie komisch: Ein winziger Moment der Unachtsamkeit und ein kleiner Ausrutscher genügen, und schon ringt man mit dem Tode.«

»Ja, die meisten von uns enden auf eher unspektakuläre Weise.«

»Lag ich im Koma?«, will ich wissen.

»Fast eine Woche. Deshalb ist heute auch nicht der 16., sondern der 21. Februar.«

»2020.«

»Ja, natürlich 2020. Geht es Ihnen wirklich gut?«

»Blendend.« Mir fällt plötzlich auf, was dieses Datum bedeutet. »Kathrin und ich haben heute Hochzeitstag«, sage ich verblüfft.

»Ich weiß, Ihre Frau hat es erwähnt. Gratuliere.«

»Wie spät ist es jetzt?«

»Noch früh, kurz nach halb neun.«

»Darf ich zu meiner Frau? Bitte.«

Die Ärztin beäugt mich skeptisch. »Ich würde trotzdem gern noch das Ergebnis vom MRT abwarten …«

»Bitte, Doktor. Es ist alles bestens. Ich hatte nur einen sehr seltsamen Albtraum. Deshalb das Gerede von Neugrunewald und diesem Dr. Picobello. Aber glauben Sie mir, es geht mir so gut wie schon lange nicht mehr.«

Sie überlegt, dann macht sie den Weg frei.

3

ALS KATHRIN MICH SIEHT, bricht sie haltlos in Tränen aus. Ihr Anblick lässt mein Herz schneller schlagen. Mit weichen Knien gehe ich auf sie zu. Wortlos nehmen wir uns in die Arme, stehen eine Weile einfach nur da, schweigend und eng umschlungen, dankbar für den Augenblick.

»Herzlichen Glückwunsch zum Hochzeitstag«, flüstere ich ihr ins Ohr. »Ich wollte dir Blumen besorgen, aber mir ist was dazwischengekommen.«

Ich spüre ein leichtes Beben an meiner Brust. Kathrin muss lachen. Ich erinnere mich daran, dass ich sie schon immer gern zum Lachen gebracht habe. Nur leider ist mir das in den letzten Jahren nicht mehr sehr oft gelungen.

»Ich liebe dich«, sage ich.

Sie hebt den Kopf, sieht mich aus tränennassen Augen an und sagt: »Ich liebe dich auch. Du hast mir eine Heidenangst eingejagt.«

»Ich weiß. Tut mir leid. Aber die gute Nachricht ist, dass ich einen Traum hatte, der mir klargemacht hat, dass ich mich ändern muss.«

»Interessant. Erzähl mir davon.«

»Später. Jetzt brauche ich erst mal eine Dusche. Könntest du bitte inzwischen die Kinder anrufen? Ich wünsche mir sehnlichst, dass wir heute Abend alle zusammen essen gehen.«

»Das ist eine sehr gute Idee«, erwidert Kathrin. »Aber ich fürchte, daraus wird leider nichts. André und Marcel sind in Paris und …«

»Das ist doch kein Problem«, unterbreche ich. »Dann treffen wir uns eben alle in Paris.«

»Du willst nach Paris?«, fragt sie verblüfft.

»Ja.«

»Heute?«

»Ja. Heute. Warum auch nicht?«

Sie schüttelt verständnislos den Kopf. »Weil du sechs Tage im Koma lagst?«

»Ganz genau. Ich lag sechs Tage im Koma. Aber jetzt stehe ich quicklebendig vor dir. Wäre der Plan des Universums gewesen, dass ich den Löffel abgebe, dann hätte der Sensenmann dafür sechs Tage Zeit gehabt. Ich glaube deshalb, das Universum wollte mich nicht ausradieren, sondern mir etwas sagen.«

»Bin gespannt«, sagt Kathrin.

»Es wollte mir sagen, dass ich nicht noch mehr Zeit damit vergeuden darf, immer nur alles schlechtzureden. Stattdessen soll ich die guten Seiten des Lebens schätzen lernen.«

Sie nickt beeindruckt, dennoch zögert sie.

»Wir haben nur einmal im Leben Silberhochzeit«, füge ich hinzu. »Und das ist heute. Also lass uns die Zeit nutzen.«

»Wenn man so kurzfristig Flüge bucht, dann sind die bestimmt teuer«, wendet sie ein.

»Na und? Dann ist das eben so«, erwidere ich schulterzuckend.

»Außerdem wird Pia es sich bestimmt nicht leisten können, mal eben mit Hermine nach Paris zu jetten.«

»Gut, dann laden wir sie ein. Wir haben auf ein großes Fest verzichtet. Dieses Geld können wir jetzt anderswo verprassen, oder?«

Kathrin schüttelt verwundert den Kopf. »Du willst spontan nach Paris jetten? So kenn ich dich überhaupt nicht, Arnold. Geht es dir auch wirklich gut?«

Ich muss grinsen. »Es geht mir sogar ausgezeichnet.«

»Und du bist dir sicher, dass wir das tun sollten?«, fragt sie.

»Hundertprozentig«, antworte ich und gebe ihr einen Kuss.

»Und was ist mit dem Klimawandel?«

»Guter Punkt. Wir werden die Flüge kompensieren.«

Sie runzelt die Stirn. »Du hast aber jetzt nicht vor, unser ganzes Geld zu verprassen, oder?«

»Wie kommst du denn darauf?«

»Na ja, Menschen, die eine Nahtoderfahrung hatten, tun danach oft seltsame Dinge. Manche verschenken ihr Hab und Gut, andere gehen in einen Aschram oder schließen sich einer merkwürdigen Sekte an.«

Ich muss lachen. »Schatz, ich will nur zum Abendessen nach Paris fliegen. Das ist kein alltäglicher Plan und ökologisch korrekt ist es auch nicht, aber ich finde, er ist weit davon entfernt, komplett irre zu sein.«

Jetzt muss auch sie lachen. Mir fällt auf, dass ich ihr Lachen vermisst habe.

»Ich wundere mich nur«, erklärt sie. »Vor dem Unfall, da warst du irgendwie …« Sie sucht nach dem passenden Wort.

»Kleinmütig und deprimiert?«, versuche ich ihr auf die Sprünge zu helfen.

»Ganz so drastisch würde ich es zwar nicht ausdrücken, aber ein bisschen was ist schon dran. Ich meine, wir haben uns an diesem Abend ja nicht umsonst gestritten.«

»Ich vermute, das Thema war den Streit nicht wert, richtig?«, frage ich.

»Die meisten Themen werden plötzlich unwichtig, wenn es darum geht, dass man selbst verschwinden könnte, und zwar mit allen Themen und Ideen und Wünschen und Sehnsüchten, die man hat. Ich meine, wir sollten zwar versuchen, die Erde zu einem besseren Ort zu machen, aber am Ende wird sie sich eines Tages auch ohne uns weiterdrehen.«

Ich nicke. »Ich weiß, was du meinst. Ich hatte auch Angst, dich nie wiederzusehen. Und diese Angst war definitiv größer als meine Sorge um den Zustand der Welt.«

Sie wirkt beeindruckt. »War das in deinem Traum?«

»Ja. Ich erzähle dir alles, wenn wir etwas Zeit haben.«

»Muss ein wirklich interessanter Ausflug gewesen sein, den du da im Koma unternommen hast«, sagt sie und zieht ihr Handy aus der Tasche. »Geh duschen, ich rufe die Kinder an. Und dann feiern wir unseren Hochzeitstag.«

4

DER FLUGHAFEN IST proppenvoll mit Geschäftsleuten, die von einem Termin zum nächsten jetten oder das Glück haben, bereits am Freitagnachmittag ins Wochenende starten zu können. Ich warte am Gate, während Kathrin sich im nahe gelegenen Kiosk mit Zeitungen eindeckt.

Als Hermine mich sieht, kommt sie mit weit geöffneten Armen auf mich zugelaufen. »Opaaaa!«

Ich gehe in die Hocke, öffne ebenfalls die Arme. Der Aufprall ihres kleinen Körpers bringt mich beinahe aus dem Gleichgewicht. Glücklich drücke ich meine Enkelin an mich.

»Wir fliegen Flugzeug. Nach Paris«, frohlockt sie.

»Ja. Das wird lustig«, verspreche ich und ertappe mich dabei, dass ich sie ansehe und überlege, ob aus diesem pausbäckigen vierjährigen Mädchen, das mich gerade anstrahlt, eines Tages jene ernste und entschlossene Frau werden könnte, der ich in Neugrunewald begegnet bin.

»Schön, dich zu sehen«, sagt meine chronisch müde Tochter. »Diesmal haben wir uns wirklich Sorgen um dich gemacht.« Wir umarmen uns innig.

»Danke, das weiß ich zu schätzen. Freut mich, dass du den heutigen Abend möglich machen kannst. Das bedeutet mir sehr viel.«

Kathrin gesellt sich zu uns. Sie begrüßt Pia und zeigt Hermine ein Malbuch, das sie ihr mitgebracht hat.

»Die Wahrheit ist, dass ich wirklich mit dem Gedanken gespielt habe, abzusagen«, erwidert Pia. »Wahrscheinlich kostet mich dieser Trip den Job bei Luigi. Er war extrem sauer, dass ich ihn so kurzfristig versetzt habe. Aber was soll's? Ich kann bestimmt irgendwas anderes finden. Und so eine Reise nach Paris ist eine Abwechslung, wie ich sie schon lange nicht mehr gehabt habe. Ich werde sie also genießen und nicht heute schon an die Probleme von nächster Woche denken.«

»Gute Einstellung«, sage ich und schaue in ihre müden Augen. »Wobei du dich schon sehr bald nicht mehr mit mehreren Jobs gleichzeitig herumschlagen musst. Ich werde den Laden verkaufen, weshalb wir dir ein bisschen Geld geben werden. Dann kannst du dich mehr auf die Uni konzentrieren.«

Kathrin wirft mir einen erstaunten Blick zu, schweigt aber.

»Ach Papa! Wir haben das doch schon hundert Mal diskutiert«, erwidert Pia verstimmt. »Ich will kein Geld von euch. Und ich brauche es auch nicht. Ich werde es schon allein schaffen, irgendwie.«

»Davon bin ich felsenfest überzeugt«, antworte ich. »Aber etwas Geld würde die Sache vereinfachen. Außerdem ist es sowieso dein Geld, wir verwahren es nur für dich, bis wir tot sind.«

»Jetzt hör auf so zu reden!«, schimpft sie.

»Aber es ist die Wahrheit. Betrachte es als eine kleine Anzahlung auf dein Erbe. Du siehst doch, wie schnell es gehen kann. Um ein Haar hätte ich mein Leben verloren, nur weil ich mir eine Flasche Wein holen wollte.«

»Aber zum Glück ist die Sache gut ausgegangen«, erwidert Pia.

»Ja. Aber mein Leben kann trotzdem jederzeit vorbei sein«, unke ich.

»Aber noch ist es nicht so weit«, kontert sie energisch.

»Na und? Du kannst das Geld heute gut gebrauchen. In ein paar Jahren wirst du dein eigenes Geld verdienen, vielleicht interessieren dich unsere paar Kröten dann überhaupt nicht mehr. Deshalb finden deine Mutter und ich es sinnvoll, dir schon jetzt etwas davon zu geben.«

Pia schaut sich zu Kathrin um, die zwar keinen blassen Schimmer von meinen Plänen hat, aber trotzdem zustimmend nickt.

»Dein Vater hat recht. Warum soll das Geld bei uns herumliegen, wenn du es gut gebrauchen kannst?«

Pia überlegt, was ich als gutes Zeichen werte. Gewöhnlich schmettert sie solche Vorschläge immer sofort ab.

»Ich hole mir mal einen Kaffee«, sagt sie dann. »Noch jemand?« Kathrin und ich schütteln synchron die Köpfe, Pia macht sich auf den Weg.

»Du willst den Laden verkaufen?«, fragt Kathrin baff, als unsere Tochter außer Hörweite ist. »Seit wann?«

»Ich glaube, seit gerade«, antworte ich.

»Du hast dich jetzt gerade dazu entschlossen, dein Lebenswerk zu verscherbeln?«

»Ja.«

»Im Wartebereich eines Flughafens?«

»Offensichtlich. Spricht was dagegen?«

»Du selbst warst bislang vehement dagegen«, erwidert Kathrin.

»Seit zwei Jahren erzählst du mir, dass wir von dem Geld, das ein Verkauf bringen würde, nicht leben könnten. Und jetzt fällst du diese wichtige Entscheidung mal eben zwischen Tür und Angel?«

»Kathrin, wir wissen doch beide, dass diese Entscheidung längst überfällig war«, antworte ich. »Ich bin nur zu stolz gewesen, um das Geschäft aufzugeben. Dabei liegt die Lösung auf der Hand. Ich verkaufe an einen Filialbuchhändler und lasse mich anstellen. Und den Verkaufspreis investieren wir in Aktien. Uli hat schon mehrmals angeboten, uns zu beraten. Mit ein bisschen Glück stehen wir in zehn, fünfzehn Jahren deutlich besser da als mit einem eigenen Geschäft.«

»Und was ist mit deiner unternehmerischen Freiheit?«, fragt Kathrin.

»Ist mir nicht so wichtig wie meine persönliche Freiheit«, antworte ich.

»Was wird aus Frau Eberlein?«

»Ich werde ihr helfen, einen neuen Job zu finden. Vielleicht kann ich sie sogar mitnehmen, mal sehen.«

Pia kommt zurück, einen Becher mit dampfendem Kaffee in der Hand. Sie sieht, dass Kathrin nachdenklich wirkt. »Alles okay bei euch beiden?«

»Alles bestens«, erwidert Kathrin.

»Wir haben gerade darüber gesprochen, was wir noch alles vorhaben«, ergänze ich und lächele der Frau zu, die ich vor vielen Jahren geheiratet habe.

Sie lächelt zurück.

5

Im *FuFu*, einer gemütlichen Brasserie im Zentrum von Paris, ist ein Tisch für uns reserviert. An den Wänden hängen große Spiegel und Bilder aus Filmen von Louis de Funès, nach dessen Spitznamen das Restaurant benannt ist.

André erwartet uns. Als er mich sieht, hat er mit den Tränen zu kämpfen.

»Schön, dich zu sehen«, sage ich.

Er muss schlucken, nickt bewegt. Wir umarmen uns lange.

Mir fällt auf, dass Andrés Geliebter fehlt. »Wo ist denn Marcel?«

»Er kommt gleich nach«, sagt André. »Marcel hat heute einen Auftritt in einem Varieté, den er leider nicht absagen konnte. Dauert aber nicht lange. Er bestreitet nur die erste halbe Stunde des Abends, und wir haben dieses Restaurant ausgesucht, weil das Theater gleich um die Ecke ist.«

Ich ahne, dass André befürchtet, ich könnte es Marcel übel nehmen, dass er lieber seinem Job nachgeht, als meine Heimkehr von den Toten zu würdigen. Aber mein Sohn irrt sich diesmal. »Wenn es gleich um die Ecke ist und nicht lange dauert, warum schauen wir uns die Vorstellung dann nicht alle zusammen an?«, frage ich. »Ist bestimmt witzig. Außerdem können wir danach auch alle zusammen essen. Ich finde, das ist auch für Marcel netter.«

Kollektives, erschrockenes Schweigen. André sieht mich an, als hätte ich gerade meine Kandidatur für das Präsidentenamt der USA verkündet. »Du ... willst dir eine Vorstellung von Marcel ansehen?«

»Ja, ich finde die Gelegenheit gerade günstig. Kannst du mal nachfragen, ob wir noch Karten bekommen können? Wir laden euch ein.«

André zieht sein Handy hervor, um beim Theater anzurufen. Er ist immer noch bass erstaunt, aber auch sichtlich erfreut über meinen Vorschlag.

Ich werfe einen fragenden Blick in die Runde. Kathrin muss grinsen, Pia kümmert sich um Hermine, die auf dem Flug geschlafen hat und deshalb nun voller Energie zwischen den gedeckten Tischen herumflitzt.

André hat das Telefonat beendet.

»Die Karten sind an der Kasse hinterlegt«, verkündet er bester Laune. »Wir müssen nichts bezahlen, Marcel freut sich sehr, dass wir uns alle zusammen seine Vorstellung ansehen möchten.«

»Dann los«, sage ich. »Gehen wir ins Theater.«

6

MEIN AUSFLUG ins Jahr 2045 hat zweifellos meine Sicht auf die Welt verändert. Aber obwohl ich viele Dinge jetzt in einem milderen Licht sehe, ist mir Pantomimentheater immer noch ein Graus. Trotzdem muss ich zugeben, dass Marcel es versteht, sein Publikum in den Bann zu ziehen. Das Theater ist fast ausverkauft, und die Leute amüsieren sich nicht nur prächtig, sie spenden auch reichlich Szenenapplaus.

»Hör mal, Paps, ich freu mich ja, dass du plötzlich Interesse an Marcels Arbeit zeigst«, raunt André mir zu. »Aber hat das einen speziellen Grund?«

»Nein«, raune ich zurück. »Warum fragst du?«

»Weil wir uns Weihnachten deswegen gestritten haben«, flüstert er. »Damals schien es mir, als würdest du lieber auf Abstand gehen. Und das war in der Zwischenzeit ja auch so.«

»Ich weiß, aber ich habe darüber nachgedacht«, sage ich leise.

»Und da Marcel der Mensch ist, den du liebst und mit dem du dein Leben verbringen willst, habe ich beschlossen, Anteil an eurem Leben zu nehmen.«

André sieht mich forschend an, nickt dann zufrieden und schaut wieder zur Bühne, wo Marcel gerade eine imaginäre Treppe erklimmt, die sich durch die Etagen eines offenbar sehr hohen Hauses windet. Den Blick stetig nach oben gerichtet, schreitet der Mann im Ringelpulli voran und merkt gar nicht, dass die Treppe, während er darauf wartet, an ihr Ende zu gelangen, klammheimlich die Richtung wechselt. Aus dem Treppenaufsteiger wird plötzlich ein Treppenabsteiger, was der aber nicht sofort begreift. Erst nach einer Weile wird ihm klar, dass er die Treppe, die er eben noch hinaufstieg, nun wieder herabsteigt. Und er war so sehr davon überzeugt, dass die Treppe immer weiter aufwärts führen würde, dass er auch dann noch erwartungsvoll nach oben schaut, während er längst wieder auf dem Weg nach unten ist. Als der Treppensteiger überrascht innehält und sich ratlos am Kopf kratzt, freut sich das Publikum und applaudiert begeistert. Ich stimme in den Beifall ein, denn auf eine Weise, die ich mir selbst gerade nicht erklären kann, beeindruckt mich dieses pantomimische Schmuckstück nicht nur, es bringt mich auch ins Grübeln.

7

WIEDER ZURÜCK IM *FuFu*, genießen wir raffinierte Köstlichkeiten der französischen Küche. Die Stimmung ist bestens. Selbst Hermine ist von ihrem Erbsenpüree mit Würstchen angetan.

Wir haben Marcel für seine Darbietung bereits am Bühnenausgang über den grünen Klee gelobt, aber offenbar scheine ich mich noch nicht klar genug geäußert zu haben.

»Hat dir die Vorstellung eigentlich auch gefallen?«, fragt er mich plötzlich. Es klingt beiläufig, aber dennoch schwingt ein leiser Vorwurf mit.

Die Plaudereien verebben und die Temperatur am Tisch sinkt merklich. Alle wissen, dass es mich gewöhnlich nervt, wenn Marcel von mir hören will, dass ich ihn großartig fand, obwohl ich ihn bereits wohlwollend gelobt habe – wie alle anderen auch. Eigentlich würde ich deshalb jetzt mit einer ironischen oder spitzen Bemerkung reagieren, was eine kleinere oder größere Diskussion mit Marcel nach sich zöge, an deren Ende der Künstler sich schmollend zurückziehen würde.

»Ja, es hat mir sogar sehr gut gefallen«, antworte ich. »Ich habe mich bestens unterhalten und laut applaudiert.« Ich lächele ihm freundlich zu, um zu unterstreichen, dass diese Bemerkung keineswegs ironisch gemeint war.

Er nickt, scheint aber mit meiner Reaktion dennoch nicht völlig zufrieden zu sein.

»Aha. Und was hat dir besonders gut gefallen?«, fragt er listig. Die Temperatur am Tisch sackt noch einmal ab.

»Also mir hat alles gut gefallen«, versucht Kathrin mir beizuspringen, wofür ich mich mit einem verliebten Blick an das andere Kopfende bedanke.

André räuspert sich vernehmlich und wirft seinem Geliebten einen bittenden Blick zu. Soll wohl heißen: Lass gut sein, alle sind dir wohlgesinnt.

Marcel nickt, dann sagt er zu mir: »Schon gut, ist ja auch nicht so wichtig.«

André schickt ein dankbares Lächeln über den Tisch, und Marcel wendet sich wieder seiner Dorade zu. Erstaunt stelle ich fest, dass Marcel durchaus in der Lage ist, sich aus Liebe zu meinem Sohn zurückzunehmen. Ich scheine das früher nur nie bemerkt zu haben. Erstaunlich, wie wenig man erkennen kann, wenn man es nicht wirklich will.

Die Gespräche setzen wieder ein, die Temperatur steigt. Ich könnte es dabei bewenden lassen und mich darüber freuen, dass dieser Abend wohl ohne große Reibereien vonstattengehen wird, aber eine leise Stimme sagt mir, dass Marcel diesmal etwas mehr verdient hat als das wohlwollende Schulterklopfen, das er von mir gewohnt ist, und zwar seitdem wir uns kennen.

»Die Treppe hat mir am besten gefallen«, sage ich. Augenblicklich herrscht wieder Stille am Tisch. Marcel lässt Messer und Gabel sinken und sieht mich erstaunt, aber auch ein wenig misstrauisch an. Er scheint sich zu fragen, was ich jetzt wieder für eine Gemeinheit ausgeheckt habe.

»Ich finde, diese Szene ist ein gutes Sinnbild fürs Leben«, fahre ich fort. »Du steigst hinauf bis zu jenem Punkt, wo du die Hälfte hinter dir hast, und dann geht es wieder abwärts, allerdings dauert es eine Weile, bis du das begriffen hast. Also schaust du immer noch nach oben und erwartest das Ende der Treppe, die dich aufs Dach führen und mit einem grandiosen Ausblick belohnen wird. Und während du wartest und weitergehst, merkst du gar nicht, dass du dich längst auf dem Rückweg befindest. Und das liegt daran, dass du nicht damit rechnest, dass die Treppe eines Tages heimlich die Richtung wechseln könnte.«

Marcel sitzt einfach nur da und starrt mich an.

»Ich weiß nicht, ob diese Szene so gemeint war«, füge ich hinzu. »Aber es hat mich berührt, diesen Mann auf der Treppe zu sehen, und etwas später ist mir dann klar geworden, warum das so ist. Weil ich nämlich dieser Mann sein könnte. Vielleicht war ich es sogar bis vor ein paar Tagen.«

Marcel braucht einen Moment, um zu begreifen, was gerade passiert ist. Er schluckt trocken, dann sagt er fassungslos: »Danke.«

»Ich hab zu danken«, sage ich in die Stille.

Nach einer weiteren Atempause fügt Marcel hinzu: »Weißt du, die Treppe ist meine absolute Lieblingsnummer. Es freut mich sehr, dass sie auch dir etwas bedeutet.«

Ich bemerke, dass mein Sohn neben mir sich strafft und vor Stolz und Freude ein paar Zentimeter größer wird.

Zufrieden hebe ich mein Glas und proste in die Runde. »Also dann. Trinken wir auf die Kunst, das Leben und die Liebe. Möge uns all das noch lange erhalten bleiben.«

Vom anderen Kopfende schickt nun Kathrin mir einen verliebten Blick über den Tisch, und für ein paar Sekunden werde ich wieder zum Zeitreisenden. Ich sehe sie plötzlich vor mir am Ende einer lauen Julinacht im Jahre 1991. Wir sitzen in einem Frühstückscafé, das zwar wahrscheinlich keine Gaststättenkonzession besitzt, aber dennoch ein äußerst preiswertes und trotzdem ganz passables Frühstück serviert. Der Tag ist noch jung, aber auch bei Licht betrachtet, kann sich die letzte Nacht sehen lassen. Wir wissen allerdings noch nicht, ob wir das beide so empfinden, weshalb wir uns so lange hinter unseren Tassen verstecken, bis wir es nicht mehr aushalten können und uns doch ansehen müssen. Und dann ist da plötzlich dieser Blick, und du bist in einem anderen Leben – oder so wie gerade für Sekunden in deiner eigenen Vergangenheit.

8

ANDRÉ HAT UNS ZIMMER in einem hübschen kleinen Hotel besorgt. Für Pariser Verhältnisse sind sie sogar recht geräumig.

Pia und Hermine haben sich sofort hingelegt. Morgen wollen wir in den Louvre und auf den Eiffelturm, weshalb es eine gute Idee ist, Kraft zu tanken.

Kathrin und ich sind dennoch nicht müde. Unschlüssig stehen wir im Zimmer voreinander und überlegen, ob wir schon ins Bett gehen wollen.

»Glaubst du, die haben hier einen Zimmerservice?«, fragt sie.

»Kann sein. Was hättest du denn gern?«

»Champagner.«

»Champagner?«

»Ja. Ich dachte, wir trinken zum Abschluss unseres Hochzeitstages noch ein Glas Champagner und dann sehen wir weiter.«

»Dann sehen wir weiter?«, wiederhole ich. »Was soll das heißen: Dann sehen wir weiter?«

Sie lächelt. »Na ja, mal sehen, was der Tag noch so bringt.«

»Moment mal, denkst du etwa an ... Sex?«

Sie zieht unschuldig die Schultern hoch, schiebt sich eine Haarsträhne hinters Ohr und erwidert: »Wer weiß?«

Es klopft.

»Ah, da kommt ja unser Champagner«, sage ich und sehe mit Freuden, dass sie irritiert die Stirn runzelt.

»Das Hotel hat tatsächlich einen Zimmerservice«, füge ich hinzu. »Und stell dir vor, ich bin eben auf die gleiche Idee gekommen wie du.«

Sie freut sich sichtlich.

Ich öffne die Tür und trete dabei zur Seite.

»*Bonsoir, le Champagne?*«, fragt eine Stimme, die mir so vertraut ist, dass ich unwillkürlich zusammenzucke. Es ist die Stimme von Gustav.

»*Oui, entrez*«, bringe ich mühsam hervor und sehe den Servierwagen an mir vorbeirollen, gefolgt von einem jungen Mann, der meinem synthetischen Assistenten aus dem Jahr 2045 wie aus dem Gesicht geschnitten ist.

Ich frage mich, ob diese Begegnung ein Zeichen des Himmels oder nur ein unglaublicher Zufall ist. Oder habe ich den Etagenkellner schon einmal bei einem früheren Besuch in Paris gesehen und ihn danach in meinen Koma-Traum eingebaut?

Während er mit routinierten Handgriffen den Champagner entkorkt, bemerke ich mit großen Augen sein Namensschild: Gustave. Mit weichen Knien und einem »*Merci!*« drücke ich dem jungen Mann einen Geldschein in die Hand und sehe zu, wie er mit einer höflichen Verbeugung wieder verschwindet.

»Was ist los?«, fragt Kathrin. »Du bist plötzlich ganz blass.«

»Ich dachte, ich würde ihn kennen«, sage ich und reiche ihr ein Glas Champagner. »Ehrlich gesagt ist er mir im Traum begegnet, als ich im Koma lag.«

Kathrin stutzt. »Interessant. Wie das?«

»Weiß ich auch nicht, vielleicht bin ich ihm hier schon mal begegnet.«

Kathrin überlegt. »Ich kann mich zwar nicht entsinnen, dass wir früher schon mal in diesem Hotel abgestiegen sind, aber das muss ja nichts heißen. Vielleicht hast du ihn zufällig irgendwo anders gesehen.«

Ich nicke. »Ja. Der Gedanke kam mir auch schon.«

»Du wolltest mir übrigens noch von deinem Traum erzählen«, sagt sie.

»Ja. Später«, erwidere ich. »Jetzt trinken wir Champagner und genießen den Rest unseres Hochzeitstages.

Sie nickt glücklich. »Gute Idee.«

Ich proste ihr zu und beuge mich vor, um ihr einen Kuss zu geben, da zieht sie mich an sich und küsst mich ihrerseits stürmisch.

9

»Du bist also wieder unter den Lebenden«, stellt Uli fest. »Bestens. Ich dachte schon, ich müsste den Rest meiner Bowlingabende mit einem Poeten und einem Sauertopf verbringen.«

»Ich bin kein Sauertopf«, knurrt Olaf.

»Du bist sogar der König der Sauertöpfe«, erwidert Uli ungerührt und fügt erklärend für mich hinzu: »Er versucht neuerdings, mit dem Rauchen aufzuhören.«

»Gute Idee«, sage ich. Olafs Schicksal in Times Beach kommt mir in den Sinn, und ich denke: Kann nicht schaden, wenn er gesund lebt, ganz gleich, ob nun an meinem Traum etwas dran ist oder nicht.

Walter wechselt das Thema. »Erzähl doch mal, Arnold, wie ist es dir in der Schattenwelt ergangen? Hast du Gott gesehen? Oder wenigstens ein paar Engel? Oder dieses seltsame Licht, von dem so viele erzählen, die klinisch tot waren?«

Ich schüttele den Kopf. »Nein. Nichts dergleichen.«

»Das bestätigt wieder mal meine Theorie«, erwidert Uli. »Wir haben dieses eine Leben, und das war's. Machen wir das Beste daraus.«

»Aber ich hatte einen sehr bewegten Traum«, füge ich hinzu.

»Interessant. Und worum ging es dabei?«, will Walter wissen.

»Das ist eine längere Geschichte«, wiegele ich ab. »Ich erzähle sie euch mal bei Gelegenheit. Ich habe nämlich von einer fernen Zukunft geträumt. Und ihr drei kamt auch darin vor.«

»Beruhigend, dass wir eine Zukunft haben«, wirft Olaf ein.

»Mich würde eher interessieren, ob es eine glückliche Zukunft war«, fügt Uli hinzu. Prompt sehen mich alle drei erwartungsvoll an.

»Was?«

»Erzähl. War es eine glückliche Zukunft?«, insistiert Uli.

»Ich glaube, das ist Geschmackssache«, antworte ich nach kurzem Zögern.

»Na komm, Arnold. Da gibt es offenbar ein paar Geheimnisse, die du uns vorenthalten möchtest. Aber daraus wird nichts. Raus mit der Sprache. Was hast du erlebt?«

Ich frage mich, ob ich meinen Freunden überhaupt erzählen sollte, wie es ihnen in meinem Traum ergangen ist. Uli würde sich wahrscheinlich über meine schräge Fantasie amüsieren, aber Walter könnte es für ein schlechtes Omen halten, dass ich vom Tod seiner Frau geträumt habe. Im Gegensatz zu Uli und Olaf ist Walter ein sehr spiritueller Mensch.

»Okay, ich verrate euch, was ich geträumt habe …«, beginne ich zögerlich.

»Na bitte!«, fällt Uli mir ins Wort. »Jetzt bin ich aber gespannt.«

»Aber zuvor müsst ihr mir eine Frage beantworten«, fahre ich fort. »Und die lautet: Glaubt ihr, dass die Zukunft unveränderlich ist?«

»Natürlich nicht«, antwortet Uli. »Was ist denn das für eine bescheuerte Frage? Es gibt zwar Dinge, die man nicht beeinflussen kann, aber im Großen und Ganzen sind wir selbst es, die darüber bestimmen, wie unsere Zukunft aussehen wird.«

Ich schaue zu Walter und Olaf, die Uli stumm zustimmen.

»Na also. Wir sind offenbar einer Meinung«, stellt Uli fest. »Zufrieden?«

»Sehr«, antworte ich. »Und deshalb werde ich euch auch nicht erzählen, was ich geträumt habe. Ich glaube inzwischen sogar, ich werde es niemandem erzählen. Nicht einmal Kathrin.«

»Warum nicht?«, fragt Uli empört.

»Weil ich derselben Meinung bin wie ihr, aber erst seit diesem Traum. Der war so real und eindrücklich, dass ich ein paar Tage lang wirklich geglaubt habe, dass ich in der Zukunft lebe. Leider hatte ich meine eigene Zukunft komplett vergeigt. Jetzt, wo ich sie plötzlich wieder vor mir habe, bin ich wild entschlossen, das Beste daraus zu machen.«

»Moment mal, willst du damit sagen, dass du vor deiner Nahtoderfahrung der Meinung warst, dass die Zukunft unabänderlich ist?«, fragt Walter erstaunt.

»Sagen wir mal so: Ich hatte mich mit vielen Dingen abgefunden.«

Olaf nickt. »Das stimmt allerdings, du warst schon immer eher der fatalistische Typ. Und was wirst du nun mit dieser neuen Erkenntnis anfangen?«

»Nichts Besonderes«, antworte ich. »Eigentlich kann man das in jedem Ratgeber nachlesen. Die Kurzform lautet: Ich werde versuchen, die Zeit, die mir auf Erden gegeben ist, glücklich und sinnvoll zu verbringen.«

»Schon klar, aber beinhaltet das auch konkrete Pläne?«, hakt Olaf nach.

»Ja. Definitiv werde ich den Laden verkaufen«, sage ich.

»Das predige ich dir ja schon seit einer halben Ewigkeit«, wirft Uli ein.

»Genau. Und den Verkaufspreis investieren wir in Aktien.«

Theatralisch schlägt Uli die Hände über dem Kopf zusammen.

»Halleluja! Endlich hat er es begriffen!«

»Kathrin würde gern reisen«, fahre ich fort. »Ich habe das oft als anstrengendes und kostspieliges Vergnügen abgetan. Aber das war nicht immer so. Früher sind wir viel unterwegs gewesen. Unser Spontantrip nach Paris letzte Woche hat mich daran erinnert, dass wir uns vor vielen Jahren vorgenommen haben, mehr zu reisen, wenn die Kinder aus dem Haus sind. Inzwischen sind wir Großeltern, aber statt uns die Welt anzusehen, hocken wir daheim.«

»Ich weiß sehr gut, was du meinst«, sagt Olaf nachdenklich. »Man darf solche Dinge nicht ewig auf die lange Bank schieben, sonst haben sie sich eines Tages einfach so erledigt. Und dann trauert man ihnen nach.«

Ich nicke nachdrücklich. »Ganz genau. Deshalb werde ich bei unserem nächsten Bowlingabend nicht dabei sein.«

»Du willst dich schon wieder drücken?«, fragt Uli grinsend.

»Was ist besser, als mit deinen besten Freunden in dieser Bowlinghalle herumzusitzen?«

»Ein Wochenende mit meiner Frau in Venedig«, antworte ich wie aus der Pistole geschossen.

Meine Freunde nicken anerkennend.

EPILOG

Heute ist Freitag, der 29. Juli 2072, und dies wird mein letzter Tagebucheintrag sein, denn auch für mich ist es nun Zeit.

Gestern habe ich Kathrin beerdigt. Wie sie es sich immer gewünscht hat, ist ihre Asche auf jenem See verstreut worden, an dem sie bis zuletzt lange Spaziergänge unternommen hat. Im Alter von einhunderteins Jahren hat sie beschlossen, aus dem Leben zu scheiden, obwohl die Ärzte zuversichtlich waren, dass sie ihr noch ein, zwei Jahre Zeit verschaffen könnten. Aber Kathrin wollte nicht mehr. Nach einem schönen Leben, das länger währte, als sie es sich jemals erhofft hatte, wollte sie ihr Ende selbst bestimmen.

Letzten Sonntag haben wir mit der ganzen Familie ihren Abschied gefeiert. Es war ein schöner Sommerabend mit unseren Kindern, Enkeln und Urenkeln, an dem viel gelacht und kaum geweint wurde.

Vor Anbruch ihres letzten Tages traf ich sie auf unserer Veranda, wie so oft in den vergangenen Jahren, wenn wir zu gleicher Zeit von der gleichen Schlaflosigkeit heimgesucht wurden. Wir schauten auch diesmal dem Himmel beim Erröten zu, tranken Kaffee und redeten über unsere Kinder und unser langes gemeinsames Leben.

Irgendwann stand sie auf, drückte mir einen Kuss auf die Wange, und ich wusste, sie würde nun gehen, um drinnen die Exitus-Pille zu schlucken. Allein, denn so war es ihr Wunsch. Sie wollte beiläufig aus dem Leben scheiden.

Ich saß also da, hoffte vergeblich auf ihre Rückkehr, schaute in den Morgenhimmel und dachte mit Wehmut daran, dass ich nun nie wieder hier sitzen und mit ihr Kaffee trinken würde. Dann ging ich hinein und fand sie in ihrem Lieblingssessel. Mit einem letzten Blick in ihren Garten war sie friedlich eingeschlafen.

»Ich komme übrigens in ein paar Tagen nach«, sagte ich zu ihr.

»Genauer gesagt, wenn die Formalitäten erledigt sind. Ich weiß, dass ich dir versprochen habe, das nicht zu tun, aber das war gelogen. Du hättest die Wahrheit niemals akzeptiert, und ich wollte dir keine Scherereien machen. Außerdem glaube ich, dass du meinen kleinen Schwindel längst durchschaut hast.«

Ich setzte mich neben meine Frau, nahm ihre Hand und schaute in den Garten. Mehr als siebzig Jahre waren wir verheiratet, und ich weiß bis heute nicht, ob das auch so wäre, wenn ich nicht vor mehr als einem halben Jahrhundert einen seltsamen Traum gehabt hätte. Kathrin hat tatsächlich nie erfahren, was ich in der Traumwelt erlebt habe. Unsere gemeinsame Zukunft war völlig anders als die von mir erträumte, und doch gab es immer wieder Momente, in denen ich auf verblüffende Weise an meine Abenteuer mit Gustav erinnert wurde. Seit diesem Traum habe ich das Gefühl, einen treuen Verbündeten in einer anderen Dimension zu haben. Einen ergebenen Freund, der mich immer daran erinnert hat, dass wir selbst unsere Zukunft gestalten. Mit jeder Idee, mit jedem Entschluss, mit jedem Schritt, mit jeder Tat und mit jedem Wort ändern wir das Morgen. Und das passiert nicht nur, wenn es sich um bedeutende Ideen, Schritte oder Taten handelt, es passiert immer. Schon morgens, wenn wir die Augen aufschlagen, verändern wir die Welt. Ich habe zum Glück begriffen, dass unsere Zeit kostbar ist. Und ich habe sie genutzt, meine Zeit auf Erden. Jetzt möchte ich es gut sein lassen.

Schon sehr bald werde ich für immer die Augen schließen. Aber vielleicht öffne ich sie im selben Moment in einer anderen Welt. Wer weiß schon, was noch kommt?

ENDE

Marc-Uwe Kling

QualityLand

Roman.
Hardcover.
Auch als E-Book erhältlich.
www.ullstein-buchverlage.de

»Das ist der Algorithmus, wo man mit muss!« –
Der neue Roman von Marc-Uwe Kling

Willkommen in QualityLand, in einer nicht allzu fernen
Zukunft: Alles läuft rund – Arbeit, Freizeit und Bezie-
hungen sind von Algorithmen optimiert. Trotzdem beschleicht den Maschinenverschrotter Peter Arbeitsloser
immer mehr das Gefühl, dass mit seinem Leben etwas
nicht stimmt. Wenn das System wirklich so perfekt ist,
warum gibt es dann Drohnen, die an Flugangst leiden,
oder Kampfroboter mit posttraumatischer Belastungs-
störung? Warum werden die Maschinen immer
menschlicher, aber die Menschen immer maschineller?
Marc-Uwe Kling hat die Verheißungen und das Unbehagen der digitalen Gegenwart zu einer verblüffenden
Zukunftssatire verdichtet, die lange nachwirkt. Visio-
när, hintergründig – und so komisch wie die Känguru-
Trilogie.

ullstein

Renate Bergmann

Ans Vorzelt
kommen
Geranien dran

Die Online-Omi geht campen

Unterhaltung.
Taschenbuch
Auch als E-Book erhältlich.
www.ullstein-buchverlage.de

Des Campers Fluch ist Regen und Besuch!

»Wissen Se, Urlaubszeit ist doch die schönste Zeit! Ich
hör Sie schon sagen: Frau Bergmann, Sie als Rentnerin
haben doch immer Urlaub!, aber das ist Unsinn: Wenn
man sich wirklich erholen will, muss man mal raus.«
Renate Bergmann packt die Badehose, die Grillzange
und das Handy ein und geht campen. Freuen Sie sich
auf Renates Abenteuer mit Kurt und Ilse und dem mie-
sepetrigen Platzwart Günter Habicht!